RICORDAMI

UN ROMANCE IN UFFICIO CON APPUNTAMENTI FINTI

SYNERGY
LIBRO 5

MICHELLE MCCRAW

lazy dog
books

1

MIMI

AVEVO DIMENTICATO TUTTO. Tranne i suoi begli occhi.

Azzurri e rotondi, anche se la tequila aveva offuscato i dettagli. Non riuscivo a ricordare la sfumatura esatta o se avessero delle pagliuzze. Solo azzurri. E gli occhiali. Occhiali alla Clark Kent. La lampada a sospensione sopra le nostre teste si rifletteva sulle lenti.

La forma e il colore della montatura erano sfocati nel mio ricordo, ma ero certa al novantadue per cento che non fossero tondi e di metallo come quelli di Byron. Persino ubriaca com'ero, sarei scappata a gambe levate.

Per quanto tempo avevo fissato i suoi occhi mentre eravamo seduti in quel bar di Divisadero Street? Erano sembrate ore, ma la tequila. Tanta tequila.

Un lampo di memoria: occhi azzurri che si increspavano per la preoccupazione e una mano grande che mi afferrava il braccio per tenermi dritta sullo sgabello. E un altro lampo, anche se questo mi sfuggì, appena fuori portata. Il suo sguardo che mi bruciava, serio e intenso. Qualcosa premuto nella mia mano.

Guardai il palmo della mia mano come se quell'oggetto fosse ancora lì. Ma non c'era nulla tranne un brutto anello di plastica, il finto diamante luminoso grande come una noce. Quando lo toccai, lampeggiò debolmente di un rosa neon. Come damigella d'onore di Bree, avevo imposto la regola: niente cianfrusaglie volgari al suo addio al nubilato. Ma un'altra delle amiche di Bree aveva portato un sacco pieno di robaccia di plastica. E dopo un paio di shottini di tequila, delle regole non mi importava più. Sfilai l'anello dal dito e lo lasciai cadere sul bancone.

Maledetti postumi. Mi massaggiai la tempia, ma non servì a nulla per alleviare la morsa attorno al cervello.

Sebbene non ricordassi molto del suo aspetto, ricordavo come l'uomo misterioso di ieri sera mi aveva fatta sentire. Interessante. Accudita. Al sicuro. E avevo riso così tanto che i miei addominali erano ancora un po' indolenziti.

In realtà, poteva essere a causa del vomito.

La vibrazione del mio telefono contro il bancone della cucina scatenò un nuovo dolore da qualche parte vicino ai molari.

Ci tirai via da sopra la fascia fucsia da quattro soldi — la scritta diceva "Un casino sexy", e non si era forse rivelato vero? — e la gettai da parte. Recuperai il telefono dal bancone e strizzai un occhio per guardare il display. Bree. Pressionai il tasto di risposta.

«Perché sei già sveglia?»

Lei gemette, e la sua voce uscì roca. «Ho dovuto abbracciare la tazza. Hai bevuto quanto me. Come stai?»

«Uguale.» E il mio alito? Non potevo presentarmi alla mia riunione puzzando di tequila rigurgitata. Misi una mano a coppa sulla bocca, espirai e annusai. Fresco di menta. Inserii una cialda nella macchinetta del caffè e premetti il pulsante di erogazione.

«Mimi,» si lamentò la mia migliore amica, «non era più facile quando avevamo vent'anni?»

«La parte del bere o quella dei postumi?»

«Entrambe. Ricordo che uscivamo il sabato sera e poi bevevamo mimose al brunch della domenica. Ora il solo pensiero dello champagne — o del succo d'arancia — mi fa venire da vomitare.»

«Immagino che molte cose siano diverse ora che abbiamo superato i trenta.» Come la strana irritazione intorno alla bocca che avevo dovuto coprire con uno strato extra di fondotinta. Quella che assomigliava sospettosamente a un'irritazione da barba, anche se non ricordavo *assolutamente* di aver baciato qualcuno. «Ehi, ti ricordi molto di ieri sera?»

«Ugh, non proprio. Specialmente dopo il terzo giro di shottini di tequila.»

Terzo giro? Sforzai la mia memoria pigra, ma era un ricordo confuso della testa di Bree gettata all'indietro in una risata, delle risatine delle altre ragazze e di quegli occhiali che incorniciavano un paio di scintillanti occhi azzurri.

La luce della macchinetta del caffè si spense, e presi la mia tazza. Il suo odore amaro mi fece contrarre lo stomaco. La rimisi sul bancone. «Ti sei divertita?»

«Sì. Grazie per essere venuta. So che eri molto impegnata con la festa di fidanzamento di tuo fratello ieri.»

«Non mi sarei persa il tuo addio al nubilato per niente al mondo. Siamo amiche da troppo tempo per una cosa del genere.» Eravamo migliori amiche da quando ci eravamo incontrate al cinema a vedere *Gli Incredibili*. Entrambe le nostre famiglie si erano rifiutate di guardarlo con noi. Per me era la terza volta, per lei la quinta. Avevamo legato per quanto ci identificavamo in Violetta, anche se allora non sapevamo come esprimerlo. Man mano che la nostra amicizia si approfondiva, eravamo state ossessionate da Spider-Man, dal Superman di Henry Cavill e da tutti gli Avengers.

Quindi, anche se di solito non perdevo tempo alle feste, avevo riorganizzato tutto il mio fine settimana per farci stare sia la festa di Ben che la sua, lavorando fino a tardi il venerdì sera per finire la mia presentazione.

«Grazie a Dio abbiamo un giorno per riprenderci prima di dover tornare al lavoro,» disse lei.

Mugugnai e tirai fuori la mia presentazione dalla borsa, solo per controllarla un'ultima volta. I diagrammi a torta impeccabili, i grafici a linee che mostravano le mie proiezioni. Non c'era nulla di cui la perfetta Larissa potesse lamentarsi, e avremmo sbalordito il suo capo, Jackson Jones. Che, guarda caso, era anche un dirigente della Synergy, l'azienda dove lavoravo.

«Oh, no,» disse Bree. «Quello non è un *mmm* da 'adesso-me-ne-torno-a-letto'. Quello è un *mmm* da 'ora-mi-faccio-una-corsa-di-quindici-chilometri'.»

Ridacchiai. «Sai che odio correre. In realtà, oggi devo lavorare.»

«Di domenica?»

«È per la fondazione. Abbiamo una riunione-brunch nel Mission tra mezz'ora, e presenterò il budget del prossimo anno a Jackson Jones.»

«Aspetta, non ti pagano *neanche* per questo?»

«No.» Anche se un giorno, se avessi copiato mio fratello minore e trasformato la mia passione in un lavoro retribuito, avrei potuto avere un giorno libero ogni tanto. «La hustle culture, sai com'è.»

«Ugh, non raccontarmi queste stronzate. Sei una grande. Lo fai per… per i ragazzi.»

Sapevo che era stata sul punto di dire *per me*. Era vero che avevo iniziato a fare volontariato per la fondazione per la mia migliore amica. Per quella volta che avevo sentito quello stronzo, Anthony Anker, chiamarla Barbie sbattipalpebre il nostro primo giorno di seconda media. Avrei voluto affrontarlo a muso duro, provare il pugno che mio fratello mi aveva insegnato l'estate prima, assicurarmi *assolutamente* che Anthony non prendesse mai più in giro il tic della mia amica, ma Bree mi aveva fermata, dicendomi che non valeva la pena beccarsi una punizione per lui. Ma tutti questi anni dopo, avevo continuato il mio lavoro di volontariato perché amavo veramente il lavoro che la fondazione faceva per i ragazzi con la sindrome di Tourette. Ragazzi come era stata Bree.

Avevo appena aperto bocca per smorzare la tensione con una battuta quando lei disse: «Hai pensato a quello di cui abbiamo parlato ieri sera?»

Fissando il mio poster di Doctor Strange, cercai nella memoria un ricordo che non fosse tequila e urla di risate e balli. Balli? «Dovrai rinfrescarmi la memoria.»

«Non ti ricordi?» Merda, sembrava ferita. «Abbiamo parlato di come sei l'ultima single del nostro gruppo di amici. Hai promesso di provare a…»

«Ne dubito.» Feci ruotare la tazza sul bancone finché il manico non fu a un angolo preciso di 45 gradi. «Sai quanto sono concentrata sulla mia carriera ora. E sulla fondazione. Non ho tempo per le distrazioni.»

«Una distrazione come Byron, vuoi dire? Quel tipo era uno stronzo galattico. Ci sono un sacco di bravi ragazzi là fuori, Mimi. Ragazzi che ti aiuteranno e non ti ruberanno la promozione.»

«Non ho bisogno di aiuto. Posso farcela da sola.» Le parole uscirono più taglienti di quanto intendessi.

«Lo so, lo so. Ti bastano intelligenza, determinazione…»

«E fiducia in sé stessi,» finimmo insieme. Mia madre aveva ripetuto quelle parole circa un milione di volte.

«Tua madre si è sposata,» disse Bree.

«È il miglior avvocato ambientalista dello stato. Non mi paragonerei mai a lei. E solo perché a te manca una settimana per dire 'Lo voglio' non significa che sia la cosa giusta per tutti. Io voglio prima affermarmi nella mia carriera.»

«E soddisfare quel prurito con delle avventure di una notte?»

Alzai il mento anche se non poteva vedermi. «Non c'è niente di sbagliato nelle mie avventure senza impegno. Ottengo tutti i benefici, e nessuna discussione su a quale evento di lavoro dobbiamo andare e dove passare le vacanze.»

«È piuttosto bello avere qualcuno con cui passare le vacanze, sai.»

Mi appoggiai con un'anca al bancone. Non mi era sfuggito il modo in cui gli occhi di mamma si erano inteneriti quando mio fratello si era presentato alla sua festa di Hanukkah con il suo fidanzato. Indossavano maglioni brutti di Hanukkah abbinati. Persino il mio cuore freddo e nero si era sciolto un po' vedendo quanto fossero adorabili insieme.

Io? Non potevo certo chiedere a una delle mie avventure di venire alla festa dei miei genitori dopo essere sgattaiolata fuori dal suo appartamento prima dell'alba e aver smesso di rispondere ai suoi messaggi.

«Cosa, vuoi che mi presenti al tuo matrimonio con un accompagnatore?»

«No!» La sua risata fu acuta e forzata. «Abbiamo già dato il numero finale al catering. Ma stai sviando il discorso. Persino Ben...»

Il citofono suonò, salvandomi dal discorso della mia migliore amica su come persino mio fratello minore avesse finalmente trovato l'amore duraturo. Aveva ragione sul fatto che si stessero tutti accoppiando. Non passava settimana senza che arrivasse un invito a un matrimonio o a un addio al nubilato o a una festa di fidanzamento. Se qualcuno mi avesse mandato un annuncio di nascita, avrei vomitato. Di nuovo.

«Scusa, Bree. C'è qualcuno alla porta.» Probabilmente era Ben che passava a controllarmi. Anche se l'ultima volta che l'avevo visto alla sua festa di fidanzamento ieri pomeriggio, era piuttosto brillo anche lui.

«In bocca al lupo per la tua grande presentazione. So che spaccherai. Chiamami dopo?» Fece il rumore di un bacio prima che staccassi.

Camminai fino al citofono. Era proprio da Ben portarmi un sacchetto di dolci per la colazione per assorbire l'alcol. Il mio stomaco gorgogliò.

«Ehi,» dissi nel microfono mentre gli aprivo.

Aprii la porta di uno spiraglio e tornai verso la cucina per infilare la presentazione nella borsa. Poi mi bloccai. Ben aveva ancora una chiave. Perché avrebbe dovuto usare il citofono?

Quando mi voltai di scatto, la risposta riempiva la mia porta. Un metro e ottanta e passa di pelle abbronzata, capelli biondi, una mascella rasata che avrebbe potuto tagliare il vetro e occhi del colore dell'Oceano Pacifico in una rara giornata di sole. L'amico di Ben, e cugino del suo fidanzato, Mateo. Fissai la sua spalla arrotondata dai muscoli, dove la sua maglietta nera troppo stretta gli aderiva. Guardarlo in faccia era come fissare il sole. Accecante e magnifico. Troppo bello per essere vero. E oggi non avevo bisogno di una distrazione che avesse le sembianze di un sosia di Thor tutto flirt.

«Buongiorno, bella,» disse, entrando nel mio appartamento.

Arricciai il naso al debole odore di fumo di sigaretta che entrò con lui. Conoscevo Mateo da abbastanza tempo da non sentire alcun fremito allo stomaco. Chiunque nel suo mondo — maschio, femmina, vecchio, giovane — si beccava un soprannome civettuolo. Era un dongiovanni imparziale, e non significava nulla.

Esempio lampante: alla festa di Ben, ieri, aveva chiacchierato con Marlee, la migliore amica di lavoro di Ben. Era la donna più bella che avessi mai incontrato, tutta capelli lisci color miele e senso della moda. Ma era impegnata, e Mateo lo sapeva. Eppure, l'avevo sorpreso a guardarmi sopra la sua testa un paio di volte. Come se volesse che notassi che Marlee era il tipo di persona con cui passava il tempo. Mai qualcuno come me. Con me, era silenzioso e distaccato.

A dire il vero, perché era venuto qui stamattina? Non era mai stato a casa mia, nemmeno con Ben.

«Perché sei qui?» Incrociai le braccia. «A corto di modelle di costumi da bagno da sedurre?»

Il suo sorriso scintillante si afflosciò. Sembrava... ferito? «Sono venuto a controllarti. Ti senti bene stamattina?»

«Bene,» dissi. «Anche se in realtà sono un po'... aspetta. Cosa sai di ieri sera?»

Le sue sopracciglia biondo scuro si aggrottarono. «Non ti ricordi?»

Ripensai a ieri. Ero già brilla quando ero scappata dalla festa di fidanzamento di Ben per unirmi all'addio al nubilato di Bree già iniziato. Ben se n'era accorto e aveva mandato Mateo a sorvegliarmi? Era il tipo di cosa che avrebbe fatto mio fratello minore.

Non ricordavo di aver visto Mateo al primo bar. O al secondo. Ricordavo il separé, il tavolo rotondo coperto di bicchierini da shot, Bree che rideva sguaiatamente, diademi di plastica scintillanti, luci natalizie che lampeggiavano intorno alla finestra, e la stanza che girava intorno a me mentre i drink continuavano ad arrivare.

«No. Perché? C'eri?»

Gli angoli della sua bocca si piegarono all'ingiù. «Non ti ricordi?»

«Dovrei?» Avrei sicuramente ricordato se fosse stato al bar. Le amiche di Bree lo avrebbero reso il re della loro corte. Lo avrebbero adulato, toccato, flirtato con lui in un modo che mi faceva venire il prurito. Non conoscevano Mateo come lo conoscevo io. Poteva essere bello come un modello di fitness, ma era profondo come una pozzanghera.

Sembrò sgonfiarsi. Poi si appiccicò in faccia un'ombra del suo solito sorriso beffardo e mi porse un sacchetto bianco da pasticceria. «Ti ho portato la colazione.»

Il mio stomaco si rivoltò. «No, grazie. Postumi. Ho bisogno di caffè.»

«No.» Mi superò. «Hai bisogno di carboidrati. Zuccheri. Hai del tè allo zenzero?»

Mi affrettai a raggiungerlo, ma le sue spalle larghe e la puzza di sigarette riempirono tutto il mio cucinino. La gola mi bruciava. Non avevo tempo per un'altra visita al bagno. Sventolai la mano davanti al viso. «Scusa, ma puzzi di fumo, e» — deglutii — «temo che il mio stomaco non sia abbastanza forte per sopportarlo. Grazie per essere passato, ma...»

Il suo viso impallidì, ma posò il sacchetto sul bancone prima di spalancare la finestra della cucina. Uh. Pensavo fosse bloccata dalla vernice.

«Meglio ora?» Rimase accanto ad essa per un momento, come se potesse far prendere aria a se stesso.

Feci un respiro profondo dell'aria fredda e fresca. «Meglio. Grazie.»

«Ora, per il tuo stomaco.» Aprì un pensile. «Ti serve qualcosa con lo zenzero. O fico d'India?»

Fico d'India? «No. Vivo nel mondo reale dove beviamo caffè quando abbiamo i postumi. Grazie per essere venuto, ma devo prepararmi.»

«Prepararti?» Chiuse il pensile e si voltò verso di me. «Sei perfetta.»

«Grazie.» Le parole uscirono piatte, automatiche. Diceva quel genere di cazzate a chiunque. Con il mio maglione nero oversize e i jeans, non ero neanche lontanamente perfetta, non in confronto a un semidio come Mateo. Ovviamente, manteneva il suo fisico con allenamenti quotidiani. Era il tipo di ragazzo che berrebbe frullati di cavolo riccio con la sua partner altrettanto sexy, modella di biancheria intima. Che parlava di integratori e ripetizioni e del maledetto fico d'India.

Non che ci fosse qualcosa di sbagliato in questo. Era solo diverso. Io preferivo allenare il cervello con i fogli di calcolo, alimentata da un sacchetto di patatine al sale e aceto. Passo e chiudo per il cavolo riccio.

«Devo andare. A una riunione. Mangerò lì.» Mi insinuai oltre di lui in cucina per cacciarlo fuori.

«Sì, la tua riunione con Larissa e Jackson. Non dovresti prima mangiare?»

«La mia… la mia cosa? Come fai a saperlo?»

Guardò il sacchetto e borbottò qualcosa.

Giusto. Ben doveva averlo menzionato alla festa ieri. Un paio di drink e non c'erano più segreti. Non che la mia riunione per la fondazione fosse un segreto, ma di certo non era affare di Mateo.

«Ok, bella chiacchierata, ma sono sicura che hai dei muscoli da scolpire.» Non ne aveva bisogno. Erano assolutamente perfetti, ma il suo ego non aveva bisogno di essere accarezzato da me. «E io devo andare.»

«Affronterai meglio le stronzate di Larissa se non ti presenti nervosa per la fame. Prova questi. Sono deliziosi.» Allungò la mano per prendere il sacchetto della pasticceria, ma quando il suo braccio sfiorò il mio, ebbe un sussulto. Il sacchetto urtò la mia tazza di caffè e la rovesciò. Un liquido marrone scuro si riversò sul bancone, dritto verso i miei documenti.

«No!» Mi fiondai per raccoglierli, ma il corpo solido di Mateo mi bloccò la strada. Il caffè inzuppò i fogli, sciogliendo i miei perfetti diagrammi a torta e imbrattando i miei splendidi grafici a linee. «Merda, Mateo. Quella è la mia presentazione per» — controllai l'orologio sul muro — «la mia riunione che inizia tra quindici minuti!»

«Puoi stamparne di nuovi?» Afferrò lo strofinaccio da cucina e tamponò i fogli, ma l'unica cosa che ottenne fu trasferire la macchia sul mio immacolato strofinaccio ecrù. Il panico mi serrò la gola.

«No! Smettila.» Quando gli afferrai il braccio, trasalì. La carta bagnata si strappò.

Anche se avessi potuto magicamente asciugare la carta in quindici minuti, un diagramma a torta tenuto insieme con lo scotch non avrebbe impressionato nessuno. La mia presentazione, e la mia possibilità di impressionare Jackson Jones, era rovinata.

«Io... mi dispiace, Miriam.»

Il mio corpo si surriscaldò e la rabbia esplose. «Maledizione, Mateo. Sarò in ritardo, e ora non ho una presentazione. Togliti di mezzo.» Gettai i fogli nella spazzatura. Non avevo tempo di andare in ufficio e ristamparli. Avrei dovuto mostrarli sullo schermo. Tranne che...

Con orrore crescente, guardai il caffè. Aveva raggiunto la mia borsa. Con dentro il mio portatile. Quando lo tirai fuori, il caffè gocciolava dall'angolo.

«Merda!» Strappai lo strofinaccio rovinato a Mateo e tamponai il bordo. *Ti prego, ti prego, ti prego, accenditi.* Appoggiai il portatile su una parte asciutta del bancone, lo aprii e premetti il pulsante di accensione. Si accesero alcuni pixel, poi lo schermo divenne nero.

Schiacciai il pulsante di accensione, e questa volta non accadde assolutamente nulla. «Porca puttana!»

Il suo viso era più pallido del mio strofinaccio. «Posso fare qualcosa?»

Digrignai i molari. «Vattene. Fuori.»

«Io… posso chiedere a Lito… cioè a Cooper… di prenderti un nuovo portatile…»

«No!» Poteva essere il cugino preferito di Mateo, Miguelito, ma per me era Cooper Fallon, il capo del capo del mio capo. Assolutamente no, non poteva scoprire che avevo rovinato il mio portatile della Synergy. Il suo caratteraccio era leggendario, e nemmeno la sua futura cognata sarebbe stata al sicuro da una delle sue famigerate sfuriate. «Vattene e basta.»

«Ma io…»

«Vattene!» Indicai la porta.

Si rannicchiò su se stesso e si allontanò strascicando i piedi. La porta del mio appartamento si chiuse con un clic mentre infilavo il mio portatile defunto nella borsa fradicia.

Disperata, guardai di nuovo l'orologio. Sarei stata decisamente in ritardo. Né Larissa né Jackson Jones ne sarebbero stati impressionati. E domani, avrei dovuto chiedere al mio capo un nuovo portatile.

Grazie, Mateo.

2

MIMI

CI STAVAMO INCONTRANDO in uno di quei posti hipster alla moda dove il caffè era equosolidale e biologico e i dolcetti, se così si potevano chiamare, erano a basso contenuto di carboidrati e keto-friendly. Un posto che piaceva a Larissa, che non mangiava praticamente nulla e non saltava mai una lezione di spinning. Apparteneva alla stessa classe dei nostri donatori, sempre impeccabile, mai un capello biondo fuori posto.

Avrei voluto essere come lei.

Ma oggi ero esattamente l'opposto. Sudata, senza fiato e con dieci minuti di ritardo, senza nessuna presentazione da mostrargli. Solo il mio portatile morto nella sua borsa fradicia e la testa dolorante piena di cifre.

Ero sicura al sessantatré percento che mi avrebbe licenziata. Anche se, si può licenziare qualcuno da una posizione di volontariato? In ogni caso, non mi avrebbe dato gli elogi che desideravo tanto. Non che me li meritassi.

L'aroma di cannella e noce moscata del caffè speziato natalizio mi fece rivoltare lo stomaco. Deglutii. Vomitare di fronte a Jackson, Larissa e all'altra donna al loro tavolo sarebbe stata la ciliegina sulla torta del mio disastro.

Mi affrettai verso di loro. «Scusate il ritardo.»

Larissa non ebbe bisogno di dire una parola. L'inarcarsi delle sue sopracciglia e il modo in cui scostò i capelli lisci e biondo platino dicevano tutto. Ricordai l'ultima volta che l'avevo delusa, quando le avevo chiesto più tempo per elaborare un assegno di spesa perché ero immersa nella chiusura di fine mese per la Synergy. Aveva abbandonato il suo solito atteggiamento dolce come il miele per dire con tono d'acciaio: *Ne abbiamo già parlato, Miriam. Ho bisogno di potermi fidare di Lei.*

E l'avevo delusa di nuovo. Stavolta, di fronte al suo capo. La linea piatta delle sue labbra rosee mi colpì dritta nel mio debole di voler compiacere tutti. Le mie guance bruciavano.

«Si sieda, Miriam. Cominciamo,» disse lei freddamente.

«Scusi,» mormorai, lasciando scivolare la borsa del portatile dalla spalla. Oggi non avevo nemmeno una buona scusa. Nient'altro che i postumi di una sbornia e l'errore che avevo commesso lasciando entrare l'Uragano Mateo nel mio appartamento.

«Non preoccuparti.» Jackson si appoggiò allo schienale della sedia e allungò le sue lunghe gambe sotto il tavolo. Si sgranchì le spalle sotto la maglietta nera sbiadita dei Santana. «Di solito sono io quello in ritardo. Mi fa piacere non essere lo scansafatiche per una volta. Lascia che ti presenti mia sorella, Natalie.»

Essere chiamata scansafatiche mi provocò una fitta al petto. Feci un sorriso incerto e le porsi la mano. «Miriam Levy-Walters. Ma tutti mi chiamano Mimi.»

Lei si alzò, più alta di me di una quindicina di centimetri con i suoi tacchi. Indossava i tacchi di domenica? Il suo tubino magenta a maniche lunghe metteva in mostra la sua figura snella. Era bionda, a differenza del fratello dai capelli scuri, e la sua chioma dorata era raccolta in un elegante chignon sulla nuca. I loro occhi però erano gli stessi. Calde iridi color cioccolato, incorniciate da un'abbondanza di ciglia scure.

Mi asciugai le mani sudate sui jeans prima di stringere la sua.

Avrei voluto indossare dei pantaloni eleganti. Se avessi saputo che la sorella mondana di Jackson si sarebbe unita a noi, avrei pensato di più al mio abbigliamento da 'incontro per un caffè di domenica'. E avrei messo degli stivaletti invece delle ballerine. Accanto a lei mi sentivo come Ant-Man.

La stretta di Natalie era rassicurantemente ferma. «Ho sentito grandi cose sul Suo conto. Sono contenta che le finanze siano in buone mani.» La sua fronte si corrugò, ma poi sorrise. La transizione fu così rapida che non fui sicura di averla vista aggrottare le sopracciglia. «Non vedo l'ora di vedere il lavoro che ha fatto sulle proiezioni.»

Il retro del mio collo iniziò a prudere. Oggi non avrebbe sentito grandi cose su di me.

«Nat si unisce al team per aiutare con il gala. Caffè?» Jackson mosse i piedi come se stesse per scattare in piedi e prenderlo. Un plurimilionario come Jackson Jones che prendeva il caffè *a me*.

«No, grazie. A proposito, storia divertente…»

«In tal caso», Larissa raddrizzò le sue carte, «sbrighiamo la questione dei numeri.»

Larissa era un modello nel mondo del no-profit, avendo vinto un premio per la sua precedente organizzazione. Ma a quanto pare, i numeri erano il suo punto debole. Facevo la volontaria ogni settimana nella nuovissima fondazione di Jackson per bambini neurodivergenti fin da quando l'aveva creata, e un giorno mi aveva presentato la nuova direttrice, Larissa. Aveva detto che le serviva aiuto per redigere un bilancio e, sapendo che ero una contabile nella sua azienda a scopo di lucro, mi aveva chiesto di aiutarla.

Larissa aveva bisogno di molto più di un bilancio. La sua contabilità era un disastro, ma l'avevo riorganizzata, ed ero orgogliosa di quello che avevo fatto.

Beh, a parte la catastrofe del caffè di oggi.

Deglutii. «Ho delle brutte notizie riguardo alla presentazione del budget. Il mio portatile è morto e le stampe si sono rovinate.»

Non riuscivo a richiamare la mia rabbia verso Mateo. Ero io la stupida che l'aveva fatto entrare in casa mia a fare danni. Inoltre, se non avessi tirato fuori le carte dalla borsa per ammirarle in un eccesso di superbia, forse si sarebbero salvate.

«Non sono sul server?» chiese Jackson. «Posso recuperarle io. Sono connesso alla VPN.»

Strizzai gli occhi mentre il calore mi inondava dal viso al collo. «No. Le ho finite venerdì sera da casa. Non ho pensato a caricarle.»

«Avrebbe dovuto inviarmele via email.» La voce di Larissa era tagliente come il pungiglione di una vespa. Non era la prima volta che mi ricordava di non lasciare nulla al caso. Lei non lo faceva mai. Beh, tranne che per quelle ricevute.

Abbassai lo sguardo sulla mia scarpa. Mi ero già scottata in passato e temevo che Larissa potesse prendersi il merito del mio lavoro. Ma era ridicolo. Poteva essere autoritaria e una pessima archivista, ma non era una ladra. Non come Byron. Se le avessi inviato la presentazione, almeno avremmo avuto qualcosa da mostrare ai Jones.

«Pensavo che voi contabili metteste sempre i puntini sulle i. E che fossimo solo i creativi come me a fare casini.» Jackson ridacchiò.

Il nodo gelido nel mio stomaco mi impedì di vedere l'umorismo della situazione. «Mi dispiace.»

«Che cos'ha il tuo portatile?» chiese lui.

«Caffè?» Feci una smorfia.

«Dammelo.» Si fece scrocchiare le nocche. «Ci faccio una magia.»

«No, io...» Ma non potei rifiutare le sue dita che mi facevano cenno. Sfilai il portatile dalla borsa a tracolla e glielo porsi. Lui fece un verso di disapprovazione mentre estraeva il dispositivo dalla sua custodia fradicia e lo asciugava con l'orlo della sua maglietta.

Larissa si schiarì la gola. «Può almeno riassumerci le proiezioni finanziarie?»

«Certo.» Tirai fuori la quarta sedia e mi sedetti. Jackson aveva già rimosso la batteria del mio portatile e la stava asciugando con un tovagliolo di carta, ma alzò lo sguardo quando cominciai a parlare.

Cercai di dipingere a parole i bellissimi grafici e diagrammi per cui avevo lavorato così duramente. Ma dopo pochi minuti, sorpresi Jackson a sbadigliare dietro al mio portatile, che aveva messo capovolto a tenda sul tavolo. Lo sguardo di Larissa era fisso sul suo telefono. Solo Natalie mi sorrideva in modo incoraggiante.

Alla fine, conclusi debolmente: «Le invierò la presentazione domani. C'è una copia più vecchia sul server, e quando tornerò in ufficio, sarò in grado di ricreare le proiezioni finali.»

Larissa alzò lo sguardo dal telefono. «Abbiamo bisogno di quei numeri al più presto.»

«Certo. Scusi,» mormorai.

«Ora,» Jackson si sfregò le mani, «passiamo alle cose divertenti. Ho portato Nat qui perché possa salvare la festa.»

Il gala della fondazione non era certo una festa come quella di fidanzamento nel giardino di Ben di ieri. Nelle mie proiezioni rovinate, avevamo previsto che avrebbe portato la metà delle entrate annuali della fondazione. La posta in gioco era alta.

«Salvare?» ripetei.

«Un piccolo contrattempo,» disse Larissa, agitando la mano. «La location ci ha dato buca. Ma ho un'alternativa.»

«Dato buca? Riavremo l'acconto, vero?» chiesi. Larissa l'aveva chiesto in contanti, anche se io l'avevo sconsigliato.

«Acconto? Non credo che abbiamo pagato un acconto.» Arricciò il naso.

«Io... certo che l'abbiamo pagato. Non è vero?» Forse avevo approvato un prelievo in contanti per qualcos'altro.

«Credo che me lo ricorderei,» disse lei.

«Controllerò di nuovo i conti.» Lanciai un'occhiata malinconica al mio portatile morto e ai fogli di calcolo che teneva in ostaggio.

Jackson disse: «Comunque, dato che il gala è tra due mesi, dobbiamo mobilitarci tutti. Ecco perché ho coinvolto Nat.»

«Ho aiutato mia madre con dozzine di questi eventi,» disse Natalie. «Ce la faremo.»

«Ma il mio gala sarà speciale, vero?» chiese Jackson. «Non uno dei suoi gala in smoking tutti uguali.»

«Certo.» Lei posò una mano sul braccio di suo fratello. «Faremo in modo che sia qualcosa di cui tu possa essere orgoglioso.»

«Aiuterò anche io,» dissi, aggrappandomi a qualsiasi cosa potesse rimediare ai miei errori. «Ero la presidentessa del comitato del ballo di fine anno della mia scuola.»

Larissa sbuffò. «Un ballo di fine anno non è certo un evento di raccolta fondi da un milione di dollari.»

Trasali. Aveva ragione. Il nostro budget era stato un centesimo di quella cifra.

«Comunque, possiamo usarla. Grazie, Mimi,» disse Jackson.

«Abbiamo bisogno di tutto l'aiuto possibile,» disse Natalie. «Con una location nuova di zecca e senza cibo, non abbiamo molto tempo per cambiare rotta.»

Oh, wow. Avevo dimenticato che la location originale, un hotel, includeva il catering del ristorante interno. I donatori si aspettavano cibo di lusso per duemila dollari a piatto.

«Sarà uno spasso. Vedrai, Mimi.» Jackson infilò un angolo di un tovagliolo in una fessura del mio portatile. «Il comitato organizzatore deve essere in prima linea per rappresentare la fondazione. Sono bravo, ma non posso fare tutto io.» Ci rivolse un sorriso smagliante, e se avessi avuto contanti nel portafoglio, li avrei tirati fuori e glieli avrei dati. Per i bambini.

«Le feste non fanno proprio per me.» Quasi desiderai di aver saltato la festa di ieri sera. Così la mia testa non martellerebbe come se Larissa l'avesse picchiata con il mio portatile morto.

Jackson si sporse in avanti. «Ma le mie feste sono la scena di tutti. Vero, Nat?»

Lei alzò gli occhi al cielo. «Neanche per sogno. Farò in modo che Lei si senta a Suo agio a questo gala, Mimi. Promesso.» E il suo sorriso fu così gentile che annuii.

Avevo sempre preferito l'organizzazione e il lavoro dietro le quinte alla partecipazione vera e propria agli eventi. Alle feste, restavo goffamente ai margini. Non come Mateo, che era sempre al centro dell'azione.

In più, cosa mi sarei messa? Ugh, i vestiti erano anche peggio delle feste. Me ne sarei preoccupata più tardi. Prima, dovevo concentrarmi sul motivo per cui ero a quella riunione. «Stilerò un budget rivisto con la nuova location. Mi darà le fatture, Larissa?»

Larissa agitò la sua mano elegantemente pallida. «Paga Jackson di tasca sua. Non Le servono le fatture.»

«Ma», inclinai la testa verso Jackson, «scaricherà le spese dalle tasse. Sicuramente vorrà tenerne traccia?»

«Beh, io…» Si strinse nelle spalle e lanciò una rapida occhiata a Larissa. «Larissa ha detto che se ne sarebbe occupata lei.»

Sgranai gli occhi per non alzarli al cielo. Larissa perdeva metà delle ricevute prima di darmele. Se avesse provato a occuparsi di qualsiasi cosa avesse a che fare con il denaro, avrebbe sicuramente fatto un pasticcio e poi mi avrebbe chiesto di rimediare. «La aiuterò.»

Ma Larissa non sembrava apprezzare l'aiuto. Strinse di nuovo le labbra. «Davvero, io…»

«Ehi!» la interruppe Jackson. «A proposito di aiuto, che ne dici di promuovere Mimi a quella posizione aperta di vice-direttore? Le sue competenze finanziarie si integrano bene con la tua espe-rienza nel no-profit.»

La mia pelle fremette e il respiro mi si bloccò nel petto. C'era una posizione retribuita disponibile alla fondazione? Una per cui Jackson Jones pensava fossi qualificata? Vice-direttore sembrava una cosa importante. E non l'avrei certo definita una promozione, dato che al momento ero una volontaria non retribuita, ma non stavo per contraddire il capo.

Larissa sorrise, ma il sorriso non le arrivò agli occhi freddi e azzurri. «Pensavo avesse detto che potevo scegliere io il candidato.»

«Oh.» Jackson si mosse sulla sedia. «Sì, certo.»

Il fremito sulla mia pelle si trasformò in un formicolio doloroso. A volte sembrava che la cosa che Larissa apprezzava di più di me fosse che il mio lavoro era gratuito. Il fiasco della presentazione di quella mattina non aveva aumentato il mio valore ai suoi occhi.

«Sto cercando qualcuno con esperienza nel no-profit. Anche se suppongo che potrei prendere in considerazione Miriam.»

La voce di mia madre mi risuonò nella testa. *Fatti valere. Chiedi quello che vuoi.* «Mi piacerebbe moltissimo. Ho già fatto un sacco di ricerche...»

«Ne parleremo più tardi.» Non mi guardò, ma il suo sorriso per Jackson era dolce come una limonata. «Grazie per l'idea.»

«Abbiamo esaurito tutti i punti?» chiese Jackson. «Io e Nat dobbiamo andare a prendere Alicia e i bambini per il brunch di famiglia.»

Larissa esaminò il suo foglio. «Questo era tutto sulla mia lista. Ci rivedremo tra un paio di settimane, dopo le feste. Natalie, se mi manderà le Sue idee per il gala con i costi previsti, le inoltrerò a Miriam per il monitoraggio.»

«Lo farò.» Natalie si alzò e si lisciò le pieghe del vestito. «Mimi, non vedo l'ora di lavorare al gala con Lei. Buone feste.»

«Buone feste,» dissi, anche se Hanukkah era finita da settimane. «Non vedo l'ora anche io.» Sembrava un sacco di lavoro di volontariato extra, ma se avessi fatto bene, Jackson e sua sorella se ne sarebbero accorti. Larissa non avrebbe avuto altra scelta che prendermi in considerazione per la posizione di vice-direttore. Avrei potuto finalmente essere pagata per il mio lavoro alla fondazione, lasciare il mio lavoro alla Synergy e avere un po' di tempo libero. Forse avrei persino accontentato Bree e trovato il tempo per uscire con qualcuno.

Jackson mi restituì il portatile e la batteria. «Lascialo fuori dalla custodia per qualche altra ora, poi rimetti la batteria e prova.»

«Grazie.» Cercai di infondere nella parola tutta la mia gratitudine, non solo per l'aiuto con il portatile, ma per aver parlato in mio favore per la posizione di vice-direttore.

Lui mi fece l'occhiolino e si voltò per accompagnare Natalie fuori dal locale.

Larissa mi fulminò con uno sguardo d'acciaio che doveva aver trattenuto per l'ultima ora.

«Guardi, mi dispiace davvero,» cominciai.

Controllò che i Jones fossero usciti dall'edificio. Con voce gelida, disse: «Se vuole essere considerata per il ruolo di vice-direttore, deve alzare il tiro, Miriam. Mi umili di nuovo e dovrò lasciarLa andare.»

«Ma io…»

Si avvicinò e la sua voce si abbassò a un sussurro. «Metterò in guardia ogni no-profit della Bay Area su di Lei. Nemmeno il rifugio per animali Le lascerà raccogliere la merda dei gatti. Capito?»

Sbattei le palpebre di fronte alla sua insolita volgarità. «Io… certo. È stato davvero un incidente.»

Mi rivolse un sorriso gelido. «Le donne come noi non possono permettersi casini come quello di oggi. Accetti il mio consiglio: qualunque cosa l'abbia causato, la elimini dalla Sua vita.»

«Assolutamente.» Annuii. Potevo prometterglielo.

Uscì elegantemente dal locale in una nuvola di profumo costoso e un ticchettio di tacchi dalla suola rossa.

Fissai i tovaglioli macchiati di caffè che Jackson aveva lasciato ammucchiati intorno al mio portatile.

Un cameriere si precipitò verso di me. «Sono nove e novanta.»

«Nove e novanta?» Non avevo preso nemmeno un caffè nero o un biscotto senza glutine. Eppure, presi il portafoglio.

«Quella tizia bionda non ha pagato il suo latte macchiato magro.»

Gli porsi una banconota da dieci, poi un paio da un dollaro.

«Grazie.» Il cameriere raccolse le tazze vuote e i tovaglioli sul suo vassoio e si allontanò roteando.

Era logico che Larissa fosse troppo preoccupata della gestione di una fondazione multimilionaria per curarsi delle minuzie di un latte macchiato da dieci dollari. La prossima volta che l'avessi vista, non avrei detto una parola a riguardo. L'avrei considerato un investimento nella posizione di vice-direttore.

Che volevo. Disperatamente.

Niente mi avrebbe impedito di fare centro con questo gala e di dimostrare a lei e a Jackson Jones che ero materiale da vice-direttore.

Raccolsi il mio portatile profumato di caffè.

Nemmeno Mateo Rivera mi avrebbe fermata.

3

MATEO

MOSTRAI IL MIO DOCUMENTO A BERNARD, all'ingresso del quartiere privato di mia zia.

«Ha un documento anche il suo amico?» scherzò la guardia.

«Questo tizio?» indicai con il pollice il pupazzo di neve di plastica alto due metri e mezzo che spuntava dal finestrino posteriore della mia Jeep. «Lui non ha bisogno di documenti. È Frosty il pupazzo di neve. Una celebrità del cazzo!»

Mentre Bernard ridacchiava, entrai lentamente con la Jeep, superai il cancello e mi diressi su per la collina fino a casa della zia.

Il mio addetto alla sicurezza non era nel suo SUV lì fuori, come avrebbe dovuto. Non lo erano mai.

Così tirai fuori Frosty da solo e mi feci strada tra le altre decorazioni sul suo prato grande come un campo da calcio, con una prolunga arancione avvolta sulla spalla. Superai i gonfiabili giganti, un Babbo Natale che sapeva fare «oh, oh, oh» e una palla di vetro con dentro una palma addobbata a festa. Diedi una pacca sul naso a una delle renne di plastica che trainavano la slitta di un secondo Babbo Natale. Infine, superai faticosamente quello che, ne ero certo, entusiasmava di più i suoi vicini: un presepe a grandezza naturale illuminato a giorno, completo di un paio di capre di resina, una mucca, un asino, due pecore sdraiate e una in piedi. I Re Magi aspettavano ancora dall'altra parte del prato l'Epifania di gennaio.

Quando trovai il punto spoglio di cui si era lamentata la settimana prima, poggiai Frosty a terra e lo fissai con un paio di picchetti. Poi collegai il suo cavo e trovai una presa libera sulla sovraccarica centralina elettrica esterna. Strinsi la croce d'oro che portavo al collo e recitai una preghiera silenziosa prima di inserire la spina nella presa. Ringraziai in silenzio quando Frosty, illuminandosi, non mandò in blackout l'intero quartiere. Anzi, il suo giardino pieno di cianfrusaglie natalizie brillava più che mai.

Prego, ricchi vicini.

Spolverandomi le mani, salii i gradini del portico e suonai il campanello.

Carlo aprì la porta, con delle briciole che gli scendevano lungo il pile nero. Non si prese nemmeno la briga di sembrare dispiaciuto, non come avrebbe fatto se fosse stato mio cugino a trovarlo dentro casa invece che fuori, a sorvegliare per via di quel bastardo del suo ex.

«Ehi, capo.»

«Biscotti alle spezie?» domandai, indicando le briciole.

La parte alta delle sue guance si scurì mentre se le spazzolava via con cura nel palmo della mano. «Sono i miei preferiti.»

«Anche i miei. È in cucina?»

«Sì. Fumi?» Frugo nella tasca del pile in cerca del pacchetto.

«No. Grazie.»

Quando si portò la sigaretta alle labbra e sollevò le sopracciglia, scossi di nuovo la testa, anche se le dita mi prudevano dalla voglia di strappargliela di mano e fare un tiro. Avevo visto come Mimi aveva arricciato il naso quando ero entrato a casa sua il giorno prima. Come avesse quasi vomitato.

Mi ero lasciato prendere dal nervosismo e avevo fatto tre tiri veloci fuori dal suo appartamento. Smettere era tremendamente difficile quando ogni boccata riportava alla mente una dozzina di bei ricordi di quando stavo con mio papà nella sua tabaccheria.

Mi infilai una mano in tasca e poggiai l'altra sulla porta d'ingresso.

«Faccio solo un giro di perlustrazione.» Carlo scivolò fuori e io chiusi a chiave la porta alle sue spalle, anche se stavo per uscire di nuovo. Ordini di mia cugina.

Seguii il profumo di vaniglia, chiodi di garofano e cannella fino in cucina. Mi ricordò casa di zia Camelia sull'isola nel periodo natalizio. Mandava sempre a casa me e papà con dei dolcetti. Il mio corpo sobbalzò al ricordo che non avrei passato il Natale con il resto della famiglia sull'isola.

Ma anche zia Rosa era famiglia, e per lei mi stampai un sorriso in faccia. Stava trasferendo i biscotti da una teglia a un foglio di carta da forno sul bancone.

«Hola, zia.» Forzando un'andatura noncurante, mi avvicinai al suo fianco e le baciai la guancia.

«Mateo.» Un calore burroso le riempì la voce. «Sono contenta che tu sia passato. Non farmi dimenticare di mandarti a casa con un po' di questi.»

Ne sgraffignai uno dal bancone e lo sgranocchiai. «Non ci penso neanche. Vuoi vedere cosa ti ho portato?»

«Mi hai portato qualcosa?» Con gli occhi castani scintillanti, si asciugò le mani su un asciugamano.

«Un regalo di Natale anticipato.»

Le presi un cappotto dal suo armadio e l'aiutai a infilare le maniche. Fuori, il suo sguardo sfrecciò verso il pupazzo di neve.

«È perfetto!» Batté le mani come se avesse sei anni e non sessanta.

«Devi vederlo dalla strada.» Le porsi il gomito, lei vi infilò il braccio, e scendemmo i gradini per poi passeggiare fino in fondo al marciapiede.

Mentre ammirava la nuova aggiunta alla sua parata natalizia, diedi un'occhiata alle case su entrambi i lati. File di lampadine trasparenti, dritte come soldati, delineavano i timpani dei tetti, le finestre e i portici. Le porte di entrambe le case erano decorate con lussureggianti ghirlande di sempreverdi che dovevano costare più della mia spesa mensile. Nemmeno un gonfiabile o un addobbo da giardino di plastica in vista.

Ma non si sarebbero mai azzardati a chiamare l'associazione dei proprietari di casa per lamentarsi della madre di Cooper Fallon.

«Gracias, hijo.» Mi tirò per la manica e io mi chinai per ricevere il suo bacio.

«Non è niente,» borbottai.

«Non è niente.» Mi mise le mani sulle guance in modo che la guardassi negli occhi. «Sei un bravo ragazzo, Mateo.»

Ma non riuscii a sostenere il suo sguardo. Non dopo quello che avevo fatto alla presentazione di Mimi quel giorno. Le mie dita andarono a cercare l'anello sulla mano destra per giocherellarvi, ma non c'era.

Mi strinse la mano. «Vorrei che tu potessi vederti come ti vedo io. Come ti vede Miguelito.»

«Miguelito?» sbuffai. «Pensa che io sia un fo... ah, un cretino.»

«Se pensasse che sei un cretino, non ti avrebbe portato qui e non ti avrebbe nominato mio capo della sicurezza.»

«Sappiamo entrambi che non hai bisogno di sicurezza.»

«Ah.» Mi fece l'occhiolino. «Lo sappiamo noi. Mio figlio no. Quindi lui ti paga, tu passi del tempo con la tua zia preferita. È quella che lui chiamerebbe una situazione win-win.»

Provai a farle un sorriso, ma la zia non si lasciava mai ingannare dalle mie stronzate.

Schioccò la lingua. «Andiamo dentro. Preparo un po' di caffè da accompagnare ai biscotti e tu mi dirai cosa ti tormenta.»

Nella sua cucina, mia zia mescolò lo zucchero in una tazza di caffè forte e nero. «Cos'è successo con Miriam ieri sera? Sembrava che avesse bevuto un po' troppo alla festa. Lito e Ben erano preoccupati per lei.»

«Mi hanno chiesto di seguirla.» Posai il biscotto che stavo per divorare. «Sapevi che sarebbe andata a un addio al nubilato?» Se lo avessi saputo, avrei portato più delle mie nude nocche per difenderla da tutti quegli uomini che la guardavano con insistenza.

Scosse la testa, accigliata.

«A un addio al nubilato. La sua amica Breina si sposa il prossimo fine settimana. Ben e Miguelito ci andranno.» Me n'ero ricordato solo quando avevo visto Breina infilare il diadema di plastica scintillante tra i ricci scuri di Mimi e drappeggiarle la fascia sopra le sue splendide tette. Sorrisi, ricordando il modo in cui Miriam aveva abbracciato la sua amica, la sua solita formalità era svanita mentre le aveva stampato un bacio umido sulla guancia. Cosa non avrei dato perché quel bacio fosse diretto a me. E per un breve momento, ieri sera, l'avevo avuto.

«Si sono ubriacate parecchio, ma erano insieme e stavano bene. Finché non sono arrivati i loro uomini.» Un ringhio mi arrochì la voce. «Hanno portato a casa le sue amiche e hanno lasciato Mimi da sola. E gli stronzi che le avevano ronzato intorno tutta la notte si sono avvicinati.»

«Ma tu eri lì.» Raggiante, la zia batté le mani. «L'hai salvata come un cavaliere.»

«Non ne sarei così sicuro.» Chinai la testa, ricordando come mi fossi nascosto dietro un giornale finché le amiche di Mimi non se ne erano andate. «Indossavo gli occhiali, non un'armatura.»

«Oh.» Il suo viso si rabbuiò. «Ma anche indossando quegli occhiali brutti, nessuno può resisterti.»

«Nessuno tranne Mimi.» Anche se per un po', ieri sera, i suoi occhi scintillanti e quel sorriso inaspettatamente luminoso erano stati tutti per me. Sembrava aver visto oltre la mia facciata levigata, fino all'essenza di chi ero. E le era piaciuto quello che aveva visto. Avevamo parlato di tutto: di quanto amasse fare volontariato alla fondazione, di quanto ammirasse la direttrice. Anche se, da quello che aveva detto Mimi, Larissa sembrava una stronza manipolatrice e intrigante. Aveva persino parlato del suo disagio nell'essere l'ultima del suo gruppo di amici a non essere accoppiata.

Avevo sperato di fare qualcosa per quest'ultima cosa. Ma quando mi ero presentato quella mattina con il mio sacchetto pieno di buñuelos e di speranze, non ci avevo messo molto a capire che aveva un vuoto, delle dimensioni di Mateo, nei suoi ricordi da ubriaca. E dopo che le avevo rovinato la presentazione, mi odiava ancora più di prima.

«Non si ricordava. Questo sono io. Dimenticabile,» mormorai.

«Dimenticabile? Mai, tesoro.» La zia mi posò una mano morbida sul braccio. «Sono solo contenta che, quando l'alcol le ha tolto quel palo che ha nel culo, finalmente abbia visto quanto sei meraviglioso.»

«Zia!» strillai.

«È la verità. Quella ragazza ha bisogno di sciogliersi. Lo so, lo so.» Respinse le mie proteste con un gesto della mano. «Ti piace. Ma devi ammettere che è un po'... rigida.»

«Determinata.»

Scosse la testa. «Ambiziosa.»

«Fa volontariato alla fondazione di Jackson Jones. È più simile a Ben di quanto sembri.»

Mia zia non sembrava convinta. «A volte penso che Ben si sia preso tutto il cuore di quella famiglia.»

Con le dita che formicolavano, saltai in piedi e afferrai le teglie. Feci scorrere l'acqua saponata nel lavandino e strofinai i residui grassi e le briciole di biscotti incrostate. No, Mimi aveva mostrato un gran cuore ieri sera, specialmente quando...

«Pensi che dovrei dirglielo? Del... del bacio?» Quasi non credevo che fosse successo. Ma ne avevo visto la prova quella mattina nell'irritazione da barba che aveva cercato di coprire con il trucco. Come aveva potuto dimenticarsene? Non avrei mai dimenticato il modo in cui aveva implorato il mio nome appena prima che le sue labbra morbide si posassero sulle mie. Il suo sapore — tequila, dolcezza e cannella — quando mi ero aperto a lei. La forma del suo corpo tra le mie braccia, tutte curve morbide che volevo tracciare con le mani e con la lingua.

«Non dovresti?» La zia si avvicinò a me al lavandino e mi posò una mano sulla schiena.

«No. Specialmente non dopo oggi. Dopo che le ho rovinato la presentazione.» La rabbia che era balenata nei suoi occhi mi aveva intimidito. Miriam Levy-Walters arrabbiata era spaventosamente bella.

«Dovresti farti perdonare. Poi potrai parlarle di ieri sera.» Mi disegnò un cerchio sulla schiena. «Hai avuto tanta tristezza nella tua vita, figlio mio. Meriti di trovare la felicità. E se è Mimi che vuoi, provaci. Nessuno può resistere al tuo fascino.»

«Mimi può,» brontolai contro una macchia appiccicosa sull'ultima teglia.

«Allora alza il tiro.»

«Non ci riesco. Ogni volta che ci provo, faccio un casino.» Come quando le avevo strappato il foglio.

«Ricorda, anche lei è umana. Non una santa su un altare.»

«Lo è?» E non stavo scherzando del tutto. «Lavora a tempo pieno, e in più fa volontariato alla fondazione. Ed è la donna più intelligente che abbia mai incontrato.»

«Anche tu sei intelligente. Non hai bisogno di una laurea prestigiosa per dimostrarlo. Ti prendi cura di Miguelito e di me.»

Sbuffai. «Lito sa badare a se stesso. E anche Ben. E ovviamente mi prendo cura di te. Sei la mia zia preferita.» E la cosa più vicina a un genitore che mi fosse rimasta, non lo dissi. Lei lo sapeva.

«Sei un bravo ragazzo. Degno di lei. Dimostraglielo. Aiutala come aiuti tutti gli altri. E pazienza se oggi non è andata bene.» Fece spallucce. «Riprova.»

Supposi di doverlo a Mimi dopo averle rovinato la presentazione. «Okay. Lo farò. Posso avere qualche biscotto in più, per favore?»

Andò al cassetto per prendere un contenitore di plastica. «Così ti voglio. Corteggiala con il cibo.»

4

MIMI

QUANDO IL FOTOGRAFO finì con noi damigelle, le guance mi dolevano per il sorriso rigido che mi ero stampata in faccia.

Bree e Josh, che dovettero rimanere indietro per altre foto ancora, apparivano freschi come quando si erano visti per la prima volta quel pomeriggio, quando lui aveva sbirciato sotto il velo di lei e non riuscivano a smettere di ridere. Ora si guardavano negli occhi, condividendo segreti mentre l'otturatore scattava. La loro felicità era quasi indecente, a dire il vero.

Non che fossi gelosa.

Avevo un ottimo lavoro e un'opportunità ancora migliore con la fondazione se fossi riuscita a impressionare Larissa con il mio lavoro per il gala. Avrei voluto che potesse vedere il ricevimento di nozze di Bree al Conservatory of Flowers. Bree e Josh avevano desiderato qualcosa in un giardino all'aperto, ma sarebbe stato troppo freddo per il loro matrimonio a fine dicembre. Così avevo suggerito il conservatorio. Le serre erano calde e traboccanti di colore e profumo.

Era la mia migliore idea per un evento da quando avevo chiesto alla madre della reginetta del ballo, un'aspirante influencer dei social media, di decorare la palestra della scuola come vetrina, promettendole che ogni partecipante avrebbe taggato e ripubblicato. Avemmo il ballo più sfarzoso di sempre.

Avevamo usato il budget per le decorazioni, così liberato, per noleggiare una fontana di cioccolato. Non fu una mia idea, ero allergica al cioccolato, ma l'avevo approvata. E alla fine, me ne pentii. Un branco di liceali ubriachi e cioccolato fuso non sono una gran combinazione. In qualità di presidentessa del comitato per il ballo, ricevetti personalmente decine di conti della lavanderia da genitori furiosi.

Lo stomaco mi brontolò. Non avevo mangiato nulla da quella mattina, a parte una tazza di caffè e un boccone di pasticcino mentre ci facevano i capelli. Rifiutai l'offerta di un bicchiere di champagne da parte di un cameriere e mi avviai verso il buffet degli antipasti.

Prima che potessi afferrare anche solo una tartina al formaggio, l'odore fin troppo familiare di Paco Rabanne soverchiò il profumo terroso e frondoso della serra e mi rivoltò lo stomaco. Mi immobilizzai, a meno di due metri dal tavolo del buffet, desiderando che la palma in vaso alla mia destra fosse abbastanza fitta da potermici nascondere dietro. Ma era una piantina esile, e le sue morbide fronde non offrivano né riparo né difesa. Mi voltai, sapendo chi avrei trovato.

Un tempo pensavo che il suo sorriso fosse carino, ma ora sembrava viscido, un lampo di denti sbiancati. Appariva impeccabile come sempre, con l'abito stirato e la cravatta annodata nel suo solito mezzo Windsor.

Si sistemò gli occhiali rotondi e posò un braccio attorno alla vita di una donna. Era minuta, pesava sì e no quarantacinque chili bagnata fradicia, con un nasino all'insù e capelli lisci come la seta. Era come se Byron avesse deliberatamente scelto il mio esatto opposto.

«Mimi. Strano vederti qui» disse, raddrizzandosi per guardarmi negli occhi. Coi tacchi, ero alta quanto lui.

Deglutii per inumidirmi la bocca. Avrei voluto non aver rifiutato lo champagne.

«Faccio parte del corteo nuziale.» Indicai il mio abito da damigella in raso blu navy come se non lo sapesse già. «Tu che ci fai qui?»

Strinse la donna al suo fianco. «Lei è Tanya. È la cugina di Josh. Il mondo è piccolo.»

«Il mondo è piccolo» feci eco.

Tanya sorrise, incerta.

Nulla di tutto ciò era colpa sua, e ora era parte della famiglia di Bree. Le porsi la mano. «Piacere di conoscerla, Tanya. Sono Mimi. Io e Bree siamo migliori amiche da quando avevamo undici anni.»

La sua stretta fu debole e all'improvviso mi sentii di troppo. Troppo energica, troppo grande, troppo rumorosa. L'incertezza che mi aveva schiacciata dopo che Byron mi aveva rubato quel lavoro si insinuò di nuovo nel mio cuore, fredda e pungente. Non gli era mai importato di me. Ero stata una stupida a pensare che potesse.

«Ci manchi a SquawkClip» disse lui. «Nessuno riesce a chiudere il bilancio mensile veloce come facevi tu.»

La sensazione pungente si attenuò. «Gra…»

«Saresti dovuta rimanere nel team. Ti avrei nominata mia assistente.»

«Aspetta. Cosa?» Sbattei le palpebre così forte che le ciglia finte si aggrovigliarono. «La tua assistente?»

«Potresti essere il mio braccio destro. Ora ho sette persone che mi riportano.»

Il petto mi si gonfiò di tutte le parole che avrei voluto dire. Urlare. Quel lavoro me lo meritavo. Persino Byron mi aveva detto che era così. Ma aveva sfruttato la sua rete di contatti alle mie spalle e se l'era preso per sé.

Trattenni tutto. Non potevo fare una scenata al matrimonio di Bree. Non di fronte a Tanya, che ora era parte della sua famiglia.

«Sono felice dove sono. Sono una contabile senior in un team fantastico. E credo nella missione di Synergy.»

«SquawkClip è il sito di video social più in voga ed esclusivo che ci sia. Tutti vogliono un invito.»

«Lo so.» L'avevo visto crescere in popolarità e menzioni sui media da quando me n'ero andata. Ma mi ero sempre sentita un'ipocrita a lavorare in un'azienda che promuoveva feed di video curati e su invito di gente bellissima. La me adolescente avrebbe divorato quei video come patatine, sentendosi altrettanto nauseata dopo.

Byron scrollò le spalle. «Peccato che il tuo volontariato ti abbia sempre distratta dal tuo lavoro retribuito. Salirai più in alto se rimani concentrata sull'obiettivo. È ironico che, come contabile, tu sia così trascurata con il tuo tempo e i tuoi soldi.»

Serrai le labbra per trattenere le parole rabbiose. *Sii gentile, per Bree.* Lanciai un'occhiata a Tanya.

Lui si spinse gli occhiali sul naso. «Se cambi idea e vuoi tornare, fammi una telefonata.»

Il pensiero di lavorare per Byron o per l'azienda che aveva scelto lui al posto mio mi accese un fuoco nelle viscere. Eppure, sorrisi. «Certo.»

«Ehi» mi si avvicinò Ben scivolando sulle sue scarpe eleganti, un po' affannato. Doveva aver corso quando mi aveva vista parlare con il mio ex. Arricciò il labbro. «Byron.»

«Ben.» Byron inclinò il mento. Anche se erano alti più o meno uguali, riuscì a guardarlo dall'alto in basso. Quando stavamo insieme, non era mai stato abbastanza coraggioso da dire nulla, ma era evidente che disprezzava Ben per la sua mancanza di una laurea e di un lavoro qualificato.

Non sapeva che adesso Ben aveva sia una laurea che un'ottima carriera. Né mio fratello né io ci saremmo presi la briga di informarlo. Byron non ne valeva la pena.

Il suo sguardo passò da me a Ben. «Sei qui con tuo fratello?»

Mi morsi il labbro per non fare una smorfia. «No, io…»

Cooper si avvicinò a noi a grandi passi, con due bicchieri di champagne in mano. Ne porse uno a Ben e offrì l'altro a me. Lo presi, grata di avere qualcosa da stringere che non fosse il collo di Byron.

Il viso di Ben si illuminò. «Tesoro, ti presento Byron, l'ex di Mimi. E...?»

«Tanya» dissi.

Cooper strinse loro la mano. «Piacere di conoscervi. Sono Cooper.»

A Byron cadde la mascella. «Cooper *Fallon?*»

Cooper gli rivolse un sorriso tirato e intrecciò le dita con quelle di mio fratello. Già, ero rimasta sorpresa anch'io quando Ben si era messo con il suo capo miliardario, che finiva sui giornali finanziari una settimana sì e una no.

Byron sbatté le palpebre. «Allora con chi sei qui, Mimi?»

Le fitte fredde tornarono, anche nella calda serra. Perché non avevo pensato a portare qualcuno, chiunque? La mia ultima avventura di una notte, quel tizio che avevo incontrato nel corridoio dei surgelati una sera dopo il lavoro, a novembre. Come si chiamava? Van? Vin? Avevo gettato il suo numero nel cestino.

Se solo non fossi stata così ubriaca lo scorso fine settimana, non avrei perso la mia occasione con il mio Uomo del Mistero. Posai il bicchiere di champagne dietro una bromelia dalle punte rosse.

«Sono qui da sola» dissi.

Nello stesso istante, Ben disse: «È qui con noi» e sporse la mascella. «La lascerai in pace se sai cosa ti conviene.»

Quello era mio fratello, sempre a farsi guidare dal cuore. «Ben...»

«Ti sta importunando, Mimi?» chiese Cooper.

«N-no» disse Byron. «Volevo solo salutarla.»

«L'hai fatto» disse Ben, frapponendosi tra me e lui. «Ora levati di torno.»

Byron si sistemò gli occhiali e mi fulminò con lo sguardo come se l'iperprotettività di mio fratello fosse colpa mia. Poi si voltò sui suoi mocassini e si allontanò, trascinandosi dietro Tanya.

«Non era...» cominciai.

«Stai bene, tesoro?» chiese Ben. «Sei diventata così pallida che mi sono preoccupato.»

«Sto bene. Mi ha sorpresa. Tutto qui.»

«Bene. Non ne vale la pena.»

Guardai Ben e il suo fidanzato. «Voi due vi state divertendo?»

Cooper sfoderò un rapido sorriso. «Certo.»

«Sta mentendo.» Ben intrecciò il suo braccio con quello di Cooper. «Stai attenta a mamma. Ha parlato con la mamma di Bree e ora ha la febbre da matrimonio. Ha provato a metterci pressione per fissare una data.» Il sorriso di Ben era forzato. «Non siamo ancora pronti.»

Avrei dovuto chiedergli più tardi perché sembrava che qualcuno l'avesse costretto a mangiare uno dei bouquet delle damigelle. «Con me non ci proverà. Ha sempre detto che avrei dovuto prima farmi una carriera. E poi, voi ragazzi siete praticamente già sposati.»

«Credo che il mio fidanzamento le abbia fatto scattare qualcosa. Chiedeva dove Bree avesse preso il suo vestito.»

Deglutii. La serra calda e il profumo dei gigli sopraffecero i miei sensi. «Ho bisogno di un po' d'aria.»

«Vuoi che veniamo con te?» Mio fratello fece un passo verso di me.

Alzai le mani. «No. Ho solo bisogno di un minuto per me.»

Mi voltai sui miei tacchi che mi stringevano e mi feci strada tra gli ospiti raggianti, le coppie mano nella mano che celebravano la vita di coppia, verso l'uscita. Non ero pronta per sposarmi. Anche se forse Bree aveva ragione. Forse non ero più felicemente single. Sarebbe stato sicuramente bello avere qualcuno che mi cingesse con un braccio quando Byron mi aveva affrontata. Qualcuno che mi sostenesse di fronte al suo disprezzo.

Qualcuno gentile e premuroso come il mio Uomo del Mistero.

In qualche modo avevo mandato tutto all'aria. Non c'era nessun nuovo numero nel mio telefono. Avevo messo a soqquadro il mio appartamento e non avevo trovato altro che una cannuccia a forma di pene verde neon e un preservativo ancora nel suo involucro con la scritta "Le cattive decisioni creano belle storie".

Spinsi la porta e uscii fuori per riempirmi i polmoni di aria fresca e frizzante.

Ma l'aria non era fresca. Un uomo se ne stava a sei metri di distanza nell'area designata, una sigaretta stretta tra le labbra.

Le sue spalle larghe e la maglietta nera mi erano familiari in un modo che mi fece sprofondare il cuore, un modo per cui non potevo fingere di non conoscerlo.

Addio al mio tempo per riprendermi.

5

MATEO

AI TEMPI in cui lavoravo nel negozio di mio papà, capivo sempre quando qualcuno stava per tentare di rubare una stecca o un sigaro dalla scatola vicino alla cassa. Anche se ero di spalle, sentivo un formicolio all'attaccatura dei capelli.

Lo sentii anche in quel momento.

Lentamente, mi voltai dal punto in cui stavo ammirando le camelie. Mi tolsi la sigaretta dalle labbra e soffiai fuori una lunga scia di fumo bluastro.

Mimi era sulla porta della veranda, tremante. Il suo abito senza maniche era del colore della mezzanotte in una notte senza luna, a casa, sull'isola.

Mi precipitai verso il posacenere a colonna, quasi rovesciandolo nella fretta. «C-ciao.»

Lei arricciò il naso. «Mi stai pedinando?»

«Uhm.» Raddrizzai il portacenere e gettai il mozzicone nella fessura. «Ah, no. Faccio da autista a Ben e Miguelito.»

Incrociò le braccia sul petto, il che era un peccato. La scollatura a cuore le faceva un seno stupendo. Anche se avevo più possibilità di dire qualcosa di intelligente se non stavo a fissarle le sue tette magnifiche.

«Pensavo fossi della sicurezza, non un autista.»

Feci spallucce. «Faccio quello che mi chiede mio cugino.»

Lei distolse lo sguardo, e notai che le tremavano le dita. Le era successo anche l'altra mattina, quando si era rifiutata di mangiare i buñuelos che le avevo portato.

«Stai bene?» le chiesi. «Hai mangiato qualcosa? O... o hai freddo?» Merda, perché avevo lasciato la giacca in macchina? Feci qualche passo verso di lei. Desideravo stringerla tra le braccia come mi aveva permesso di fare quella sera al bar.

«Sto bene.» Sollevò le mani davanti a sé, come per scacciare uno spirito maligno.

Dovevo puzzare come un posacenere. Feci un passo indietro.

Le sue spalle si rilassarono. «Grazie per i biscotti speziati che mi hai mandato con Ben. Erano deliziosi.»

«Ci mancherebbe. Mia zia è la cuoca migliore che conosca.»

Quando rabbrividì di nuovo, le dissi: «Dovresti entrare, dove fa caldo. A meno che tu non voglia in prestito la mia giacca. È in macchina.»

Scosse la testa.

«Hai fame? Ti vado a prendere un piatto.» Accennai con il mento alle porte dietro di lei.

Sbruffò. «Non ne usciresti vivo. Non vestito così.» Fece un gesto circolare con la mano verso la T-shirt nera che indossavo ogni volta che lavoravo per mio cugino.

Mi passai una mano sopra, come se potessi trasformarla magicamente in un completo con cravatta. Forse allora mi avrebbe rispettato. Mi avrebbe guardato come aveva fatto sabato sera.

No, avevo mandato tutto a puttane. Ero stato quello che ero sempre. Un passatempo divertente. Dimenticabile. Uno che non valeva la pena tenersi stretto.

«Scusa se non sono vestito a modo. Non mi aspettavo...»

«No, intendevo...» Strinse le labbra. «Intendevo come risaltano i tuoi muscoli sotto quella maglietta.»

Non potei farne a meno. Tesi i muscoli. Fu automatico come respirare.

Ma Mimi non reagì come facevano di solito le persone. Non l'aveva mai fatto.

«Ho bisogno di qualche minuto da sola,» disse, con un'aria vulnerabile che non le avevo mai visto. «Capisci?»

«Non proprio. Odio stare da solo.» Incurvai le labbra in un sorriso storto. Ma le avrei dato l'unica cosa che mi aveva chiesto. «Capisco. Vado a sedermi in macchina.»

Le sue sopracciglia scure si aggrottarono, ma feci come avevo detto. Mi voltai e tornai al SUV. Mi chiusi dentro e cercai di non guardarla mentre se ne stava lì, tremante, a godersi la solitudine più di quanto si godesse la mia compagnia.

6

MIMI

LA FRUSTRAZIONE di Ben si manifestò nel movimento agitato delle sue mani, prima che mi afferrasse per le spalle e mi baciasse sulla guancia. «Grazie di essere venuta.»

Lo abbracciai. «Qualsiasi cosa per te, Benny.»

Una settimana dopo il matrimonio di Bree, avevo abbandonato il mio rituale della domenica mattina di pulizia dell'appartamento per rispondere al suo SOS via messaggio, e lui mi venne incontro sotto la tettoia gocciolante fuori dal centro sociale dove faceva spesso volontariato.

«Qui è un manicomio, Mimi. Respira a fondo.»

Non capii se le sue ultime parole fossero rivolte a sé stesso o a me, ma inspirai l'aria fredda mentre lui spalancava le doppie porte di metallo della palestra con un gesto teatrale.

Dentro la palestra, sembrava che fosse in corso una partita dei Warriors. Urla e stridii di scarpe da ginnastica rimbombavano sul pavimento di legno e sui muri di blocchi di cemento. Alcuni adolescenti, i più tranquilli, si urlavano addosso in gruppo. Un altro gruppo giocava alla guerra sulle spalle, con i ragazzi più mingherlini in groppa ai loro amici che si colpivano a vicenda con tubi galleggianti da piscina. In mezzo a loro, si giocavano contemporaneamente una partita improvvisata di basket e una di calcio.

Nell'angolo più lontano, Mateo si fece largo con le sue ampie spalle in un cerchio dall'aspetto minaccioso che si stava formando attorno a un qualche tafferuglio.

«Sarebbero dovuti esserci cinque volontari», mi urlò Ben in un orecchio.

«Sono rimasti tutti a letto?» urlai di rimando. Stavo iniziando a desiderare di averlo fatto anch'io.

«Influenza intestinale. Sono andati tutti alla stessa festa la vigilia di Natale. Grazie al cielo ci siete tu e Mateo.»

Misi la mano nella tasca dell'impermeabile per cercare il portachiavi con il fischietto di sicurezza, ma tirai fuori qualcos'altro di rotondo e metallico. Me lo infilai al pollice per tenerlo al sicuro e frugai nell'altra tasca.

Quando mi portai il fischietto alle labbra, Ben capì che doveva farsi indietro. I ragazzi più vicini a noi no. Lanciai un fischio assordante e loro si coprirono le orecchie con le mani.

«Ehi!» Dovetti urlarlo un paio di volte, intervallandolo con altri due fischi acuti, ma le partite si fermarono. Mateo finalmente sedò la rissa nell'angolo e i volti di cinquanta adolescenti si girarono verso di me.

Quando ebbi la loro attenzione, urlai: «Ascoltate Ben. Comanda lui.»

Ben saggiamente si fece aiutare da Mateo e dai giocatori per dividere i ragazzi in squadre per delle stupide staffette. Io andai dall'altra parte della palestra, dove si erano appartati gli introversi, e li incoraggiai gentilmente a fare squadra. Se non fosse stato per mio fratello, sarei stata tentata di unirmi a loro sulle gradinate e tirare fuori dal telefono la mia fanfiction preferita su Steve e Bucky, ma quello era il giorno di Ben. Si sarebbe assicurato che tutti si divertissero.

Ore dopo, quando i ragazzi avevano bruciato le energie iniziali e si erano divisi in gruppi per dedicarsi a un lavoretto manuale e chiacchierare, mi appoggiai finalmente a un materassino da palestra appeso al muro. La luce del sole pomeridiano filtrava dalle alte finestre e balenò sul mio pollice, ricordandomi la presenza dell'anello. Perché di quello si trattava, un anello. Una fede d'oro graffiata che sembrava avere i suoi anni.

Che diavolo ci faceva nella mia tasca?

Lo osservai socchiudendo gli occhi, e il modo in cui rifletteva la luce scardinò qualcosa nel mio cervello, come un piede di porco su una finestra sigillata dalla vernice. Il mio Uomo Misterioso, i suoi occhi azzurri cupamente seri dietro gli occhiali, che mi premeva il cerchio caldo nel palmo della mano.

«Tienilo al sicuro», aveva detto. «Per me.»

Lo accarezzai con la punta del dito. Avevo fatto un pessimo lavoro nel tenerlo al sicuro, dimenticandolo nella tasca del cappotto. Almeno ce l'avevo ancora. Ma come avrei fatto a restituirlo al mio Uomo Misterioso? Avevo controllato i contatti sul mio telefono un centinaio di volte. Non c'era nessuna voce per *Uomo, Misterioso* o *Sconosciuto, Occhi Azzurri*, o nemmeno *Kent, Clark*.

«Ciao.»

Sussultai e d'istinto coprii il pollice e l'anello con le dita. Se Mateo avesse saputo cos'era successo alla festa di addio al nubilato di Bree, mi avrebbe fatto una ramanzina da specialista della sicurezza sul conoscere uomini nei bar quando si è brille.

Lo guardai, socchiudendo gli occhi e cercando di mascherare la mia irritazione. Fantasticare sul mio Uomo Misterioso era persino meglio della più spinta fanfic su Stucky, e lui mi aveva interrotta.

«Perché mi parli?» arricciai il labbro. «Almeno cinque di quelle ragazze sono maggiorenni e abbastanza grandi da flirtare. Non lasciare che ti fermi io.»

I suoi occhi azzurri si velarono come se lo avessi preso a pugni e una fitta di colpa mi strinse lo stomaco. Perché ero sempre così stronza con lui? Non se lo meritava. Non sempre, almeno.

Mi rivolse un sorriso tirato. «Sono venuto a ringraziarti per aver aiutato Ben oggi. Ero preoccupato per lui con tutti questi teppisti.»

«Teppisti?» mi infuriai. «Sono solo ragazzi. Sono a casa da scuola da una settimana e mezza per le vacanze e non ne possono più. Come me e te a quell'età.»

«Ehi.» Fece un passo indietro e mise le mani davanti al petto. «Non volevo offendere. Anch'io una volta ero un teppista come questi. So esattamente quanto la situazione avrebbe potuto sfuggire di mano.»

«Oh. Certo.» Non era difficile immaginare un Mateo adolescente. Il suo bell'aspetto da ragazzo, il flirtare disinvolto e i movimenti sciolti lo facevano sembrare più giovane di quanto non fosse.

Come se lo avessi detto ad alta voce, arrossì. «Io... ah. Grazie per aver portato il fischietto e per essere stata la voce autorevole di cui avevano bisogno.»

«Nessun problema. Ben sa che può chiamarmi ogni volta che ha bisogno.»

Mateo annuì, e all'improvviso, il suo viso perse l'aria fanciullesca. Quegli occhi azzurri mi scrutavano in un modo che mi ricordava... qualcosa. Probabilmente lo sguardo laser di suo cugino. Sentii un brivido dalla testa ai piedi. Infilai la mano con l'anello nella tasca dei jeans.

«Mateo!» urlò Ben dall'altra parte della palestra. «Un piccolo aiuto?»

Distolsi lo sguardo da Mateo. Ben era in piedi accanto a una rastrelliera di palloni da basket, ma un paio di ragazzi giocavano a passarselo tenendolo lontano da lui. Sembrava che lo facessero per scherzo, ma ero contenta che ci fosse Mateo per dare manforte a Ben.

«Scusami», disse Mateo, «ma ho un paio di teste di legno da rimettere in riga.»

Corse via, le sue scarpe da ginnastica che stridettero come un avvertimento. I ragazzi consegnarono la palla a Ben non appena videro avvicinarsi il muscoloso Mateo.

Quando i ragazzi se ne furono andati e Mateo andò a prendere la macchina, Ben si lasciò cadere accanto a me sul pavimento della palestra.

«Stanca? So che oggi è stata dura.»

«No, sto bene.» Feci una rotazione con le spalle. «Come posso aiutarti?»

«Niente.» Fece un gesto verso la palestra vuota, i palloni, gli hula hoop e i vecchi monopattini riposti ordinatamente nelle loro rastrelliere. «Vieni a cena da noi?»

Cenare con Cooper e probabilmente Mateo sembrava un supplizio. «Che ne dici di un ristorante? Solo noi due?»

«Un posto con un patio riscaldato così posso portare Coco?»

Pensare al cane di Ben — e al suo pelo — mi fece pizzicare gli occhi.

«Ti ho aiutato tutto il giorno. Niente patio. Niente cane.»

Ben ansimò in modo teatrale. «Coco è un amore di cane. L'unico motivo per cui non è il tuo migliore amico è che sei allergica.»

«Lascia che te lo dica, non mi manca per niente l'annebbiamento da antistaminici da quando te ne sei andato.» Mi bloccai. Antistaminici.

«Credo di essermi drogata da sola», dissi.

«Cosa? Oggi?» Ben mi scrutò negli occhi.

«La sera della tua festa. Ho preso i miei antistaminici prima di venire alla tua festa, poi sono andata a quella di addio al nubilato di Bree. Credo che i farmaci abbiano amplificato gli effetti dell'alcol. Mi sono ubriacata parecchio e io... non ricordo molto.»

Impallidì. «Pensi che sia successo qualcosa?»

«Mi sono svegliata da sola a casa mia, ancora vestita. Niente sembrava... fuori posto.»

Tirò un sospiro di sollievo, poi fece un sorrisetto. «Niente fuori posto? *Immagino* che sia una buona cosa. Anche se un po' più di *fuori posto* nella tua vita non ti farebbe male.»

«Senti chi parla.» Incrociai le braccia. «A me piace la mia vita ordinata.»

Ben borbottò qualcosa che somigliava sospettosamente a *vita noiosa*.

«Ehi, sei praticamente sposato con la persona più ordinata che abbia mai conosciuto. Non c'è niente di male nell'essere ordinati.»

I suoi occhi brillarono maliziosamente. «Non quando si abbina a un fisico da urlo e a una lingua che...»

«Il capo del capo del tuo capo», gli ricordai, rabbrividendo. «Dove vuoi andare?»

«In un posto che fa hamburger unti», disse senza esitazione. «Non riesco mai a mangiarli quando c'è Cooper. Sai, il suo corpo è un tempio e tutto il resto. Voglio dire, lo *è*.» Un'espressione sognante gli apparve sul viso. «E io lo venero come un battista la domenica.»

Scossi la testa. «Aspetta, dov'è Cooper?»

«È dovuto andare a Singapore.» Ben sospirò.

«La settimana dopo Natale?»

Alzò le spalle. «È un capitano d'industria, sai. Il capitalismo non fa vacanze.»

«Com'è stato il vostro primo Natale insieme?»

«Bello.» Sorrise. «Siamo andati da Rosa e ha preparato del cibo fantastico. Non saprei nemmeno dirti cosa fosse la metà delle cose, ma era tutto delizioso.» Si strofinò la pancia. «Mateo ha fatto un budino di pane da morire. A me non piace nemmeno il budino di pane. Pudín de pan, lo chiamavano.»

«Mateo», borbottai. Era ovunque. Al matrimonio di Bree, quando avevo bisogno di un minuto da sola. Nel mio appartamento, quando dovevo preparare la mia presentazione. Un'ondata di calore mi salì dal petto al collo. Non avevo ancora recuperato il terreno perso con Larissa dopo la mia presentazione disastrosa. Quando le avevo inviato i dati finanziari aggiornati, la sua risposta era stata laconica. E non faceva menzione della posizione di vicedirettore.

«Non capisco perché non ti piaccia. È sexy, spiritoso e probabilmente il ragazzo più gentile che tu possa mai incontrare.»

«Spiritoso?» sbuffai. Controllai le porte della palestra, ma eravamo ancora soli. «Quel tipo è un ammasso di muscoli che a malapena riesce a mettere insieme due frasi.»

«Non so di cosa parli. Da Rosa non faceva che raccontare barzellette e ci ha fatto morire tutti dalle risate.»

Scossi la testa. «Immagino di doverti credere sulla parola. E poi, quel ragazzo mi odia.»

«Ti odia? Non faceva altro che parlare di te. Di quanto eri bella, tutta elegante al matrimonio di Bree. Di quanto sei intelligente.»

Sbuffai. «Devi aver bevuto troppo punch di Natale. Impossibile che abbia parlato di me in quel modo. Pensa che io sia una secchiona gigantesca.»

La prima volta che avevo incontrato Mateo, poco dopo che si era trasferito a San Francisco per dirigere la sicurezza di Cooper, ero rimasta così sopraffatta — non avevo idea che esistessero persone così meravigliose al di fuori dei film di supereroi e delle riviste di fitness — che mi ero lasciata scappare una delle mie stupide battute sulla matematica, quella sui matematici infiniti.

Mi aveva fissata a bocca aperta per un secondo, e poi aveva detto qualcosa sul tempo. Mi aveva ricordato — dolorosamente — Byron. Di come avesse sempre aggrottato la fronte alle mie battute matematiche. Diceva che mi facevano sembrare ridicola, come se mi stessi sforzando troppo.

E Mateo pensava la stessa cosa. Che fossi una quattrocchi. E per giunta poco attraente. Lo sorprendevo sempre a fissare le parti di me che Byron odiava: il mio sedere, le mie cosce grosse. Una volta, Byron mi aveva regalato un set di fasce elastiche per il mio compleanno. *Booty Busters*, diceva l'etichetta.

Anche il muscoloso Mateo doveva aver giudicato il mio sedere bisognoso di una bella strapazzata.

Ma non volevo più parlare di Mateo. Qualcosa mi rodeva in un angolo del cervello ogni volta che pensavo a lui. «Ricordami quando inizi il tuo nuovo lavoro.»

«In realtà è solo la continuazione dello stage che stavo facendo. Ma la mia data di inizio ufficiale, a tempo pieno, è il quattro.»

«Guardati, signor Maturità», lo presi in giro. «Una laurea e un lavoro da grandi.»

«Ehi, fare l'assistente esecutivo è un lavoro da grandi!»

Non secondo mamma. Ma non lo dissi. Non aveva mai fatto pressioni su Ben come faceva con me. Sapeva che per le donne era più difficile che per gli uomini. Come mi aveva detto un centinaio di volte, dato che non facevo la pipì in piedi, dovevo lavorare più duramente per dimostrare il mio valore, per guadagnarmi ciò che a loro veniva dato senza pensarci. Persino mio fratello Ben aveva trasformato una storia lavorativa discontinua, una laurea interminabile e un piccolo aiuto dal suo fidanzato miliardario in un ottimo lavoro in una fondazione, facendo esattamente quello che voleva. Mentre io avevo lavorato gratis per un anno, rinunciando alle mie serate e ai weekend, e stavo lottando per convincere Larissa che ero degna di essere assunta.

«E tu?» chiese. «Novità sul fronte lavorativo?»

«In realtà...» mi morsi il labbro. «Si sta liberando una posizione a tempo pieno alla fondazione di Jackson.»

«Con tutto il tuo volontariato, più la tua esperienza finanziaria, dovresti essere una scelta sicura.»

«Non lo so. Non ho fatto una gran bella figura con Larissa. O con Jackson. Ed è una posizione da vice-direttore. Io sono solo una contabile senior alla Synergy.»

«Vuoi che metta una buona parola? Potrei chiedere a Cooper di parlare con Jackson. Oppure potrei farlo io stesso. Vediamo lui e la sua famiglia di continuo.»

Studiai Ben dalla camicia button-down ai jeans. Quella era una *piega?* Persino le sue scarpe da ginnastica erano prive di graffi. Ben aveva qualcuno che gli faceva il bucato e si prendeva cura dei suoi vestiti. E un vero lavoro in una fondazione che aiutava i ragazzi a rischio. Era più grande e meglio consolidata di quella di Jackson, quindi non era una posizione da vice-direttore come quella a cui aspiravo io. Non ancora. Eppure, per molti versi, mio fratello minore mi aveva superata.

Non potevo approfittare delle sue conoscenze per fare carriera.

No, non dovevo mentire a me stessa. Ero troppo orgogliosa per accettare l'aiuto che mi offriva. Troppo orgogliosa per ammettere di aver bisogno dell'aiuto di mio fratello minore.

«No, grazie. Ce la farò da sola.»

«Ne sei sicura? Non sarebbe un disturbo. Le persone in quella cerchia lo fanno sempre.»

«Ben,» ridacchiai. «Adesso fai parte di quella cerchia. Ma me la caverò, grazie. Troverò il modo di fare colpo su Larissa e di guadagnarmi quel lavoro completamente da sola.»

«So che puoi farcela. E sono così fiero di te per questo cambiamento. Sarebbe stato facile continuare a fare carriera alla Synergy. Ci vuole fegato per essere onesti con se stessi su ciò che si vuole dalla propria carriera.»

«A volte sembra una pessima idea. Sai, noi contabili siamo un gruppo piuttosto conservatore.» Tentai di ridere, ma il suono mi si bloccò nello stomaco.

«Ce la farai,» disse. «E se c'è qualcuno che merita di essere felice, sei tu.»

Vallo a dire a Larissa. E all'Uomo del Mistero che era scomparso dalla mia vita con la stessa velocità con cui vi era entrato.

Mi accarezzai l'anello al pollice. Un indizio. Anche se ero troppo realista per pensare che persino il mio Uomo del Mistero potesse rendermi felice per sempre.

Ma il lavoro alla fondazione? Se me lo fossi assicurato, avrei dimostrato il mio valore a mamma. A tutti.

E allora sarei stata soddisfatta.

———

AVEVO APPESO l'anello d'oro del mio Uomo del Mistero a una catenina intorno al collo. Era per custodirlo, proprio come avevo promesso, non perché mi piacesse il suo caldo peso adagiato sul cuore.

Alle cinque e mezza del primo giorno lavorativo del nuovo anno, lo accarezzai dove posava sotto la mia camicetta nera oversize, mentre Larissa esaminava la sala riunioni al primo piano della Synergy e sospirava.

«Vorrei che riuscissimo a trovare una sede permanente per la fondazione. Ma ogni edificio che ho visto è così anonimo e scialbo.»

«Sono sicura che troverà qualcosa che le piace. Alla fine.» Anche se cercava da un anno, e stavo iniziando a pensare che i suoi standard fossero troppo alti. «Fino ad allora, posso avere uno spazio alla Synergy ogni volta che voglio. E il caffè è gratis.»

Le sue narici si dilatarono come se sentisse l'odore del caffè bruciato di fine giornata, ma disse: «Sta facendo del suo meglio.»

Suonava quasi come un elogio, ma non era abbastanza per il mio io avido e in cerca di conferme. Aprii la bocca per offrirmi di portarle una bibita o qualsiasi cosa potessi racimolare nell'area ristoro, ma lei mi interruppe.

«Miriam, credo di aver lasciato per sbaglio il bar l'altro giorno senza pagare. Ha coperto lei il mio conto?»

Il caffellatte da dieci dollari. «Sì, ma non è stato un problema,» mentii.

«Io pago i miei debiti. Mi mandi un messaggio con il suo nome utente PayMo e la rimborserò.»

«Okay, certo. Ma a proposito di rimborsi, ho ancora bisogno della ricevuta da...»

«Ehi, scusate il ritardo.» Natalie entrò di corsa, impeccabile come sempre in un blazer e pantaloni di lana bianchi... bianchi! Aveva un fisico da modella, più alta di me e snella, e sembrava appena scesa da una passerella. Una vivace borsa a tracolla rossa di Prada le pendeva dalla spalla.

«Nessun problema.» Il sorriso di Larissa per Natalie era caldo e zuccheroso. «Siamo così felici che tu sia potuta venire.»

Natalie strinse la mano a Larissa, poi la mia. Il suo sorriso era contagioso. «Piacere di rivederti, Mimi. Jackson mi ha mandato le tue proiezioni di budget. Il livello di dettaglio era impressionante.»

Un caldo bagliore si accese appena sotto l'anello sullo sterno e si diffuse nel mio petto. Non era come quella volta in cui una delle ragazze popolari aveva scoperto che ero brava in matematica e si era finta mia amica perché la aiutassi con trigonometria. Non aveva niente a che fare con la gratitudine quasi impercettibile di Larissa. L'elogio sincero di Natalie mi spinse le guance in un sorriso.

Lei posò pesantemente la borsa sul tavolo della sala riunioni e tirò fuori delle carte. «Sono venuta preparata con alcune idee per il gala. E una proposta di budget.» Mi lanciò un altro sorriso veloce e complice.

Larissa si sedette a capotavola. «Miriam, può portarmi una bottiglia d'acqua? Vuoi qualcosa, Natalie?»

«Oh,» Natalie aggrottò la fronte. «No, grazie. Aspetto che torni tu per iniziare, Mimi.»

Larissa agitò una mano. «Non si preoccupi. La metteremo al corrente più tardi. Miriam impara in fretta.»

Strinsi i pugni. Ricordando a me stessa che stavo per offrirmi di prenderle qualcosa, scossi le dita. E poi, mi aveva appena fatto un complimento.

«Torno subito,» dissi. Corsi all'area ristoro e presi tre bottigliette d'acqua dalla scorta nel frigo. Supposi che in un'organizzazione snella come la fondazione, un vice-direttore potesse anche agire come un'assistente tuttofare. Ma quando avevo preso la laurea in contabilità e avevo fatto l'esame di stato, non avevo immaginato di volere un lavoro dove andavo a prendere l'acqua. E ora lo stavo facendo gratis. Un brivido mi percorse la pelle.

Quando tornai, Natalie e Larissa avevano le teste chine insieme, scrutando qualcosa sullo schermo del portatile di Larissa.

«Vedi? Te l'avevo detto che il country club avrebbe funzionato,» disse Larissa. «Ha tutto lo spazio di cui abbiamo bisogno.»

«Certo. È un po' generico, ma possiamo abbellirlo con i fiori. Ottimo lavoro a trovare qualcosa con così poco preavviso,» disse Natalie.

Le labbra di Larissa si strinsero, ma annuì. «Possiamo aggiornare il nostro contratto con il fiorista. Se ne occuperà Miriam. Eccelle nei compiti amministrativi.»

Non avrebbe dovuto darmi fastidio. Dopotutto, ero solo la volontaria finanziaria per la fondazione e, di conseguenza, per il gala. E avrei fatto qualsiasi cosa per la riuscita dell'evento. Eppure, sentii il petto stringersi.

Natalie mi guardò. «Scommetto che ti piacerebbero anche alcune delle parti creative, Mimi. Vuoi aiutarmi a scegliere il cibo? Sarà difficile trovare un catering con così poco preavviso, ma la parte degli assaggi sarà divertente.»

Il calore si riaccese dentro di me. Finalmente, un'opportunità per contribuire con qualcosa di significativo. «Certo. Hai qualche idea?»

Mi fece scivolare un foglio. «Ho i preventivi di cinque catering. Sono nella fascia di prezzo giusta?»

Diedi un'occhiata ai numeri. Tutti, tranne uno, rientravano nel budget che avevo previsto. «Il primo è un po' alto, ma gli altri sembrano a posto.»

Un angolo della sua bocca si sollevò in un sorriso storto, facendola assomigliare a suo fratello. «Penso di poterli convincere con le buone ad accettare la cifra giusta, se sono quelli che ci piacciono di più. Preferirei non eliminarli ancora.»

«È giusto. So che dobbiamo organizzare una festa di qualità, ma dobbiamo anche contenere le spese in modo che i soldi vadano ai bambini.»

Natalie sorrise. «I donatori ben nutriti sono felici. E generosi.»

«La loro generosità è direttamente proporzionale alla quantità di cibo?» La mia battuta sulla matematica fece cilecca. Entrambe le donne mi guardarono con espressione vuota. «Voglio dire, se raddoppiamo l'ordine del cibo, forse saranno doppiamente generosi.»

Natalie mi rivolse un debole sorriso. «In realtà, la gente passa più tempo a fare networking a questi eventi che a mangiare. Ma a loro piace che il cibo sia bello da vedere.»

«Okay. Non so quanto sia brava a scegliere cibo bello che i ricchi ignorano, ma ci proverò.»

Le sopracciglia biondo cenere di Larissa si aggrottarono. «Ho bisogno che prenda questa cosa sul serio, Miriam. Questo gala è importante per la fondazione.»

«Certo!» Cercai di trovare le parole. «Ci dedicherò il cento per cento della mia attenzione.» Il che non era del tutto vero. Avevo bisogno di almeno l'uno per cento della mia attenzione per stare in piedi e muovermi. Un altro cinque per cento per mangiare e per l'igiene personale. E almeno il quaranta per cento per il mio vero lavoro al piano di sopra. Ma Larissa non sembrava capire i numeri.

Ecco perché aveva bisogno di me. Anche se avrebbe preferito non averne.

Forse non avrei dovuto essere così frettolosa nel diventare uno di quei mozzi che Jackson aveva richiesto. Avevo più possibilità di fare carriera se tenevo la testa bassa e sfornavo numeri.

Lavorare al gala era un rischio. Se fosse stato un successo, Jackson avrebbe saputo che avevo aiutato. E con il suo sostegno, per Larissa sarebbe stato difficile negare la mia candidatura per la posizione di vice-direttore. Ma se avessimo mandato a monte il gala, Larissa mi avrebbe usata come capro espiatorio, e per lei sarebbe stato facile portare a termine la sua minaccia di assicurarsi che venissi respinta da qualsiasi altra fondazione di beneficenza.

Il rischio non faceva per me. Era per questo che ero diventata una contabile, in primo luogo. Ogni azienda aveva bisogno di contabili. I soldi erano buoni e l'impiego era stabile.

Ma la stabilità non era più abbastanza. Volevo qualcosa di più. Appagamento. La sensazione di fare del bene nel mondo. Di aiutare i ragazzi.

Guardai di nuovo Larissa. La sua fronte era ancora aggrottata. Poi colsi il sorriso speranzoso di Natalie, così simile a quello di suo fratello.

«Non vi deluderò,» promisi.

Natalie mi abbracciò. «Sarà fantastico. Con la tua intelligenza finanziaria, il mio occhio per il design e la...» deglutì «...leadership di Larissa, non possiamo fallire.»

«I membri del comitato avranno delle responsabilità la sera del gala. Miriam, dovrà vestirsi... in modo appropriato.» Lo sguardo freddo e blu di Larissa passò dai miei capelli crespi di fine giornata alla mia ampia tunica nera e ai pantaloni neri informi.

«Sono sicura che ha qualcosa da mettersi,» si affrettò a dire Natalie. «O... o posso portarti a fare shopping! Sarà così divertente!»

Abiti e borse firmate non facevano per me — contabile, ricordi? — ma sapevo per certo che la borsa che Natalie aveva gettato con tanta noncuranza sul tavolo costava quattro cifre. Una sessione di shopping con Natalie Jones sembrava costosa e umiliante.

«Ho qualcosa da mettermi,» mentii. Ben mi avrebbe aiutata. Si offriva sempre di rifarmi il look. Non glielo avrei permesso, ma poteva aiutarmi a trovare un abito da sera che non costasse più del mio affitto.

«Fantastico!» Natalie batté le mani. Il suo telefono vibrò sul tavolo e lei lo guardò. «C'è altro di cui dobbiamo discutere oggi? Mio fratello è qui per passarmi a prendere.»

«Jackson?» Era un modo strano di dirlo, visto che aveva lavorato nell'edificio tutto il giorno.

«No, l'altro mio fratello, Andrew. Lo porto a cena.»

«A proposito di cena, non dimenticate di darmi il nome del vostro accompagnatore per il gala, signore,» disse Larissa.

«Un accompagnatore?» Questa sembrava il tipo di matematica che non mi piaceva. L'anello parve bruciare contro la mia pelle.

«Qualcuno con cui sedersi a cena. I membri del comitato saranno sparsi a vari tavoli in modo che i donatori abbiano accesso a noi. Sicuramente vorrà un viso amico accanto a sé.»

Non avevo tempo per uscire con qualcuno, tanto meno per trovare qualcuno da portare a un evento. Ben sarebbe venuto con me? Ma quanto sarebbe stato patetico portarci mio fratello?

Non così patetico come presentarsi da sola, come avevo fatto al matrimonio di Bree.

«Io... non sto frequentando nessuno.»

«Non deve frequentare qualcuno per portare un accompagnatore.» Arricciò le labbra. «Lo tenti con del cibo gratis.»

Le mie guance si gelarono. Certo, mi piaceva un pasto gratis tanto quanto a chiunque altro, ma era *quello* che pensava di me? Poiché non appartenevo al suo mondo di ragazze ricche, mi guardava dall'alto in basso. Era per questo che non voleva lavorare con me?

«Posso trovarti io un accompagnatore,» disse Natalie. «Conosco un sacco di ragazzi. O... ragazze?»

Il calore mi tornò in viso. «Grazie.» Per quanto fosse gentile da parte sua offrirsi, gli uomini che conosceva Natalie probabilmente mi avrebbero guardata dall'alto in basso ancora più di Larissa. «Dammi qualche giorno per attivare la mia rete» — e con "rete", intendevo i pochi numeri che avevo conservato dalle mie avventure di una notte — «e ti farò sapere se ho bisogno di aiuto.»

«Certo, non c'è fretta.» Natalie sorrise.

«Il gala è tra sei settimane. San Valentino. Non aspetti troppo, o i migliori saranno già presi.» Larissa ridacchiò.

Fantastico. Sapevo in un angolo della mente che stavamo pianificando l'evento per il 14 febbraio, ma finché non l'aveva sottolineato, non avevo pensato a cosa significasse invitare qualcuno a uscire a San Valentino. Qualsiasi uomo sano di mente sarebbe scappato nella direzione opposta. E normalmente, sarei stata io a incoraggiare un ragazzo a diffidare della donna single disperata durante una festa da cartolina.

Ma questa volta, la donna single disperata ero io.

7

MATEO

CONQUISTALA CON IL CIBO.

Appoggiato al blocco delle cassette della posta nel minuscolo atrio del palazzo di Mimi, strinsi al petto la borsa di tela che mi aveva dato mia zia, sperando di tenerla al caldo. Non sarebbe stata altrettanto efficace per conquistarla dopo un giro nel microonde, e ci stavamo decisamente avvicinando al momento in cui il famoso pollo guisado di zia sarebbe diventato freddo.

Una coppia di hipster carini mi aveva fatto entrare nel palazzo. Avrei potuto usare la chiave che Ben mi aveva prestato per entrare da solo e iniziare a scaldare il cibo nel forno. Sull'isola, facevamo cose del genere in continuazione. Ma Mimi aveva eretto alte mura intorno a sé, e io dovevo rispettare i suoi confini il più possibile.

Cristo, come volevo fumare. Fissai con desiderio la porta a vetri. Sarebbe stato così facile uscire e accenderne una, calmare le mie dita tremanti. Ma avrei puzzato di fumo, e Mimi l'avrebbe odiato. Inoltre, mi ero ripromesso di smettere. Ero abbastanza forte da riuscirci, anche dopo tutti quegli anni.

Dov'era? Mio cugino era un dirigente motivato alla Synergy, e di solito era a casa per le sette. Gli avrei parlato di quanto la sua azienda facesse lavorare sodo Mimi.

Anche se dubitavo che lei l'avrebbe apprezzato.

La porta sulla strada si aprì e lei entrò con passo leggero, con i ricci scuri che le ricadevano sul viso e il cappotto aperto. La punta del naso era rossa, ma la sua pelle splendeva. Era un raggio di sole che fendeva le nuvole onnipresenti.

Mi staccai dal muro e strinsi più forte la borsa. «Buonasera. Com'è andato il lavoro?»

«Mateo?» I suoi bellissimi occhi castani si spalancarono. «Cosa ci fai qui? Ben sta bene?» I suoi occhi erano cerchiati di rosso per la stanchezza. Avrei decisamente parlato con mio cugino.

«Sta bene. Sono venuto per te. Ti ho portato la cena. L'ha preparata mia zia.»

Il suo stomaco brontolò, e lei ci mise una mano sopra. «Wow, sembra fantastico.» Annusò. «Anche l'odore è buono. Cos'è?»

«Ah-ah,» la presi in giro. «È una sorpresa. Posso portartela di sopra?»

Le comparve tra le sopracciglia quella piccola ruga d'espressione che le veniva ogni volta che mi guardava. «Immagino di sì. Ma perché non mi hai scritto prima?»

Feci una smorfia. Miguelito diceva la stessa cosa, anche se io vivevo proprio di fronte a lui e Ben. «Scusa. A casa non dovevo mai scrivere a nessuno. Nel paesino dove vivevo, la gente si presentava e basta alla porta degli altri.»

«Beh, a San Francisco non si fa così. La prossima volta, usa il telefono.»

Le minuscole tastiere dei telefoni non erano fatte per le mie dita grosse. I miei messaggi erano sempre pieni di errori di battitura che il correttore automatico storpiava e, senza occhiali, a volte non me ne accorgevo. Ma per Mimi, ci avrei provato. «Qualsiasi cosa per te, bella.»

Quando aggrottò la fronte, mi sgonfiai. Di solito, le mie prese in giro facevano sorridere la gente. Ma Mimi non si lasciava ingannare dalle mie avance. Niente funzionava con lei. Niente di quello che provavo, almeno.

Arrancai dietro di lei su per le scale, e salimmo al secondo piano. Aspettai mentre lei inseriva la chiave nella toppa e accendeva le luci.

Il suo appartamento sembrava identico all'ultima volta che c'ero stato, la mattina in cui ero venuto a controllarla dopo la sua sbronza. Ma dato che venivo da casa di mia zia, con il suo tripudio di candele, presepi e Babbi Natale, sembrava spoglio. Persino io avevo messo un filo di luci multicolori da discount sopra il camino della mia casetta. Ma Ben mi aveva detto che la loro famiglia era ebrea, e settimane prima l'avevo visto accendere la menorah a casa sua e di Miguelito.

Il suo appartamento era ordinato e anonimo, senza un libro o un soprammobile fuori posto. L'arredamento era molto più frugale di quello della dépendance di Miguelito. L'unico tocco di colore nel locale proveniva dai poster di supereroi attaccati alle pareti: Wonder Woman, Doctor Strange, Thor e altri.

Appoggiai il cibo sul bancone della cucina. «Ti dispiace se lo scaldo?»

«No. Ecco, ti faccio vedere dove sono le cose.»

«Non preoccuparti. So cavarmela in cucina. A meno che tu non segua la kasherut? Non vorrei mischiare i piatti per la carne e quelli per i latticini.»

I suoi occhi stanchi si accesero per un istante e poi si strinsero. «No. Non mangio maiale, ma non ho due servizi di piatti. Usa quello che vuoi. Io vado a cambiarmi.»

Lei se ne andò e io tirai un sospiro di sollievo. Prima delle vacanze, mi aveva urlato contro. Forse il mio desiderio di Natale era stato esaudito.

Non avrei mandato a monte quel miracolo di Natale. Presi una pentola per lo stufato e la misi sul fornello, poi trovai una pirofila e misi il riso in forno a riscaldare. Anche il budino di pane finì in forno. Avremmo iniziato con l'insalata verde che avevo preparato.

Trovai i suoi piatti e le sue posate e apparecchiai la tavola, piegando i tovaglioli in rettangoli precisi come immaginavo piacessero a Mimi. Misi le forchette e i coltelli perfettamente paralleli. Proprio mentre stavo sistemando in un vaso il mazzo di fiori che avevo portato, Mimi entrò in cucina.

«Wow,» disse. Indossava delle pantofole, di quelle che facevano un rumore strascicato quando camminavi, più dei leggings grigi e una felpa oversize della UCSF. Aveva i capelli raccolti in una fontana scomposta di ricci in cima alla testa.

Cristo, sembrava pronta per infilarsi a letto. Desiderai avere il diritto di farlo io.

«Wow,» le feci eco.

«Oh, uh, scusa.» Le sue guance fresche di bucato arrossirono. «È l'abitudine. È stata una giornata lunga.» Incrociò le braccia sul petto. Si era tolta il reggiseno?

Mi misi una presina davanti per nascondere l'erezione che mi si stava indurendo contro la coscia. *Conquistala con il cibo, scemo.*

«È tutto pronto. Siediti, che impiattiamo.»

«Grazie.» Inclinò la testa come se stesse cercando di capirmi, ma si trascinò fino al tavolo e si sedette.

Misi riso e stufato su due piatti e li portai a tavola. «È pollo, non maiale,» dissi.

«Grazie.» Si appoggiò alla rigida sedia di legno. «Ha un profumo fantastico.»

«Mia zia è un'ottima cuoca. Brava quasi quanto lo era mio padre.» Mi sedetti sulla sedia di fronte a lei.

«Lo era?» Non prese la forchetta, ma inspirò sopra il piatto fumante.

Merda, perché l'avevo menzionato? Il cibo me lo portava sempre alla mente. «È morto.»

«Mi dispiace.» Fece quella cosa che fa la gente, la pietà le addolcì gli occhi.

Non volevo la sua pietà. Anche se volevo tutto il resto da lei. «È successo molto tempo fa. Dieci anni. Ed ero già adulto quando è successo. Com'è andato il lavoro?»

Lei sbatté le palpebre, poi le sue labbra si incurvarono all'ingiù. «Bene.» Prese la forchetta e raccolse un boccone di riso e stufato.

«Davvero? Non sembra che sia andato bene. E sei rimasta fino a tardi.»

«Il lavoro è andato bene. È stata la riunione della fondazione, dopo, a non essere andata un granché.» Chiuse le labbra sul boccone di cibo, e i suoi occhi si rivolsero verso l'alto. Masticò e deglutì. «Dio, è delizioso.»

«Cosa è successo alla riunione della fondazione? Non riguardava di nuovo la tua presentazione, vero?»

«No, no.» Masticò un altro boccone di stufato e mormorò apprezzamento. «Abbiamo questo grande gala in arrivo. Sai, una serata elegante. Mi sono offerta volontaria per far parte del comitato organizzativo. È, uhm, una cosa piuttosto importante per la fondazione. In più, devo andarci davvero al gala. Cioè, vestita elegante.» Si sfregò il polsino sfilacciato della felpa.

«Non vuoi andarci?»

«No. Cioè, sì, ci voglio andare. Sarà ottimo per creare una rete di contatti. Ci sarà Jackson Jones, e voglio fargli una buona impressione. C'è questo lavoro che potrei ottenere. Un posto a tempo pieno con la sua fondazione, e penso che lui sia favorevole a darmelo.»

«Un lavoro con più soldi?» San Francisco era cara. Tutti avevano bisogno di più soldi. Tranne mio cugino e i suoi amici miliardari.

Bevve un sorso d'acqua e sorrise, le sue labbra che brillavano di umidità. Riportai di scatto lo sguardo sui suoi occhi, ma erano altrettanto ammalianti con quelle palpebre socchiuse e assonnate che mi ricordavano la notte al bar, quando mi aveva baciato da perdere la testa.

«Probabilmente sono gli stessi soldi che guadagno alla Synergy. Ma è un lavoro che conta. La fondazione aiuta i bambini. Bambini neurodivergenti. Avevo un amico da piccola… Comunque, voglio farne parte. Voglio avere successo, ma voglio anche che il mio lavoro aiuti le persone.»

Un calore mi gorgogliò nel petto. Mi ero innamorato della bellezza e della mente acuta di Mimi, ma ora scoprivo che aveva anche un cuore tenero. Era un angelo.

«Ma...» Prese la forchetta e separò un pezzo di patata dallo stufato, ma non lo infilzò. «Non solo è richiesta una tenuta formale, e io non metto abiti da sera, ma dovrei portare un accompagnatore.»

«I vestiti sono facili da trovare, specialmente in una città come San Francisco.»

«Non quando hai le mie forme.» Fece un gesto verso la sua felpa larga.

«Eri stupenda al matrimonio della tua amica. Hai delle forme meravigliose. Da donna, non da stecchino.»

Le sue guance diventarono rosse come le rose nel vaso. «Uhm... grazie. Ma fare shopping può essere una sfida.»

Gonfiai il petto. «Ti ci porto io a fare shopping. Ti troverò un negozio con abiti che adorerai.»

Lei sollevò un sopracciglio. Chiaramente, avevo scavalcato il muro protettivo che si teneva intorno.

«Io... cioè, se ti va. Oppure posso chiedere a mia zia.»

Contorse le labbra di lato. Un forse. Potevo lavorarci su. Cosa non avrei dato per vederla in un abito di seta attillato.

«E!» Il pensiero mi balenò in testa troppo in fretta per trattenerlo. «Verrò con te. Al gala.»

I suoi occhi si spalancarono. Ero andato troppo oltre. Avevo sfondato quel muro come una mazza. «Cioè, come tuo accompagnatore. Un amico.»

Si morse il labbro, e io non potevo. Smettere. Di fissarlo. Ricordai come mi aveva mordicchiato il labbro quella notte. Che sapore avesse. Ma lei non ricordava niente di tutto ciò. Dovevo in qualche modo riconquistare quel terreno, e il mio istinto mi diceva che il gala era la chiave.

«Non lo so...»

«Ho uno smoking.» Non era vero, ma mio cugino ne aveva

un'intera rastrelliera nel suo armadio, e avevamo la stessa taglia. «E sono bravo con le persone.»

Entrambe le sue sopracciglia scure si inarcarono. Era la pura verità, anche se con Mimi ero solo un impacciato.

«E!» Se le avessi lasciato dire la parola *no*, sarebbe finito tutto. Dovevo continuare a parlare per non darle la possibilità di dirla. «Sono un ballerino fantastico.»

Lasciò andare il labbro, che scattò indietro, rosso e lucido. Strinse gli occhi verso di me. «È un eufemismo?»

Mi sforzai di abbozzare un sorrisetto sexy sulle labbra, ma probabilmente risultò tirato. «Vuoi che lo sia?»

«No. No.» Le sue guance diventarono rosse, non a chiazze come quando arrossiva Ben, ma una liscia ondata di magenta le colorò le guance e la fronte. «Ma ballare? Pensi che dovremo ballare a questa cosa?»

«Dovremo? No. Dovremmo? Assolutamente.» Non c'era niente che desiderassi di più che tenerla tra le braccia, il suo viso così vicino da essere sfocato. Avrei voluto tirare fuori gli occhiali per studiare i suoi lineamenti come avevo fatto al bar.

«Io non ballo.»

Un angolo della mia bocca si sollevò e le parole fluirono come acqua. «Hermosa, ti farò fare bella figura.»

Il suo sguardo scivolò sulla mia bocca. Si leccò le labbra. Poi, sorprendendomi, sorrise. «E dovrei crederti sulla parola?»

Gracias a Dios. Le mie abilità di seduttore erano tornate operative. Inarcai le sopracciglia. «Vuoi una dimostrazione?»

«Qui? Ora?» I suoi occhi saettarono per la minuscola cucina.

«Quando vuoi. Ben può garantire per me. Abbiamo ballato sull'isola.»

La sua bocca si arrotondò in una *O*. «Sei gay?»

«Bisessuale. Ma ti prometto che non ho mai baciato tuo fratello.» Ci avevo pensato la prima volta che l'avevo incontrato, ma avevo capito subito che, sebbene lui e Miguelito non stessero ancora insieme, mio cugino lo considerava già suo. E quando ho conosciuto Mimi, ho scoperto che Ben era solo una pallida ombra della sua vibrante sorella. In un istante, mi sono innamorato delle sue curve generose, delle sue labbra piene e corallo, dello scatto intelligente dei suoi profondi occhi castani.

Strinse gli occhi verso di me. Cos'altro potevo offrirle?

«Ti porterò da mangiare. Quando vuoi.» Feci un gesto verso il suo piatto quasi vuoto. «E... e smetterò di fumare.»

«Solo perché ti porti a questo gala?» Inclinò la testa. «Cosa ci guadagni tu?»

Dovevo muovermi con cautela nel campo minato che aveva eretto dentro le sue mura. «Un'occasione per vestirmi elegante, parlare con la gente e passare del tempo con te. E poi, mangiare con un'amica è meglio che mangiare da soli.»

Rimase in silenzio per qualche secondo. Poi per qualche altro ancora. Alla fine, disse: «Okay. È il giorno di San Valentino. Ma non significa niente. Capito? Siamo solo due persone che si vestono eleganti per un pasto gratis. Un pasto gratis di lavoro.»

«Amici,» dissi, allungando la mano sul tavolo.

Lei fece scivolare la sua mano piccola e morbida nella mia. Repressi l'impulso di portarle le dita alle labbra e, invece, le strinsi la mano una volta.

«Affare fatto,» disse.

A malincuore, le lasciai la mano e neutralizzai l'espressione del viso per nascondere la gioia che voleva trasformarlo in un sorriso ebete. «Affare fatto.»

8

MIMI

STAVO SISTEMANDO le copie del budget per il gala quando Natalie entrò con passo pesante, con dieci minuti di anticipo, i suoi stivali al ginocchio che battevano sui pavimenti in legno della sala conferenze al primo piano della Synergy. Io, con quelli, sarei sembrata una bambina che giocava a travestirsi, se solo li avessero fatti per polpacci robusti, ma Natalie sembrava incredibilmente alta ed elegante.

«Fatti abbracciare» disse, facendo segno con le dita. «Ho bisogno di un abbraccio.»

Avrei voluto odiarla, ma non ci riuscivo.

«Ciao, Natalie.» Raddrizzai la copia del budget al posto di Larissa e mi allungai per abbracciarla. Non era ossuta come sembrava, e l'abbraccio fu piacevole. Non mi ero resa conto di quanto mi mancassero Ben e i suoi generosi abbracci da quando se n'era andato.

Natalie mi strinse forte e poi allentò la presa. Dopo qualche secondo, mi lasciò andare e ci allontanammo. Con quello che parve un grande sforzo, sorrise. «Buon pomeriggio.»

«C'è qualcosa che non va?»

«Solo mio fratello, quella testa dura. Lui… lascia perdere.»

«Chi, Jackson?»

«Certo. Andrew è il ragazzo più dolce e ragionevole che tu possa mai incontrare. Beh, a parte la sua disastrosa vita sentimentale. Mio fratello Jackson, invece, a volte mi fa venire voglia di urlare.»

«Riguarda il gala? Dobbiamo fare qualche modifica?» Afferrai la copia del budget. Non era il caso di far arrabbiare il fondatore con una scelta sbagliata. Ero doppiamente esposta. Avrebbe potuto prendersela con me al mio vero lavoro e a quello che speravo di ottenere. Non che pensassi che Jackson fosse vendicativo. Fino a quel momento, non era stato altro che di supporto nei miei confronti.

Anche Byron era stato così, però, finché non mi aveva morso come un serpente.

Natalie scosse le mani. «No, non c'è niente che dobbiamo fare. Era qualcosa che volevo che facesse lui. Ma va bene. Risolveremo.»

«Okay. Se sei sicura.» Riposai i fogli al posto di Larissa.

«Eccoti.» Una voce profonda provenne dal corridoio. Mateo riempì l'entrata con le sue spalle larghe e la sua altezza impossibile. Teneva in ogni mano una busta della spesa di carta marrone, i tendini tesi sugli avambracci scoperti.

Perché diavolo stavo guardando i suoi avambracci? Il pericolo era la sua bocca. Cosa avrebbe detto per mettermi in imbarazzo di fronte a Natalie?

Guardare la sua bocca fu un errore, e lo avevo imparato la settimana prima nella mia cucina, la sera in cui avevo accettato di portarlo al gala come mio accompagnatore. Le sue labbra erano piene e carnose, e quando mi aveva rivolto quel sorriso sexy e inclinato, il mio cervello assennato si era spento. Invece di ricordare tutte le ragioni per cui era una pessima idea, mi ero concentrata sulle sue labbra e mi ero chiesta se sarebbero state morbide come sembravano se avessi allungato la punta di un dito per toccarle.

Quando si incurvarono in un sorriso, distolsi lo sguardo sbattendo le palpebre. Niente sguardi alla sua bocca! Guardando la carta stropicciata nella mia mano, mi ricordai perché eravamo lì: una riunione del comitato per il gala. E Mateo non c'entrava nulla.

«Che ci fai qui?»

Lui sollevò le buste, i muscoli delle braccia che si flettevano. Un odore delizioso si diffuse nella sala conferenze. «Ben ha detto che avevi una riunione stasera. Ho portato da mangiare.»

Cenare da sola con Mateo era una cosa, ma esporre Larissa, a cui già non piacevo, alle gaffe di Mateo era un'idea terribile. Non importava quanto fosse stato gentile l'altra sera.

Appoggiai una mano sulla manica della sua maglia a compressione nera, aderente come una seconda pelle, e lo spinsi fuori dalla porta. Dio, il suo braccio era una roccia. Una roccia da leccare.

«Ne avevamo parlato» sibilai. «Dovevi mandarmi un messaggio.»

«L'ho fatto» brontolò lui.

Tirai fuori il telefono dalla tasca. «Mi hai scritto, *Nell'essere sonetto*. Che diavolo significava?»

Fece una smorfia. «Il correttore automatico e io non andiamo d'accordo. Volevo dire, 'Porto la cena', ma…»

«No. Stiamo bene così. Grazie. Sono sicura che puoi portarla a Cooper e Ben. Non ho fame.» Mentre mi avvicinavo a lui per accompagnarlo fuori dall'edificio, il mio stomaco protestò con un brontolio così forte che dovevano averlo sentito tutti al piano.

«Ah. Ma non sai cosa ho portato. E non vorrai essere nervosa per la fame alla tua riunione.» Scosse leggermente le buste e l'odore di cipolle e peperoni mi chiamò.

Il mio stomaco brontolò di nuovo, ma lo zittii premendomi un pugno in mezzo. Avrei voluto che non fosse così alto e che non dovessi piegare così tanto il collo all'indietro per guardarlo negli occhi. «Non sono nervosa per la fame.»

«Non lo sei?» disse piano. «O c'è qualcos'altro che ti turba?»

Quel tono dolce nella sua voce, così invitante, così modesto, mi fece venire voglia di raccontargli tutti i miei problemi. Di quanto fossi esausta nel bilanciare un lavoro a tempo pieno con il volontariato. Di quanto duramente cercassi di compiacere Larissa ricevendo così poco in cambio. Perché doveva essere così... così *carino?*

«Che succede qui?» Non mi ero accorta che Larissa era arrivata dietro a Mateo.

Merda. Ora Larissa avrebbe dovuto conoscere Mateo e vedere quanto fosse impacciato. Probabilmente lo avrebbe bandito da tutti i futuri eventi della fondazione, specialmente dal gala. Dovevo farlo uscire di lì. Gli misi una mano sul petto e spinsi. Ma ero come una zanzara che cercava di spostare un mammut.

«Litigio tra innamorati.» Natalie incrociò le braccia sul petto mentre si appoggiava allo stipite della sala conferenze.

«Cosa?» Mi voltai di scatto a guardarla. Cos'aveva sentito?

«Ciao, fidanzato sexy di Mimi.» Fece un sorrisetto.

«Lui non è...»

«Sono Natalie Jones.» Ignorando la mia protesta, gli porse la mano.

Mateo posò una delle buste e le strinse la mano. «Mateo Rivera.» Si rivolse a Larissa e le strinse la mano. «E Lei dev'essere la Larissa di cui ho tanto sentito parlare.»

Le guance di Larissa si tinsero di rosa e sembrò quasi avvizzire. E poi emise un suono che non avevo mai sentito uscire dalla sua bocca perfettamente delineata. Ridacchiò, la sua mano che indugiava nella sua. «Larissa Lane.»

Ma che. Diavolo. Dovevo riprendere il controllo della situazione. E questo significava sbarazzarmi di Mateo. «Mateo se ne stava giusto andando. Ci vediamo dopo, Mateo.»

«Di che stai parlando?» Natalie mise una mano sull'avambraccio di Mateo, e per qualche ragione, questo mi fece stringere i molari. «Ci ha portato la cena. Non lascerò che qualcosa di così delizioso se ne vada.»

Mateo sfilò la mano dalla presa di Larissa e si rivolse di nuovo a Natalie, un angolo della bocca che si sollevava e una vera e propria fossetta che gli si formava sulla guancia.

«Questa delizia non va da nessuna parte» disse.

Wow. Persino la scintilla di seconda mano era intensa.

Larissa si fece strada oltre lui entrando nella sala conferenze, e quando assunse la posizione di autorità in fondo alla stanza, la sua maschera fredda era tornata. Piegando un fianco, appoggiò le mani sui fianchi in una posa di potere. Inarcò un sopracciglio. «Lei sta con Miriam?»

Sentii l'incredulità nel suo tono, e per un secondo, volli rivendicarlo, per dimostrarle che solo perché preferivo stare nell'ombra, fare un buon lavoro ed essere riconosciuta per quello, non significava che non potessi attrarre un uomo. Anche se, chi volevo prendere in giro? Mateo era sbagliato per me sotto ogni aspetto. Non credevo che avremmo funzionato insieme. Larissa, che era sia perspicace che di successo, non ci sarebbe mai cascata.

Proprio mentre aprivo la bocca per dire *no*, Mateo disse: «Esatto. Andremo al gala insieme.»

Larissa inclinò la testa come se non se la bevesse del tutto. Ma disse: «Bene. Sono contenta che sia riuscita a trovare qualcuno, Miriam.»

Prima che potessi far uscire dalla bocca un *siamo solo amici*, parlò Natalie.

«E ha portato da mangiare. Cosa ci hai portato, Mateo?»

«Empanadas da un ottimo ristorante colombiano qui vicino. Ho portato manzo, pollo, patate e formaggio. Niente maiale.» Mi lanciò una rapida occhiata.

Il mio stomaco emise un gorgoglio speranzoso. Avrei mangiato cibo non kosher se avesse avuto un odore così buono.

«Cosa stiamo aspettando?» chiese Natalie. «Mangiamo durante la riunione.»

La situazione mi era sfuggita di mano. E questo mi fece prudere i denti. Li strinsi. Dovevamo avere una riunione sul budget del gala. Ne avevo tre copie immacolate. Una cena di lavoro con Larissa e Mateo aveva l'ottantacinque per cento di probabilità di essere un disastro. Ma non c'era niente da fare mentre Mateo sistemava le buste sulla credenza e iniziava a tirare fuori cartoni di cibo.

Natalie emetteva oooh e aaah a ogni pietanza. Persino Larissa sbirciò nei vassoi di alluminio. Mateo preparò a ciascuna di loro un piatto secondo le loro specifiche. Il delizioso aroma riempì la sala conferenze, e io deglutii.

Natalie and Larissa si sedettero con il loro cibo e, prima che potessi capire come riportare la riunione sotto controllo, Mateo mi presentò un piatto. «Siediti» disse. «Mangia. E poi parla.»

Mi sedetti al mio solito posto alla sinistra di Larissa. Mateo mise bottiglie d'acqua davanti a ognuna di noi, poi si assicurò che avessimo un pacchetto di posate e un tovagliolo.

«Vi lascio al vostro lavoro, signore» disse.

«No, resta» disse Natalie. «Prendi una sedia. E un piatto. Non puoi semplicemente lasciare il cibo e andartene. Passa qualche minuto con noi. Vero, Mimi?»

«Ehm, certo.» Ero certa al settantuno per cento che sarebbe finito in un disastro, ma non ero un mostro al punto da mangiare il cibo che aveva portato e mandarlo via senza niente.

Sollevò un sopracciglio verso di me, e quando non obiettai, si preparò un piatto di cibo e si sedette sulla sedia alla mia sinistra.

Fissai il mio piatto. Sembrava assolutamente splendido, un paio di empanadas a ore sei, riso e fagioli a ore dieci e due. Una tazzina di salsa verde annidata al centro.

«O.M.G. Questo è delizioso.» Natalie prese un altro boccone e roteò gli occhi. «Chi l'ha fatto, e fanno catering per grandi eventi?»

Mateo ridacchiò. «Tres Hermanas nel Tenderloin. E sì, fanno catering. Mia zia ha detto che fanno matrimoni nella sua chiesa continuamente. Conosce i proprietari.»

«Dobbiamo ingaggiarli. Non credi, Mimi?» disse Natalie.

«Ma... ma... abbiamo già scelto un catering.» Lei e io ci eravamo rimpinzate in appuntamenti consecutivi durante il fine settimana, e lei aveva persino contrattato con quello costoso per farlo rientrare nel nostro budget. «Ho staccato un assegno per l'acconto.»

Larissa disse: «Non gliel'ho ancora dato.»

«Non l'ha fatto?» chiesi. «Le ho dato l'assegno lunedì.»

Sventolò una mano come se un assegno a cinque cifre non significasse nulla. «Penso che dovremmo parlare con queste persone. Il cibo latinoamericano sarà unico e un'esperienza più memorabile. Possiamo pianificare le decorazioni di conseguenza. Sto pensando a fiori di carta, piñatas, maracas…»

«Oppure…»

La voce di Mateo dall'altro lato mi fece trasalire e rovesciai la mia bottiglia d'acqua. Fortunatamente, la raddrizzai prima che versasse più di qualche goccia sulla mia copia del budget. Che ora era obsoleto. Lo asciugai con il tovagliolo.

«Potreste decorare con orchidee. O, se sono troppo costose, garofani e rose dai colori vivaci. Darà un tocco fresco e tropicale senza essere troppo esagerato.»

Trattenni il fiato. «Abbiamo già messo a budget anche le decorazioni e i fiori.»

Larissa respinse la mia protesta con un gesto della mano. «Possiamo risolverlo con il decoratore. Vero, Natalie?»

«Nessun problema. Gina ha assecondato abbastanza capricci di mia madre da potersela cavare.» Si rivolse di nuovo a me. «Sono sicura che possiamo farlo rientrare nello stesso budget. Non sarà troppo lavoro extra per te, te lo prometto.»

«Ho bisogno di persone creative e flessibili» disse Larissa, la sua voce pungente. «Penso che Mateo potrebbe essere più adatto al comitato del gala di Lei, Miriam.»

«Aspetta» disse lui. «Non sto cercando di prendere il posto di nessuno.»

Il mio stomaco si contrasse. La situazione era fin troppo familiare. Un uomo che piomba e prende un lavoro per cui avevo faticato tanto per guadagnarmi. Forse Mateo non aveva avuto intenzione di farlo, ma eccoci qui. Di nuovo. Fissai il mio piatto. Il cibo all'inizio era sembrato meraviglioso, ma ora l'amarezza mi riempiva la bocca.

Spinsi via il piatto. «Non intendevo... Me ne occuperò io.» Rinegoziare i contratti e aggiornare il budget avrebbe richiesto tempo che non avevo pianificato, ma con l'approvazione di Larissa appesa a un filo, avrei lavorato ventiquattro ore su ventiquattro, sette giorni su sette, se necessario.

Lentamente, mentre Larissa e Natalie finivano i loro piatti, loro tre disfacevano la pianificazione che avevamo fatto la settimana precedente e il budget che avevo meticolosamente preparato.

La goccia che fece traboccare il vaso fu quando Mateo disse: «Conosco una fantastica band di bachata. Un ragazzo con cui lavoro, Carlo, suona la tromba con loro nel tempo libero.»

«Abbiamo decisamente pagato l'acconto per la band jazz» dissi.

«Possiamo svincolarci» disse Larissa. «Perdere l'acconto varrebbe la pena per creare un'esperienza autentica.»

«Ma sono cinquecento dollari che i ragazzi non riceveranno.»

«Miriam.» Larissa mi fissò con sguardo vacuo. «È una frazione minuscola del budget complessivo del gala. Le dico sempre che deve guardare al quadro generale. È ciò di cui ho bisogno in un vicedirettore.»

Mi rannicchiai. Merda, non era stato Mateo ad affondarmi. L'avevo fatto da sola.

«L'attenzione ai dettagli è importante» disse Mateo. «Sono sicuro che abbia bisogno anche di quello.»

Mi voltai di scatto a guardarlo, e il largo sorriso che aveva rivolto a Larissa vacillò.

«Non è così?» disse, il suo sguardo fisso nel mio.

«Suppongo di sì» disse Larissa. Ma nessuna di noi si prese la briga di voltarsi verso di lei. I suoi occhi azzurri scintillavano di qualcosa di caldo, come una limpida giornata di cielo sereno a settembre. La mia memoria tornò di colpo a un altro paio di occhi azzurri che mi ascoltavano, mi riconoscevano. Il mio Uomo Misterioso. Desiderai per la dodicesima volta di non averlo perso. Che fosse qui accanto a me al posto di Mateo.

Mateo era solo un altro uomo come Byron, che pensava solo a se stesso senza riguardo per ciò che volevo io. Non capivo ancora il suo piano, ma stava intralciando il mio. Il mio Uomo Misterioso non sarebbe mai piombato qui a smantellare tutti i miei piani.

Lui si schiarì la gola. «La band di Carlo sta cercando la sua grande occasione. Probabilmente vi farebbero un buon prezzo. Per la visibilità. Potrei parlare con loro?»

«Sì, per favore.» Il tono autoritario era tornato nella voce di Larissa. «Mi ricordi di darle il mio biglietto da visita, Mateo.»

«Certo.» Con quello che parve un immenso sforzo, distolse lo sguardo da me per posarlo su Larissa.

«E siederà al mio tavolo al gala» disse lei.

«Purché sia lo stesso tavolo di Miriam» disse lui. «Ricordi, sono il suo accompagnatore.»

Il silenzio si protrasse abbastanza a lungo da farmi guardare di nuovo Larissa. Le sue labbra si erano serrate in un modo che di solito significava guai per me.

Poi rivolse a Mateo, non a me, un sorriso che sembrava doloroso. «Si può organizzare.»

Merda. Mateo e Larissa allo stesso tavolo al gala? Spie di allarme lampeggiarono nel mio cervello. «Ma Lei aveva detto…»

I suoi occhi si strinsero minacciosamente. «Si può organizzare, Miriam.»

I muscoli di Mateo si tesero al mio fianco. «Dovrei lasciarvi, amabili signore, alla vostra pianificazione.»

Nonostante le proteste di Natalie e Larissa, raccolse i piatti vuoti e il mio mezzo pieno. Impacchettò gli avanzi e promise di lasciarli nel frigorifero della sala relax perché Larissa li portasse a casa.

Non mi sfuggì il suo sorriso civettuolo mentre gli infilava il suo biglietto da visita in mano.

Con un ultimo sguardo criptico verso di me, Mateo uscì a

grandi passi, portando con sé l'odore del cibo delizioso che non ero riuscita a mangiare.

Quando se ne andò, il ronzio delle luci fluorescenti mi svuotò. Doveva essere la stanchezza a farmi sentire spenta e apatica.

«Allora.» La malizia danzava negli occhi azzurri di Natalie. «Tu e Mateo.»

«Pensavo non si vedesse con nessuno» disse Larissa.

«Infatti. Voglio dire, Mateo è il mio accompagnatore al gala, ma...» Ma cosa eravamo? Avevamo detto di essere amici, ma non eravamo nemmeno quello.

«È una cosa nuova!» Natalie batté le mani. «Adoro quella sensazione da inizio relazione. Il fremito nello stomaco, il sesso sfrenato...»

«Sesso? Non c'è sesso! Siamo solo...»

Natalie sbuffò. «Voi due stavate praticamente facendo sesso contro il muro qua fuori. Se non siete ancora andati a letto insieme, non può mancare più di un appuntamento.»

No. No, no, no. Ci ero già passata. Con Byron. Prima di imparare che uscire con qualcuno con cui lavoravo finiva in crepacuore e tradimento. E ora Mateo e io lavoravamo insieme nel comitato. Che speravo di trasformare in un lavoro permanente alla fondazione. «Un appuntamento? Noi...»

Larissa mi interruppe. «Potremmo usare il suo aiuto ora che abbiamo scelto un tema latinoamericano.»

«Ma Mateo non è latinoamericano. Lui è...»

«Che importanza ha?» disse Larissa. «È la stessa cosa. Abbiamo bisogno di lui, Miriam. Non mandi tutto a monte.»

Beh, merda. Il nostro appuntamento amichevole al gala era in qualche modo esploso in qualcosa che poteva decidere le sorti del lavoro che desideravo così disperatamente. Non potevo permettermi di rovinare tutto.

9

MATEO

FECI UN CENNO a Carlo dalla veranda di mia zia mentre scendevo dalla mia Jeep. Lui sollevò una tazza fumante verso di me, una di quelle rosse e allegre della sua cucina.

Bene. Gli avrei dato di persona le notizie della sera prima.

«Hola, Carlo» dissi salendo i gradini della veranda.

Mentre chiacchieravamo del più e del meno, lui si accese una sigaretta e me ne offrì una dal suo pacchetto. Fu facile rifiutare. Non volevo puzzare di fumo quando sarei andato a trovare Mimi in ufficio quella sera per dirle che la band di Carlo era dei nostri.

La sera prima, quando ero entrato nel bel mezzo della sua riunione, l'avevo sorpresa a guardarmi le labbra. Quell'appuntamento al galà ci avrebbe avvicinati. Il mio imbarazzo vicino a lei stava iniziando a svanire. Potevo finalmente conquistarla come desideravo fare dal primo momento in cui l'avevo incontrata.

Potevo baciare di nuovo quelle labbra.

Ma non eravamo ancora a quel punto. Tutto tra noi era fragile come le statuine preziose nella credenza di mia zia.

Specialmente perché avevo la brutta sensazione di averla fatta incazzare alla sua riunione la sera prima. Dato che non mangiava mai abbastanza, avevo voluto darle da mangiare. Ma avevo esagerato, e la situazione era andata a rotoli. Non avevo avuto intenzione di suggerire di cambiare il cibo, le decorazioni e l'intrattenimento. E di certo non avevo intenzione di finire nel comitato. Ma il duro scintillio negli occhi di Larissa mi disse che se mi fossi tirato indietro le cose per Mimi sarebbero solo peggiorate.

Quella era la mia occasione per impressionarla, per dimostrarle che non ero il disastro che credeva. Per rimediare al casino che avevo combinato con la sua presentazione. Per ricostruire quel legame che lei aveva dimenticato.

Quando Carlo spense la sigaretta, chiesi: «Allora, cosa fai per San Valentino?».

Mi rivolse un sorriso strafottente e sbatté le ciglia. «Mi stai chiedendo di uscire?».

Sbuffai e feci un gesto verso i suoi capelli brizzolati e la sua pancia da birra. «Non sei affatto il mio tipo».

Si mise una mano sul cuore. «Mi ferisci».

«Ma vaffanculo. Allora. La tua band…».

«Abbiamo una serata quella sera. Facciamo da spalla alla Banda Reina del Lirio al The Fillmore».

«No, no, no. Annullala. Ho un ingaggio per voi».

«Annullarla?» I suoi occhi dalle palpebre pesanti si spalancarono. «Abbiamo prenotato questa data l'anno scorso».

«Senti, pagherò qualsiasi penale. Ma ho bisogno che lo facciate per me. Suonate all'evento della Jones Foundation. È una serata di beneficenza per i bambini neurodivergenti. Non hai un nipote dislessico?».

Alzò gli occhi al cielo. «Cazzo, Mateo. Sai proprio come colpirmi dove fa male. Dovrò parlare con gli altri».

«Davvero? Dopo che ti ho trovato questo lavoretto comodo? Dove la zia ti porta la sua cioccolata calda speciale?». Sentivo l'odore della cannella, anche sopra il fumo persistente della sua sigaretta.

«E va bene» sospirò pesantemente. «Convincerò gli altri ad accettare. Paga bene, vero?».

«A proposito di quello» feci una smorfia. «Dovrete far sembrare che sia un buon affare. Ci metterò io la differenza. Promesso». Meno male che Cooper mi ospitava nella sua dependance senza farmi pagare l'affitto. Questo favore a Mimi mi sarebbe costato caro.

«¡Dios mío! Mi stai uccidendo, fratello. Ma...» tese i palmi delle mani, «lo farò. E ora siamo pari. Capito?».

«Claro. Ora sparisci. Sei fuori servizio. Tutto tranquillo ieri notte?».

«Silenzioso come una tomba, amico. Non che non apprezzi il lavoro, ma non credi che la guardia di quartiere e il sistema di sicurezza lo terranno fuori?». Carlo indicò con il mento la telecamera puntata sulla porta d'ingresso.

«Da quello che ho sentito, l'ex di Rosa è un cabrón parecchio insistente. Si è presentato all'ufficio di Cooper l'estate scorsa».

«Ah. Meglio che non faccia vedere la sua brutta faccia mentre sono di turno». Si scrocchiò le nocche minacciosamente. «Nessuno tocca la nostra Rosa».

Annuii. «Va' a casa. E porta via quel mozzicone. Non vorrei che Cooper lo vedesse». Con la fortuna che mi ritrovavo, Miguelito avrebbe pensato che fosse mio, e non me l'avrebbe mai perdonata.

Tirò fuori un tovagliolo dalla tasca e raccolse il mozzicone della sigaretta. Poi mi porse la tazza e trotterellò verso il suo furgone.

Bussai alla porta d'ingresso e poi entrai con la mia chiave, gridando: «¡Hola, zia!».

«Mateo?» La sua voce era acuta e tesa, e proveniva dalla cucina.

Cazzo, era caduta? Scacciai con un battito di ciglia il ricordo terrificante di mio padre steso sul pavimento della sua camera da letto la prima volta che il tumore gli aveva mandato in tilt il cervello.

Corsi in cucina e scrutai i quattro angoli, ma mia zia non era distesa sulle piastrelle. Stava in punta di piedi sul suo scaletto, cercando di raggiungere un mobiletto in alto.

Il mio cuore rallentò il suo ritmo frenetico anche mentre mi precipitavo al suo fianco. «Scendi di lì, zia. Cadrai».

Solo quando ebbe entrambi i piedi al sicuro per terra ripresi a respirare. «Perché l'hai fatto? Avresti dovuto chiamare me o Carlo».

«L'ho messo io lassù. Dovrei essere in grado di tirarlo giù».

«Di cosa hai bisogno?». Sbirciai nel mobiletto.

«Il molcajete. Sto preparando il pollo con mole poblano».

Trovai la ciotola di pietra e la posai sul bancone, con l'acquolina già in bocca. «Lo stai preparando oggi?».

Allungò una mano per accarezzarmi la guancia. «È il tuo piatto preferito, no?».

«Certo che lo è» sogghignai. Non era un piatto che avevo mai mangiato da bambino, ma la zia aveva imparato la ricetta da una delle sue amiche latine qui in California, e ne ero diventato subito dipendente. «Abbiamo qualcosa da festeggiare. Ho un appuntamento con Mimi».

«Davvero? ¡Que fantástico! Certo che ce l'hai. Sarebbe una sciocca a rifiutarti. Voglio sapere tutto. È stato per il cibo che ho mandato?».

«Beh, quello e la sua capa. Anche se, è davvero la sua capa se è una posizione di volontariato? Comunque, sta lavorando a questa grande festa, e sono capitato per caso a una delle loro riunioni. Una cosa tira l'altra, e ora non solo li sto mettendo in contatto con un catering e la band di Carlo...».

«Ah!» batté le mani. «Li hai affascinati, non è vero?».

«Beh, sì, credo di sì».

«Questo è il mio ragazzo, un caballero encantador». Mi accarezzò la guancia. «Allora qual è il problema?».

Mi ero soffermato fuori dalla porta della sala riunioni. Sebbene Mimi ammirasse Larissa, io non mi fidavo di lei e volevo essere sicuro che si comportasse bene. «Loro... loro pensano che stiamo insieme. Cioè, non solo che andiamo a quella festa insieme come amici come avevamo detto, ma che siamo una coppia».

Le sopracciglia della zia schizzarono in su. «Miriam è stata al gioco?».

Aveva scioccato anche me. «Sì. Ed è la parte più strana. È diventata così... così *mite* davanti a Larissa. Lei non è mai mite».

«Mmh». Mi tolse un pelucco dal maglione. «A volte le persone possono comportarsi diversamente con persone diverse. Persone che pensano abbiano autorità su di loro».

Le afferrai il polso. Non avrei assolutamente permesso che si sentisse in imbarazzo per aver sopportato gli abusi di Mick Fallon per tutti quegli anni. «Zia».

«Che *cazzo* sta succedendo qui?» La voce di Miguelito tuonò dietro di me, facendomi squittire.

«Che cazzo, Lito» ansimai. Il cuore mi si era conficcato in gola.

«Non dire parolacce davanti a mia madre». Si chinò e le baciò la guancia. «Stai bene, Mamá?».

«Certo che sto bene». Gli diede uno schiaffetto sul petto. «Ci hai quasi fatto venire un infarto a entrambi. Che succede?».

«Questo cabrón ha dimenticato di chiudere a chiave la porta d'ingresso».

«L'ho chiamato appena ha aperto la porta. Pensava che fossi nei guai».

«Eri nei guai?».

«Certo che no».

Mi guardò torvo. «Quante volte ti ho detto...».

«Chiudi sempre a chiave la porta. Lo so, lo so». Mi strofinai il punto sopra il mio cuore galoppante. Perché non l'avevo chiusa? Sapevo bene che non dovevo mettere a rischio la sicurezza di mia zia.

«Era qui con me» ribatté lei. «Mi avrebbe difesa».

«E se avesse portato la sua banda con lui, mh? Mateo da solo non avrebbe potuto proteggerti, allora».

«Ci avrei provato» borbottai.

«Mi avrebbe difesa. E io avrei chiamato il 911».

Mio cugino socchiuse gli occhi, e l'oscurità del suo sguardo cancellò il bel blu. «Niente più errori».

Soffiai fuori il respiro. «Capito».

Tirò la manica del suo cappotto. «Perché sei qui in un giorno lavorativo, Lito?».

«Volevo chiederti...». Mi fulminò con lo sguardo. «Mateo, controlla la casa per assicurarti che non sia entrato nessuno».

«Ma, Lito, è di famiglia. Cosa hai da nascondergli?».

Come se lei non avesse parlato, disse: «Allora ispeziona il perimetro».

Raddrizzai le spalle. «Ricevuto, capo». Anche se, mentre mi allontanavo, speculai a bassa voce su cosa gli fosse andato di traverso.

Ma mentre frugavo tra i cespugli di rose con la mia arma preferita, una mazza da baseball di alluminio, dovetti ammettere che aveva avuto ragione a criticarmi. Se avessi potuto riportare indietro mio padre, l'avrei protetto fino al mio ultimo respiro. E se avessi avuto un uomo pericoloso da cui proteggerlo come mio cugino, probabilmente sarei stato altrettanto ossessionato dalla sicurezza.

Avevo fatto una cazzata. Mio cugino aveva ragione a non fidarsi di me. Sapevo fin da piccolo che c'era qualcosa di sbagliato in me. Non ero intelligente come gli altri bambini, tanto per cominciare. E poi...

Scacciai il pensiero. Che importanza aveva, dopotutto? Razionalmente, sapevo che non era colpa mia, ma un oscuro sussurro nel mio subconscio mi ricordava che se fossi valso la pena di restare, mia madre non ci avrebbe abbandonati.

Sollevai la mazza e ci battei sopra il palmo sinistro. Non ero più quel bambino spezzato. Ero cresciuto diventando un incantatore, proprio come diceva mia zia. Ora piacevo alla gente. E forse, solo forse, anche a Mimi avrei potuto iniziare a piacere.

10

MIMI

ERAVAMO APPENA ARRIVATE all'ultimo punto all'ordine del giorno della riunione del comitato per il galà — l'intrattenimento — quando Larissa si accigliò guardandomi. «Dov'è Mateo?»

«M-Mateo?» Non lo vedevo dalla nostra ultima riunione. E preferivo così. Non averlo intorno significava non correre il rischio di cadere vittima del suo falso fascino. In più, non avevo avuto occasione di dirgli che Larissa e Natalie pensavano che stessimo uscendo insieme. Ero sicura al quarantatré per cento che la cosa si sarebbe sgonfiata da sola e non avrei mai avuto bisogno di dirglielo. E il quarantatré per cento, arrotondato per eccesso, faceva cinquanta, se si usava una sola cifra significativa. Una certezza del cinquanta per cento era abbastanza per i meteorologi.

«Dovrebbe aggiornarci sulla band di mariachi» disse Larissa.

Intervenne Natalie. «Non credevo fosse una band di mariachi».

«Non lo è? Mateo ha detto che era un autentico gruppo latino. Abbiamo bisogno di una band, Miriam. Qual è la situazione? State uscendo insieme, non è vero?»

Nonostante il peso schiacciante della sua delusione, della

possibilità di perdere la mia occasione per quel posto di vicedirettrice, almeno ora potevo porre fine all'equivoco. «In realtà...»

«Buonasera, signore». Mateo entrò con passo disinvolto nella sala conferenze. «Scusate il ritardo. Ho appena finito di lavorare e ho dovuto correre fin qui dalla zona ovest. Cosa mi sono perso?»

Fece l'occhiolino a Larissa, le cui guance si colorarono di rosa. Diamine, un po' di quello scintillio residuo doveva aver colpito anche me, perché mi sentii accaldata. O forse era il maglione di lana nera che indossavo. Lo scostai dal petto.

«Stavamo...» Larissa si schiarì la voce per scacciare il tono ansimante. «Siamo pronte ad ascoltare il suo resoconto sulla band».

Lui si appoggiò con un fianco al tavolo delle conferenze. «Hanno accettato».

«Fantastico. E sono una band di mariachi?»

«No. Suonano bachata. Vi piacerà. È come se facessero l'amore con le orecchie. Il ballo è sensuale, come la salsa». Si alzò e mostrò un movimento ondulatorio da un lato all'altro, roteando i fianchi.

Istantaneamente, sentii il tocco fantasma del suo bacino che sfiorava il mio. La sua mano possente sulla curva della mia schiena. L'abrasione ruvida della sua coscia premuta tra le mie gambe. Il sussurro del suo respiro sul mio collo surriscaldato. Lasciai che il maglione ricadesse sulla mia pelle appiccicosa.

Larissa si appoggiò allo schienale della sedia, sbattendo le palpebre. «Okay, allora».

«Evvai! Mimi e Mateo possono dare il via alle danze». Natalie batté le mani.

«Cosa?» Mi girai di scatto verso di lei. Mateo aveva detto che avremmo dovuto ballare, ma avevo sperato che si sbagliasse.

«Iniziate voi. Sarà divertente quando si uniranno tutti».

Divertente? «Ma io non ballo».

«Certo che ballerai». La voce di Larissa non ammetteva repliche. «Jackson rimarrà colpito, non è vero, Natalie?»

Lei sorrise. «A lui piace molto ballare».

«Anche se, se non te la senti, potresti lavorare dietro le quinte.

Mateo può prendere il tuo posto nel comitato». Larissa inarcò le sopracciglia bionde.

Sapevo cosa significava *dietro le quinte*. Anche se forse era quello che avrei preferito naturalmente, significava anche nessuna visibilità con Jackson Jones. La mia ultima possibilità per il posto di vicedirettrice sarebbe svanita come una nuvola di fumo della sigaretta di Mateo.

«Ha bisogno di lei nel comitato» ringhiò Mateo. «Io e Mimi usciamo insieme. Se lei è fuori, sono fuori anch'io. E mi porto via il catering e la band».

Cosa? Perché aveva detto una cosa del genere? La mia certezza del quarantatré per cento crollò a zero. Mi si strinse lo stomaco.

Gli occhi di Larissa si spalancarono. «Non ce n'è bisogno. Miriam ballerà, non è vero, Miriam?»

«C-certo». Per il posto da vicedirettrice, per la possibilità di lavorare per i bambini tutto il giorno, tutti i giorni, mi sarei infilata a fatica in un body di paillettes e avrei fatto una spaccata in salto come le Rockettes.

La voce di Mateo rimase bassa. «Non mi piace quando Mimi viene minacciata. Si ricordi che siamo un pacchetto unico».

Un pesante silenzio avvolse la sala conferenze finché Natalie disse: «L'avete sentito? Erano le mie ovaie che esplodevano. Mimi, se tu e Mateo vi lasciate, brucio la mia copia del codice tra ragazze. È mio».

«Ah, ma questo non succederà mai» disse Mateo, e un sorriso gli spaccò l'espressione seria. La sua grande mano si posò sulla mia spalla e la strinse proprio dove si era formato un nodo di tensione. «L'ho capito la prima volta che l'ho vista, che Mimi sarebbe stata il mio amore eterno».

Lo guardai sbattendo le palpebre. Perché stava facendo questo per me? Cosa ci guadagnava ad assumersi l'ulteriore responsabilità dell'organizzazione del galà? A dire quella bugia sul suo *amore eterno* per tenermi in corsa per il lavoro alla fondazione?

«Wow» disse Natalie. «Credo sia la cosa più romantica che abbia mai sentito fuori da un film».

Il suo telefono vibrò sul tavolo e lei lo prese. Lo guardò accigliata. «Messaggio di SOS da mio fratello Andrew. Devo andare. Ma credo che avessimo finito, no?» Alzò le sopracciglia verso Larissa e, quando questa non obiettò, mise in ordine le sue carte e le infilò nella sua borsa.

Larissa si accigliò. «Ma stasera dovevamo andare al campo pratica».

«Scusa. Mio fratello, che di solito non dà problemi, sta avendo dei problemi piuttosto seri. Devo impedirgli di fare qualcosa di cui si pentirà». Natalie si diresse verso la porta. «Ci vediamo la prossima volta».

Avrei voluto avere la sicurezza di dire di no a Larissa. Di voltarLe le spalle come faceva Natalie. Ma io avevo più bisogno di Larissa di quanto lei ne avesse di me. Non potevo rifiutarLe nulla se volevo essere presa in considerazione per il posto di vicedirettrice.

Larissa sfoderò un sorriso falso come le sue ciglia. «E voi due? Ho già prenotato la postazione. Perché non vi unite a me? Offro io, per dimostrare che non ci sono rancori».

Non credetti alla sua espressione pentita neanche per un minuto. Inoltre, avrebbe sicuramente scoperto la finzione della nostra relazione se avesse visto me e Mateo interagire da soli. Avrebbe capito che una volta firmati i contratti con la band e il catering, avrebbe potuto sbattere fuori sia me che Mateo dal comitato senza alcuna ripercussione.

«Io non gioco» dissi.

Mateo allargò le mani. «Nemmeno io».

Le mie spalle si rilassarono dal sollievo. Avevo temuto che Mateo volesse andare con Larissa. Ora io e lui avremmo preso strade separate. Dopo aver chiarito la sciocchezza dell'*amore eterno*.

Larissa si alzò dalla sedia. «Non è necessario saper giocare a golf per tirare in un campo pratica. Andiamo, sarà divertente. E, Miriam, il golf è un'abilità che dovrebbe imparare, se vuole avere successo negli affari».

«C-perché?» Le capacità di comunicazione, lo capivo. Contabilità, marketing, conoscenza operativa, lo capivo. Ma perché saper colpire una pallina bianca era un prerequisito per l'avanzamento di carriera?

Lei sollevò un sopracciglio. «Io e Lei non abbiamo il privilegio di Jackson e Natalie di avere porte che si aprono grazie ai nostri nomi. Dobbiamo trovare modi più sottili per influenzare le persone. Si concludono più affari sui campi da golf che nelle sale riunioni».

«Non mi sembra giusto». *Né corretto.*

Lei scrollò le spalle. «Le cose stanno così. Sua madre è un avvocato, giusto?»

«Come fa a saperlo?»

«È mio costume informarmi sulle persone con cui lavoro. Scommetto che gioca a golf».

Arricciai il naso. «In effetti, sì». Mamma credeva a quello che aveva detto Larissa? Le piaceva il golf non per lo sport ma per l'influenza che le dava? Avrei dovuto chiederglielo venerdì a cena.

«Ora andiamo. Le mostrerò tutto quello che c'è da sapere».

Il suo sguardo si soffermò su Mateo e, anche se non stavamo davvero uscendo insieme, strinsi le mani a pugno. Poi le appiattii contro i miei pantaloni neri e mi alzai. Poteva flirtare con chiunque volesse. Qualsiasi cosa ci fosse tra noi non era reale.

Inoltre, avevo un problema più grande: il golf. Non avrei influenzato nessuno positivamente rendendomi ridicola al campo pratica. Ma se il mio miglior tentativo di colpire una pallina da golf mi avesse spianato la strada verso il lavoro che desideravo alla fondazione, avrei persino indossato uno di quei ridicoli baschi con il pompon.

Probabilmente lo avrebbe fatto anche Mateo. E sarebbe riuscito a renderlo sexy.

———

NEL GARAGE DEL PARCHEGGIO, Mateo mi aprì la portiera della sua Jeep e mi aiutò ad arrampicarmi su.

Fermandosi sul retro del veicolo, si portò il telefono all'orecchio. Parlò brevemente, ascoltò per un momento e si passò una mano tra i capelli. Le sue labbra si mossero di nuovo, poi chiuse la chiamata. Stava cancellando i suoi piani? Aveva un appuntamento stasera?

Aprì la portiera del lato guida e salì senza sforzo sull'alto veicolo.

«Senti, io... mi dispiace per questo». Mi torturai le dita in grembo. «Probabilmente sarà un disastro».

«Eh». Scrollò le spalle mentre usciva dal parcheggio. «Come ha detto Larissa, le cose stanno così».

«Beh, ehm, grazie per averlo fatto. Sei sicuro di non avere altro da fare stasera? Un appuntamento?»

Si voltò a guardarmi, socchiudendo gli occhi. «No».

Mi lasciai ricadere sul sedile. «E mi dispiace che si siano fatte un'idea sbagliata su di noi. Natalie in qualche modo si è convinta che uscissimo insieme, e io non l'ho corretta. E poi tu... tu le hai dato corda. Perché?»

Si concentrò su una curva stretta verso l'uscita. Quando raddrizzò la Jeep, i suoi occhi guizzarono a destra e a sinistra, controllando che nessuna macchina uscisse all'improvviso. Alla fine, disse: «Voglio aiutarti, Mimi. Supportarti nel comitato organizzativo, dare più peso alla nostra amicizia e al nostro appuntamento, qualsiasi cosa ti serva».

«C'entra quel giorno in cui hai versato il caffè sulla mia presentazione?»

Fermandosi all'uscita del garage, mi lanciò un'occhiata. «Forse».

Ah, il senso di colpa. Ero grata che mia madre non me lo avesse inculcato. «Non preoccuparti. Davvero. E non devi fingere per me».

Tenne lo sguardo sulla strada, ma le sue labbra si incurvarono da un lato. «Non è un sacrificio».

«Davvero? Perché sembra un grosso impegno». Non l'avrei fatto per lui. O per chiunque altro a parte Bree o Ben.

Lui scrollò le spalle. «Se tutto quello che devo fare è fingere che andiamo a letto insieme, non è poi così male».

«Andare a letto insieme?» squittii. Improvvisamente, non c'era abbastanza ossigeno in macchina. Diresi le bocchette dell'aria verso le mie guance in fiamme. «Dobbiamo proprio andare a letto insieme? Forse dovremmo accordarci sulla storia».

Ecco di nuovo quel sorriso sbieco. «Bella, se esci con me, andiamo a letto insieme».

Il rombo profondo della sua voce scatenò una pulsazione tra le mie gambe. Strinsi le cosce. «No. È una cosa così nuova che non sono ancora pronta. Stiamo solo uscendo insieme».

Mi lanciò un'occhiata. «Ma ti ho baciata, giusto?»

«I-immagino di sì». Baciarsi era piuttosto innocuo.

«E pomiciare? L'abbiamo fatto?»

«Cioè, stai chiedendo a che base siamo? Siamo al liceo?»

Le sue larghe spalle si irrigidirono. «No, stavo solo controllando per capire quanto dovrei toccarti».

Toccarmi? Allungai la mano verso la manopola dell'aria condizionata e la girai al massimo verso il blu. «Non è necessario che mi tocchi».

«Perché? Sei sensibile al tocco?»

Il sibilo della sua domanda mi sfiorò la pelle come un alito caldo, scatenando brividi dentro di me. Premetti il pulsante del finestrino per abbassarlo finché un'aria gelida non mi sferzò le guance. «Sensibile?»

«Voglio dire, ti dà fastidio?»

«Non… non particolarmente».

«Allora tenersi per mano non sarebbe un problema per te? Penso che si aspetterebbero che ci teniamo per mano».

«Credo che vada bene».

«Forse un tocco sulla spalla, o sulla guancia?»

Ero tentata di sporgere la testa fuori dal finestrino come un cane. Presentarmi al campo pratica sudata non era una bella immagine. Ma nemmeno i capelli scompigliati dal vento. Mi schiarii la gola. «Anche quello va bene, credo».

«Bene». Sorrise. «Posso lavorarci su».

Un fresco sollievo mi inondò quando svoltò nel parcheggio di un luogo che conoscevo bene: il Pine Hills Golf Club, dove avremmo ospitato il galà grazie alle conoscenze di Larissa.

Forse non conoscevo il golf, ma doveva essere più facile che stare in macchina con Mateo a parlare di contatti fisici.

Parcheggiammo accanto alla BMW di Larissa, e Mateo fece una gran scena nell'aiutarmi a scendere dalla sua Jeep, come farebbe un vero fidanzato. Da parte mia, ci provai. Strinsi la mano che mi offriva e gli sorrisi. «Grazie».

«Certo. Tesoro».

Sussultai a quel vezzeggiativo. Suonava così sbagliato detto da lui a me.

Larissa aprì il bagagliaio. «Mateo, mi aiuta con le mie mazze?»

Con un unico movimento potente, Mateo sollevò la sacca rosa confetto dalla macchina di lei e se la mise in spalla come se non pesasse nulla.

Lei ci guidò verso la villa in stucco bianco in stile neocoloniale spagnolo che fungeva da club house. «Dato che discuteremo del galà, la fondazione coprirà il noleggio delle tue mazze».

«Oh, no» dissi. «Non potrei chiedere alla fondazione di pagare per questo».

«Lo metteremo in conto spese. Nessun problema».

«Ma le organizzazioni no-profit non pagano le tasse. Non c'è niente da scaricare.»

«È per un legittimo scopo commerciale, Miriam. È come le riunioni a colazione che facciamo.»

«Ma…» mi morsi il labbro. Quando organizzavo le riunioni della fondazione, lo facevo da Synergy, dato che era gratuito e offriva caffè e snack senza costi aggiuntivi.

Larissa era a capo sia della fondazione che del lavoro che volevo, quindi rimasi in silenzio.

Eppure, mi rifiutai che la fondazione pagasse il noleggio del circolo, così porsi la mia carta di credito alla donna al bancone. Costava più di quanto pensassi, o dovesse costare, ma avrei tagliato le spese per i pasti d'asporto per far quadrare i conti.

Mentre sceglievamo le mazze, Larissa andò nello spogliatoio. Ne riemerse con una gonnellina da golf e scarpe chiodate. I suoi lunghi capelli biondi erano raccolti in una coda di cavallo sbarazzina sopra una visiera bianca. Con le nostre mazze e un secchio di palline, Mateo e io la seguimmo fino alla lunga distesa d'erba verde. Alberi costeggiavano i lati e segnavano l'estremità più lontana. Una fila di golfisti, per lo più uomini, era allineata in spazi delimitati da divisori a rete.

Nel quadrato d'erba rovinata dove si fermò, un uomo biondo e affascinante con zigomi affilati come rasoi la salutò con un bacio su entrambe le guance.

«Guarda chi si vede!» Larissa gli prese il braccio mentre si voltava verso di noi. «Flavio, ti presento Miriam della fondazione e il suo ragazzo, Mateo. Ragazzi, lui è Flavio, il mio fidanzato.»

Mateo strinse la mano di Flavio. Come Mateo, era alto, in forma e biondo, ma i lineamenti del suo viso erano più duri, più spigolosi. I suoi occhi azzurri non erano dolci o gentili, ma scintillanti e duri come zaffiri. Anche se quando parlava, aveva un accento italiano che dovevo ammettere essere sexy.

Quando gli strinsi la mano, l'odore del suo profumo mi investì come un treno. Starnutii. Larissa mi lanciò un'occhiataccia d'acciaio, e io tirai su col naso e mi allontanai dal suo fidanzato.

Mentre Flavio si preparava al tee e Larissa posava accanto a lui, Mateo mi tirò da parte dietro un altro gruppo di golfisti. «Non dovevi pagare per le mie mazze. Avrei potuto pagarmi la mia parte. O avrei pagato per entrambi.»

«No. È colpa mia se sei persino costretto a essere qui, quando potresti fare qualcos'altro»... o stare con qualcun'altra?... «È giusto che paghi io.»

«Hai fatto una smorfia»... Mateo arricciò le labbra e aggrottò la fronte, imitando quella che doveva essere stata la mia espressione... «quando Larissa ha detto che avrebbe pagato la fondazione. Perché?»

Strisciai la punta della ballerina sull'erba. «Ogni dollaro che la fondazione raccoglie dovrebbe andare ai ragazzi. Per i programmi anti-bullismo. O i campi estivi. Non per il golf. Non voglio sottrarre soldi ai loro programmi.»

«Eppure vuoi una posizione retribuita alla fondazione?»

«Quello è diverso. La fondazione ha bisogno di dipendenti per funzionare. Non può basarsi esclusivamente sui volontari.»

«La maggior parte dei volontari non è diligente come te.»

Il calore mi salì alle guance. «Credo nella missione della fondazione. E mi piace fare un buon lavoro.»

Lui annuì. «In tutto quello che fai.»

Strizzai gli occhi guardandolo. Parlava come se mi conoscesse. Come se mi vedesse per davvero.

«Andiamo, ragazzi» disse Larissa. «Mateo, faccio vedere prima a Lei.»

Mateo le lasciò posizionare i suoi piedi sul tee. Poi lei gli sistemò l'impugnatura sulla mazza, stando ben dentro il suo spazio personale. Controllai la reazione di Flavio. Era appoggiato con noncuranza alla sua mazza, salutando di tanto in tanto gli altri golfisti. Non era un tipo geloso, a quanto pare.

Alla fine, Larissa si mise di fronte a Mateo e mostrò uno swing. Sculettare in quel modo era strettamente necessario?

Ma Mateo non la stava guardando. Teneva lo sguardo fisso sulla pallina, si piegò all'indietro con un movimento fluido delle sue spalle possenti e fece partire il colpo. La pallina solcò l'aria, rimanendo sospesa più a lungo di quanto avessi creduto possibile, e rimbalzò dritta al centro del green.

Larissa si fece scudo degli occhi con la mano e seguì la traiettoria della palla. «Notevole.»

Mateo sorrise. «La sua dimostrazione è stata un successo.»

Lei si pavoneggiò per un momento. «Vieni qui, Miriam. Tocca a te.»

In modo molto più professionale, mi istruì sulla posizione e sull'impugnatura. Eppure, mi sentivo goffa, e quando tirai indietro la mazza, lei strillò: «No, no, tieni il braccio sinistro dritto!»

Mi bloccai e guardai il mio braccio sinistro, che si era piegato durante la fase ascendente del colpo. Abbassai la mazza e ci riprovai. Questa volta, mi concentrai sul tenere i gomiti dritti mentre eseguivo lo swing. Ma mancai completamente la pallina. Rimase sul tee.

Le mie guance bruciarono mentre Larissa scoppiava a ridere. «Non sto ridendo di te» disse, asciugandosi le lacrime sotto gli occhi. «È successo a tutti.»

«A me sembra proprio che tu stia ridendo di me» borbottai a mezza voce. Fantastico. Avevo corso un rischio venendo a provare il golf con la persona che speravo diventasse il mio capo, e stavo facendo una figura ridicola. Me l'avrebbe fatta pesare se fossi stata una delusione a golf? Quel fallimento avrebbe gettato un'ombra su tutto il resto che facevo? Lacrime di frustrazione mi pizzicarono gli occhi. Le ricacciai indietro sbattendo le palpebre. Avrei dovuto limitarmi alla contabilità e lasciare lo sport a tutti gli altri.

«Se posso permettermi.» Mateo si mise dietro di me e mi afferrò le spalle con le sue grandi mani. «Forse un altro dilettante può aiutare.»

Mi divaricò leggermente i piedi e mi fece puntare le dita del piede sinistro verso l'esterno. Poi mi chiese di ruotare i fianchi a destra mentre tiravo indietro la mazza. Mi sentivo goffa al cento per cento.

Sempre dietro di me, mise le sue mani sopra le mie sulla mazza. Insieme, la tirammo di nuovo indietro, poi sembrò che la gravità prendesse il sopravvento, spingendo la mazza verso la pallina e oltre. La pallina volò sul green, non così lontano come quella di Mateo, ma superò altre palline ferme sull'erba.

«Ce l'ho fatta! Ce l'abbiamo fatta!» Aveva ancora le mani sulle mie braccia, così mi voltai e lo abbracciai, e sembrò la cosa più naturale del mondo quando anche le sue braccia mi circondarono la schiena.

«Grazie» mormorai al suo orecchio. «Scusa, avrei dovuto chiedere prima di abbracciarti. Va bene se ti abbraccio?»

«Certo.» Il suo morbido sussurro nel mio orecchio contrastava con il pizzicore della sua barba corta contro la mia mascella, e rabbrividii.

«Hai detto che non giochi» sussurrai a mia volta.

«Non gioco più a golf, ma ho giocato una o due volte sull'isola. Nei fine settimana lavoravo come caddie al club.»

«Un professionista in incognito!» In qualche modo, le mie dita si erano impigliate tra le onde dei suoi capelli sulla nuca. Erano morbidi e folti, e ammortizzavano le mie dita. «Non sei affatto un novellino, vero?»

Lui ridacchiò. «Ho lasciato che Larissa credesse alla sua supposizione.»

Aggrottai la fronte e mi tirai un po' indietro per guardarlo in faccia. I suoi occhi azzurri si incresparono agli angoli in un'espressione dolce. L'avevo fatto anch'io, riguardo a Mateo? Avevo presunto che fosse solo un bel fusto tutto muscoli e niente cervello e avevo lasciato che questo guidasse il mio comportamento?

Me l'aveva lasciato fare. L'aveva lasciato fare a entrambe. Aveva nascosto le sue capacità, il suo vero io, dietro una maschera da seduttore. Cos'altro nascondeva? E perché sentiva il bisogno di farlo? Una rabbia difensiva, come quando quello stronzo, Anthony, aveva preso in giro Bree in seconda media, mi ribollì calda nel petto. Afferrai i capelli di Mateo come se volessi scuoterlo per aver cercato di essere meno di quello che era.

«Niente effusioni in pubblico, per favore.» La voce di Larissa mi spaventò. Per un momento avevo dimenticato che non eravamo soli. «Non sul campo.»

Merda. Avevo dimenticato dove fossimo, e lo stavo tenendo con le mani impigliate nei suoi capelli come se stessimo per baciarci. I baci non erano assolutamente permessi nella nostra finta relazione. O sul campo da golf. «Scusi» borbottai.

Mateo fece l'opposto. Mi girò facilmente tra le sue braccia in modo che la mia schiena si annidasse contro il suo petto. Le sue braccia mi cinsero la pancia. «Può biasimarmi? Flavio, Lei deve essere dalla mia parte.»

Flavio alzò lo sguardo dal telefono giusto il tempo di farci un sorrisetto.

Era ridicolo godersi le coccole tra le braccia di Mateo. Tutto quello che stavamo facendo, dal viaggio insieme nella sua macchina alla sua finta ignoranza, era una messinscena per Larissa. Non era reale. Inoltre, le nostre effusioni di fronte alla gente del suo club potevano imbarazzarla.

Mi divincolai dalla sua presa. «Larissa ha ragione. Dovremmo, ehm, tirare.»

«Va bene.» Mateo si allontanò di qualche passo e incrociò le braccia. «Tira. Mi godrò la vista.»

Mi riposizionai al tee e guardai il green. Non era un granché come vista. Una lunga e piatta area erbosa delimitata da alcuni abeti spelacchiati. Di cosa stava parlando? Girai la testa per guardarlo da sopra la spalla.

Il suo sguardo era incollato sul mio fondoschiena, fasciato dai miei pantaloni da lavoro neri elasticizzati.

Mi schiarii la gola.

Il suo sguardo risalì pigramente la curva della mia schiena fino al mio viso. Il suo sorriso era osceno e tutto per Larissa e Flavio. «Non preoccuparti, tesoro. Loro capiscono.»

Con le guance in fiamme, tornai a concentrarmi sulla pallina. Era tutta una finzione, mi aveva ricordato il suo *tesoro*. In realtà non gli piaceva il mio aspetto né voleva tenermi tra le braccia. Neanch'io lo volevo.

Mentre colpivo la mia scorta di palline da golf, Larissa disse: «Allora mi dica, Mateo. Come vi siete messi insieme tu e Miriam?»

Mancai di nuovo la palla. Merda, non avevamo concordato una storia per la nostra relazione. Aprii la bocca per inventare qualcosa, ma lui mi batté sul tempo.

«Credo che Lei sappia che mio cugino e suo fratello stanno insieme?» Aspettò il suo cenno di assenso prima di continuare.

«Era il compleanno di Ben, e c'era una riunione di famiglia. Mia zia, i genitori di Mimi, alcuni cugini di Ben e Mimi. Qualche amico. C'era Jackson Jones con sua moglie e i loro figli.»

Me lo ricordavo. Il compleanno di Ben era a luglio. Mateo era appena arrivato dall'isola per guidare la scorta di Cooper. I miliardari, e i loro fidanzati, suppongo, avevano bisogno di una scorta.

«Così Ben, che conoscevo dalla sua visita sull'isola da cui provengo, mi ha presentato sua sorella. Era così radiosa quel giorno, il sole che splendeva sui suoi capelli scuri come fuoco.»

Alzai gli occhi al cielo prima di tirare indietro la mazza per colpire. Era il solito Mateo, che romanticizzava tutto. I miei capelli erano scompigliati dal vento quel giorno, e mi ero dimenticata di mettere un elastico al polso per tirarli indietro.

«Così ho fatto la mia solita cosa. Chiacchiere. Un po' di flirt. Mi ha persino raccontato una barzelletta.»

«Una barzelletta? Mimi?» Larissa rise.

«La ricordo ancora. Ho dovuto cercarla perché non l'avevo capita sul momento. Vuole sentirla?»

«Assolutamente.»

«Mimi, vuoi raccontarla tu?» mi chiese.

Mi appoggiai alla mazza. Se la ricordava? «No, raccontala tu.»

«Okay. Allora, un numero infinito di matematici entra in un bar. Il primo matematico dice al barista: 'Prendo una birra.' Il secondo dice: 'Mezza birra, per favore.' Il terzo chiede un quarto di birra. Questa è la parte che non capivo. Perché mai chiedere una frazione di birra?» Ridacchiò. «Ma il barista capisce. Posa due birre davanti a tutti loro. E tutti i matematici, si ricordi, ce n'è un numero infinito, dicono: 'È tutto quello che ci dà?' Il barista risponde: 'Andiamo, ragazzi. Conoscete i vostri limiti.'»

Larissa, proprio come mi aspettavo, rimase lì a bocca aperta. Flavio si era allontanato del tutto.

«Più tardi, chiesi al mio intelligente cugino cosa significasse. Disse che è una funzione di calcolo. E l'ho cercata più tardi e ho imparato i limiti delle funzioni. A scuola non sono mai arrivato al calcolo. Tuttavia, sapevo che era una battuta. Così ho risposto con una delle mie, un gioco di parole.»

«Un gioco di parole?» chiese Larissa con una mezza risata.

«Dissi che sarebbe stato difficile 'annebbiare' il ricordo della mia prima volta a San Francisco.»

Lei gemette. «È terribile!»

Feci una smorfia, non per il gioco di parole, ma per il ricordo. Avevo pensato che mi stesse prendendo in giro per la mia battuta da secchiona. Snob come ero, non mi ero resa conto che non aveva avuto le stesse opportunità accademiche di suo cugino.

Mateo mi fece l'occhiolino. «Potrei aver suggerito di aver bisogno di qualcuno che mi tenesse al caldo. Le mie solite stronzate.»

Avevo presunto che mi stesse prendendo in giro con il suo finto flirt. Ero formosa fin dalla pubertà, e il mio lavoro d'ufficio aveva aggiunto un po' di imbottitura extra al mio sedere. I ragazzi che assomigliavano a Mateo non flirtavano con le donne che assomigliavano a me. O con donne che raccontavano barzellette sul calcolo infinitesimale. Lui era un Adone, e io ero... solo una normale contabile aziendale.

«E così è stato?» chiese Larissa. «State insieme da allora?»

«No.» Sentii la sua spavalderia sgonfiarsi un po' dietro di me. «Mi ha liquidato. Mi ha detto di comprarmi una giacca migliore.»

«Ero seria. Indossavi una maglia a maniche lunghe come giacca.» Colpii la palla, e questa rimbalzò lungo il green.

«Era luglio! Ma questa è la mia Mimi. Sensata come sempre. Dopo di che, non riuscivo a pensare a niente da dirle. Tutto quello che mi usciva di bocca era penosamente imbarazzante. Mi ha mandato in tilt.»

Mi voltai. «Non ti ho mandato in tilt.»

Lui allargò le mani. «Sì, invece. Non ti ricordi quanto fossi ridicolo con te dopo quello?»

«Non proprio.» Avevo presunto che mi trovasse indegna del suo flirt o della sua attenzione.

Si portò le mani al cuore come se gli avessi sparato. «Pensavi che fossi sempre così?»

Feci spallucce.

«Mimi, Mimi.» Scuotendo la testa, si avvicinò a me, mi passò un braccio sulle spalle e, dopo una breve esitazione, mi sfiorò la tempia con un bacio. «Sei la mia kryptonite. Solo tu.»

Larissa ci rivolse un sorriso malizioso. «Immagino sia un classico caso di 'gli opposti si attraggono'.»

Alzai lo sguardo sul viso di Mateo. Eravamo opposti, d'accordo. Lui era alto e stupendo. Io ero bassa e di aspetto normale. Avevo presunto che pensasse che fossi una secchiona, indegna della sua attenzione, ma forse mi ero sbagliata.

E ora mi aveva salvato la pelle fingendo di essere il mio ragazzo e aggiungendo persino una storia esagerata che aveva mandato Larissa in brodo di giuggiole. Sarei stata in debito con lui, e pesantemente, quando tutto questo fosse finito.

11

MATEO

UN PAIO di giorni dopo che ero riuscito a non mettere in imbarazzo Mimi di fronte a Larissa al campo da golf, ero, come direbbe mio cugino Lito, cautamente ottimista.

Fanculo.

Saltellavo come un bambino che va a una festa di compleanno mentre salivo nell'ascensore con le pareti di vetro fino al piano di Mimi nell'edificio della Synergy, trasportando il mio prezioso fardello. Come capo della sicurezza del CEO, Cooper Fallon, o, come lo chiamavo io, mio cugino Lito, avevo un tesserino della Synergy e non avevo bisogno di una scorta per fare una sorpresa alla mia ragazza con del cibo.

Avevo guadagnato punti con il pollo guisado e le empanadas, quindi puntavo di nuovo sulla carta del cibo con un asso nella manica nella mia borsa: il pollo al mole di mia zia.

Avrebbe avuto fame. Non si ricordava mai di mangiare. Mi avrebbe regalato uno di quei sorrisi cauti, come quello al campo da golf quando le avevo mostrato come colpire la palla. Forse mi avrebbe anche lasciato baciarla di nuovo. L'avevo fatto come un bel gesto per Larissa e, francamente, un po' anche per me, visto che quella sera Mimi non era stata così spinosa. Poi, quando le mie labbra le avevano sfiorato la pelle liscia della tempia, mi era sembrato così giusto che avrei voluto baciarla fino al collo.

Ovviamente, non l'avevo fatto. Sarebbe stato troppo per Mimi. E decisamente troppo di fronte al suo capo.

Ma oggi, forse, sarei riuscito a ottenere un bacio sulla guancia, un'altra dose di quel profumo di vaniglia che emanava la sua pelle. Sopprimere la voglia di sigarette era stato facile; ogni volta che le dita mi tremavano dal desiderio di fumare, ricordavo il suo calore speziato e la voglia svaniva. Tutto ciò che volevo era un'altra possibilità di starle vicino. Sfiorarla con la mano sul fianco. Gesù, non vedevo l'ora di ballare con lei al gala.

Le porte dell'ascensore si aprirono e uscii al piano di Mimi. Le teste si voltarono mentre passavo davanti ai cubicoli dalle pareti basse, e ogni impiegato che superavo dava un'annusata speranzosa. Quando arrivai alla scrivania di Mimi, tutti gli occhi del piano mi scrutavano da dietro le felci e dai lati dei monitor dei computer.

«Ehi» dissi piano per non spaventarla.

Lei sussultò comunque, sbattendo il ginocchio contro la parte inferiore della scrivania. Massaggiandoselo sopra i pantaloni neri, si girò verso di me. I suoi occhi si spalancarono.

«Che ci fai qui?» sussurrò.

«Ti ho portato il pranzo.» Sollevai la borsa di tela all'altezza dei suoi occhi.

Il suo sguardo corse all'ora nell'angolo dello schermo. «Sono le due.»

«Hai già mangiato?»

Il suo stomaco brontolò e si portò una mano sul maglione grigio e largo. «No.»

Schioccai la lingua. «Ecco perché sei così…» Serrai la mascella.

Rimase in silenzio per un secondo, socchiudendo gli occhi. Poi schizzò fuori dal suo cubicolo e mi fece cenno di seguirla verso l'area ristoro. Nella piccola cucina bianca, si rivoltò contro di me. «Perché sono così *cosa*, di preciso?»

Non avevo la minima intenzione di usare di nuovo la parola *intrattabile quando hai fame* con lei. Non mentre mi stava ringhiando contro come una leonessa famelica.

«Intelligente?» dissi. «Da aspettare che ti portassi il pranzo?»

Si passò una mano sul viso. «Non è quello che stavi per dire.» Inspirò e deglutì. «Cosa hai portato?»

«Ah.» L'avevo conquistata di nuovo con il cibo. Tre su tre. «Lo speciale pollo al mole della zia.»

«Mole?» Fece un passo indietro come se le avessi detto che le avevo portato una tarantola viva. «Cosa c'è dentro?»

Ridacchiai, tirando fuori il contenitore di plastica. «Pensavo fossi una buongustaia avventurosa. Non mi hai chiesto cosa ci fosse nel pollo guisado.»

«Perché non pensavo che contenesse cioccolato. E sono allergica al cioccolato. Tua zia mette il cioccolato nel suo mole?»

«Io... non lo so. Non l'ho mai vista prepararlo. Non ci ho mai pensato.»

«Le persone con allergie alimentari devono sempre pensare a cosa c'è nel loro cibo» sbottò.

Cazzo, Ben mi aveva avvisato che era allergica al cioccolato, ma non mi era passato per la testa che potesse avere una reazione al mole. Quel piatto era assolutamente magico. Ma lo rimisi di corsa nel sacchetto. Avvelenare Mimi mi avrebbe fatto perdere tutti i punti che avevo guadagnato.

«Mi dispiace. Vado a prenderti qualcos'altro. Cosa vorresti?»

«Niente. Sto bene.»

«Non stai bene. Sei...» Mi morsi la lingua prima che la parola *intrattabile* mi sfuggisse.

Le sue sopracciglia scomparvero sotto la frangia riccia. Si mise le mani sui fianchi. «Stasera esco a bere qualcosa con la mia amica Bree. Mangerò qualcosa allora.»

«Oh. Uhm.» Le parole mi si accavallarono sulla lingua. Cosa

potevo dire che non la facesse scattare? «Sei sicura che sia una buona idea?»

«Cosa, uscire con la mia amica?»

Avevo visto con i miei occhi che brava *amica* fosse stata Bree. Quando il suo fidanzato era andato a prenderla, era uscita barcollando senza un pensiero per Mimi, che era praticamente svenuta sul bancone. Non potevo sopportare il pensiero di cosa le sarebbe potuto succedere, da sola in un bar pieno di uomini che avrebbero volentieri approfittato di una donna bella — e ubriaca — come Mimi.

Ma io ero lì, e l'avevo protetta da quegli uomini. Avevamo parlato come non avevamo mai fatto prima. O dopo. Avevo imparato a conoscerla. Mi ero innamorato un po' quella notte. E anche lei sembrava apprezzarmi, per una volta.

Santo cielo, come vorrei che si ricordasse della connessione che avevamo. Ma sarei uno sciocco a raccontarglielo. Non mi crederebbe mai. Deve ricordarsene da sola.

«Stai attenta, okay? Assicurati di mangiare qualcosa prima. E bevi molta acqua.»

«Che diavolo, Mateo? Sono una ragazza grande. Posso prendermi cura di me stessa.»

«Non quando bevi.» La vista mi si annebbiò mentre ricordavo come quell'uomo al bar le avesse allungato una mano verso la spalla. Avrei voluto spezzargliela. «Non reggi l'alcol» ringhiai.

I suoi occhi si spalancarono e fissò un punto oltre la mia spalla mentre squittiva: «Ehi, Monique. È quasi ora per la nostra riunione?»

«Sì.» Una donna di colore alta e dalla mascella squadrata strinse gli occhi verso di noi. «Sono appena entrata per riempirmi la tazza di caffè.»

«Arrivo subito.» *È il mio capo*, mi mimò.

Merda! Le avevo incasinato di nuovo la vita. Ma non riuscivo a pensare a una sola cosa da dire per rimediare.

«Credo che andrò.» Mi misi la borsa con il cibo avvelenato sotto il braccio.

«Credo proprio che dovresti» disse cupamente.

Mentre me ne andavo con la coda tra le gambe, sgattaiolando fuori dall'edificio, il viso mi bruciava anche nel freddo pomeriggio di San Francisco. Non mi avrebbe mai perdonato per averla definita un'ubriacona di fronte al suo capo.

Non meritavo di essere perdonato. Non la meritavo.

Potevo fare solo l'unica cosa in cui ero bravo: proteggerla.

12

MIMI

«E QUINDI, cosa ti ricordi esattamente della tua festa di addio al nubilato?» Feci roteare il vino nel mio bicchiere. Era la prima volta che vedevo Bree dalla sua luna di miele, ed eravamo nel nostro separé preferito vicino alla finestra, nel nostro solito bar del mercoledì sera, quello che serviva antipasti a metà prezzo fino alle sette. La partita degli Sharks rimbombava dai televisori sopra il bancone, e il locale era pieno di gente con la maglia turchese.

Gli occhi di Bree si spalancarono, poi lei sbatté le palpebre. «Oh, tutto. Ci siamo divertite un sacco! C'eravamo tutte, tranne te. Eri in ritardo. E sei arrivata già alticcia. Ricordi?»

«Oh, quello me lo ricordo.» Anche se non mi ero resa conto di quanto fossi ubriaca. «Venivo dalla festa di fidanzamento di mio fratello.»

«È vero!» mi indicò Bree, poi sorseggiò il suo martini. «Poi abbiamo bevuto qualcosa, e qualcuno ha detto che dovevamo andare nell'altro bar.»

Era stata una delle colleghe di Bree. Quindi ci eravamo ammassate in un paio di auto con conducente e avevamo raggiunto Divisadero Street. Quello me lo ricordavo. Era lì che avevo incontrato l'Uomo Misterioso.

«Quel bar era una bomba,» disse, «ma poi si è fatto tardi e la gente ha cominciato ad andarsene.» Fece il broncio.

«Te ne sei andata tu,» le feci notare. Presi un triste e freddo bastoncino di mozzarella, ma mi ero già rimpinzata di alette di pollo e funghi fritti. Il mio stomaco non poteva contenere nient'altro. Lo lasciai ricadere sul piatto.

«Sì, è arrivato Josh e ha trascinato a casa il mio culo ubriaco.» Ridacchiò. «Tu non sei tornata a casa?»

«Non subito. Un tipo si è avvicinato e mi ha parlato. Portava gli occhiali. Io *credo* che fosse un gran figo. Non te lo ricordi?»

«Sarò anche sposata, ma so ancora vedere. C'era un tipo carino, quella sera. Niente occhiali, però.» Tamburellò sul tavolo, poi i suoi occhi si spalancarono. «Mi ricordo! È comparso nel secondo bar pochi minuti dopo di noi. Ma non si è avvicinato. Si è semplicemente seduto in un angolo con un giornale. Dio, quanto avrei voluto che si avvicinasse.»

«Sei sposata, ricordi?» Il suo tipo carino poteva essere il mio Uomo Misterioso? Non ricordavo molto del suo viso, a parte gli occhiali, ma ricordavo come mi aveva fatta sentire. Mi aveva ascoltata mentre gli dicevo quanto volessi essere come Larissa. Mi disse che anche lui aveva un capo di cui aveva un'immensa stima. Eravamo entrati in sintonia.

«Allora, sei andata a casa con questo Uomo Misterioso?»

«Non credo. Mi sono svegliata da sola a casa mia. Vestita. Ma avevo questo.» Tesi la catenina che avevo al collo e tirai fuori l'anello che avevo trovato in tasca. La semplice fede d'oro era segnata, come se fosse stata indossata a lungo. Ma ricordavo che l'Uomo Misterioso era giovane, più o meno della mia età.

«Una fede nuziale?» Gli occhi di Bree si spalancarono. «Che diavolo, Mimi! Ti sei sposata a Las Vegas?»

Risi. «Non credo che abbiamo avuto il tempo di andare a Las Vegas. E non importa cosa succede nelle commedie romantiche, sono abbastanza sicura che non ti lasciano sposare se sei ubriaca fradicia. Neanche a Las Vegas. Credo che me l'abbia dato in custodia. Per… per…» Le sue parole mi sfuggivano, appena fuori dalla mia portata.

Infilai l'anello nel pollice e lo feci girare. Chiaramente un anello da uomo, era troppo grande per qualsiasi mio dito.

«Wow. E adesso devi trovarlo per restituirglielo. È come la scarpetta di Cenerentola!» Piegò indietro il bicchiere e tracannò le ultime gocce di alcol. «Poi dovrai sposarlo.»

Sbuffai.

«Sono seria. È, tipo, il destino o qualcosa del genere.»

«Credo tu abbia guardato troppi film natalizi sui canali rosa.»

«Sì,» disse sognante. «Ma è sempre il ragazzo a essere un contabile tutto d'un pezzo che non ha spirito natalizio.»

«Io non devo avere spirito natalizio. Sono ebrea.»

«Non ci sono molti ebrei in quei film.»

«No.»

«Ma…» Allungò la parola, nel modo che sapevo significava che le era appena venuta un'idea terribile. Come quando al liceo mi aveva chiesto di coprirla mentre staccava l'adesivo promozionale dalla vetrina di Taco Bell per poi scappare. *Perché* lo voleva così tanto? Alla fine aveva rinunciato a spiegarmelo ed era uscita senza l'adesivo. Quindici anni dopo, ancora non ne capivo il senso.

«Ma?» la incitai.

«Non importa che siamo ebree. Possono comunque piacerci quei film romantici. Quelli dove la donna vuole che la festa del paese vada liscia come l'olio e l'uomo vuole spianare tutto per costruire una stazione sciistica, e loro si innamorano lo stesso e nell'ultima scena portano i loro figli alla festa del paese.»

Arricciai il naso. «Sembra terribile. Una stazione sciistica non sarebbe meglio per l'economia della città? Potrebbero portare i figli a sciare.»

Sussultò. «Pensavo che stessi abbandonando il lato oscuro e trasformando il tuo volontariato in un lavoro! Che diventassi una di noi!»

Le feci un mezzo sorriso. «Non tutti possono essere infermieri pediatrici e salvare vite ogni giorno. Il mondo ha bisogno anche dei contabili.»

«Puoi essere una contabile e vedere ancora il romanticismo nel mondo.»

«Davvero?» Sfiorai con una mano la ghirlanda di tinsel dall'aspetto triste appesa sotto la finestra, e alcuni fili argentati e ossidati caddero sul tavolo. Cinque delle lampadine della fila di luci multicolori lungo la finestra si erano spente. Perché non avevano tolto tutta quella merda tre settimane prima?

Bree raccolse i fili caduti e li dispose sul tavolo a formare una stella a sei punte. «Credo che ci sia speranza per te. Una volta che avremo trovato il tuo Uomo Misterioso, lui accenderà il tuo interruttore del romanticismo.»

«È un eufemismo?»

Fece un sorrisetto. «Ma certo. Sono sicura che il tuo Uomo Misterioso sia un talentuoso…»

«Bree!» Lanciai un'occhiata al tavolo accanto, dove sedevano delle signore sulla sessantina. Una di loro indossava occhiali con la montatura rossa, una tiara di plastica e un boa di piume rosa acceso. Come me e Bree, non stavano prestando attenzione alla partita in televisione.

«…conversatore, stavo per dire.»

«Non è quello che stavi per dire.»

Lei scrollò le spalle. «Fa lo stesso. Iniziano entrambi per C. Vuoi un altro drink?»

Guardai il mio bicchiere quasi pieno. Perché Mateo doveva avere ragione? Il pensiero di bere ancora vino mi faceva rivoltare lo stomaco.

«Aspetta! È lui! È il tipo carino!» Bree indicò un punto alle mie spalle.

Mi voltai sulla sedia per guardare, ma gli Sharks dovevano aver fatto qualcosa di eccitante perché metà del bar si alzò in piedi ed esultò. Scrutai i volti urlanti in cerca di ragazzi con gli occhiali, ma nessuno di loro era il mio Uomo

Misterioso. Quando la sala si fu calmata, chiesi: «Lo vedi ancora?»

«No, l'ho perso di vista quando gli Sharks hanno segnato. Ora non lo vedo. Scusa.»

«Com'era?»

«Alto, muscoloso, biondastro. Una mascella che avrebbe potuto tagliare il vetro.» Sospirò.

In California, avrebbe potuto essere chiunque. Da un attore qualunque a Cooper Fallon, fino al fidanzato di Larissa. «Portava gli occhiali?»

«No. Te l'ho detto, il mio tipo carino non aveva gli occhiali.» Diede un'occhiata al telefono. «A proposito, Josh sta arrivando. Vuoi un passaggio a casa?»

«Sì, per favore.» Se avesse visto il mio Uomo Misterioso, sarei rimasta. Ma non era lì.

«Come dovrei trovarlo per restituirgli questo?» Mi sfilai l'anello dal pollice e lo rimisi al sicuro tra i seni. Se l'avessi trovato, sarebbe potuto essere il mio accompagnatore al gala. I miei ricordi erano confusi, ma sospettavo che fosse un tipo loquace. Non mi avrebbe mai dato dell'alcolizzata di fronte al mio capo.

«Dovresti pubblicare un annuncio nella sezione "Incontri Mancati" su Craigslist.»

Inarcai le sopracciglia. «Quella roba non si usa più.»

«Certo che si usa! Anche se alcuni annunci sono un po' inquietanti.» Fece una smorfia.

«Bree, che diavolo? Perché sbirci nella sezione "Incontri Mancati"?»

«È così che ho conosciuto Josh. Non te l'ho detto?»

«Hai detto che l'hai visto al supermercato e poi ci sei incappata in una caffetteria. Hai detto che era destino.»

Le sue guance si tinsero di rosa. «Potrei aver pubblicato l'annuncio dopo il supermercato. E la caffetteria potrebbe essere stata il nostro primo appuntamento.»

«Oh. Mio. Dio. Devo dire che è un po' inquietante e per niente romantico come un amore predestinato.»

«Ehi, ho solo seguito il consiglio che ci dava sempre tua madre. Prenditi quello che vuoi. Comunque, pensaci. L'annuncio nella sezione "Incontri Mancati".»

Sbuffai.

Bree fece un cenno per chiedere il conto. «Vale la pena tentare per questo tipo, no?»

Sospirai, ricordando quella notte magica. Be', non ricordandola esattamente. Ma rammentavo la calda sensazione che mi aveva dato. Di essere vista e capita. Per qualche ora, eravamo stati il centro del mondo l'uno dell'altra.

Merda. Il romanticismo di Bree mi stava finalmente contagiando dopo tutti questi anni.

Scrutai il bar un'ultima volta. Gli unici occhiali erano quelli della nonnina accanto a noi.

Ma l'anello appeso alla catenina era una speranza. Una promessa. Io e il mio Uomo Misterioso ci saremmo trovati. Magari in tempo per il gala.

Mateo era un seduttore, non un romantico. Svolazzava da una persona all'altra, usando la sua lingua di miele con ognuna. Non importava cosa avesse detto al campo da golf di fronte a Larissa, non importava quanti pasti mi avesse portato, il suo cuore non era coinvolto, e di certo non era impegnato nella nostra finta relazione. Avrebbe capito se avessi dato buca al nostro appuntamento.

Avrebbe trovato qualcun'altra con cui flirtare, a cui portare del cibo, prima della fine della giornata.

E sarebbe andato bene così. Perché io avrei avuto il mio Uomo Misterioso.

13

MATEO

APRII la porta del wine bar e percorsi il locale con lo sguardo, in cerca del comitato di pianificazione del gala. Mimi era di spalle, ma avrei riconosciuto i suoi ricci scuri ovunque. Vederli mi fece martellare il cuore contro le costole. Perché mi stavo sottoponendo a tutto questo? Perché avevo permesso a Larissa di trascinarmi in una situazione in cui dovevo vedere Mimi tre volte a settimana, quando ogni sua occhiata di disapprovazione era come una pugnalata al petto?

Larissa mi fece un cenno con la mano e io mi trascinai verso il loro tavolo.

Lo facevo perché Mimi desiderava più di ogni altra cosa quel lavoro alla fondazione. Perché voleva dedicare tutto il suo tempo ad aiutare i bambini, non solo le ore dopo il lavoro.

E perché avrei fatto qualsiasi cosa per lei.

Se i miei amici sull'isola avessero potuto vedermi in quel momento, mentre seguivo una donna come un cagnolino, avrebbero riso di me. *Alla fine il pesce vela è stato arpionato*, si sarebbero sganasciati dalle risate. Diavolo, avrei riso anch'io, un anno prima, se mi avessero detto che sarei stato in un'enoteca alla moda a pianificare una festa di cui non me ne fregava un cazzo e a cui non mi sarei mai potuto permettere di partecipare, tutto per una donna.

Ma al mio cuore non importava.

«Mateo!» Larissa si alzò e mi diede un bacetto sulla guancia. O meglio, sarebbe dovuto essere un bacetto, ma le sue labbra si soffermarono un secondo di troppo, abbastanza a lungo da permettere alla sua mano di scivolare dalla mia spalla al mio petto. Mi strinse il pettorale.

Le afferrai la mano e gliela tolsi di dosso, riportandogliela delicatamente lungo il fianco. «Buonasera, Larissa. Natalie. Mimi.»

«Sei in ritardo» disse Larissa, con un leggero broncio sulle labbra rosa. «Abbiamo scelto i fiori senza di te.»

«Voi splendide signore non avete bisogno di me per scegliere i fiori.» Non avevano bisogno di me per niente, ma sarei stato al gioco se Larissa, che teneva in pugno il lavoro di Mimi, avesse pensato di sì. Le lanciai un'occhiata, ma Mimi teneva gli occhi fissi sul foglio di calcolo che illuminava lo schermo del suo portatile. «E nessun fiore è incantevole come voi tre.»

Larissa sbatté le ciglia. «Peccato che ora debba andare. Ho un appuntamento al salone di bellezza.» Scosse la sua criniera di capelli lisci e biondi, un'evidente richiesta di un altro complimento.

L'accontentai. «Lei è perfetta. Nessun salone potrebbe renderLa più bella.»

Sorrise, soddisfatta, e mi posò una mano sul braccio. «Lei è così dolce. Grazie.»

Le staccai la mano dal bicipite e trasformai il gesto in una stretta di mano. «Buona serata, Larissa.»

«Ciao, ragazze. Ci vediamo lunedì.» Con un movimento dei capelli, se ne andò.

«Non aveva detto di essere fidanzata?» Natalie fissò il mio braccio nel punto in cui Larissa l'aveva stretto.

Mimi fulminò con lo sguardo il suo foglio di calcolo. «Mh-mh. Abbiamo conosciuto il suo fidanzato.»

Era gelosa? Non le piacevo neanche. O forse sì?

La gelosia per un finto appuntamento poteva essere il mio lasciapassare. Le posai una mano sulla spalla. «Non essere gelosa, piccola. Lo sai che il mio cuore batte solo per te.»

Fissò la mia mano come se volesse scrollarsela di dosso. Ora che Larissa se n'era andata, avrebbe abbandonato la nostra farsa? Speravo di no. Non ero pronto a smettere di toccarla.

«La notte è giovane, signore. Beviamo qualcos'altro?» Tirai la sedia di Larissa più vicino a Mimi e mi ci accomodai. Lasciai che la mia mano scivolasse dalla sua spalla alla sua schiena, fino a posarsi sulla curva sexy della sua vita.

Quando permise che restasse lì, il cuore mi perse un battito.

«Ho un'idea migliore.» Natalie si sporse in avanti sui gomiti. «Ballare.»

Mimi si irrigidì sotto la mia mano. «Ballare? Io non ballo.»

«Ma dobbiamo imparare. Per il gala. Bachata.» Natalie ondeggiò con le spalle. «Ho guardato un video online, ma non è la stessa cosa che avere un insegnante.»

Per quanto lo desiderassi, non osai stringerle la vita. Ma sarei stato libero, anzi, ci si aspettava, che le mettessi le mani addosso quando avremmo ballato. «Che ne dici, Mimi? Facciamo un po' di pratica stasera?»

Aggrottò la fronte. «Non puoi ballare con entrambe. Perché tu e Natalie non...»

«Mio fratello Andrew mi passa a prendere» disse Natalie, saltellando sulla sedia. «Gli chiederò di venire con noi. Ballare con noi è meglio che starsene a deprimersi nel suo appartamento.»

«Perfetto» dissi. «Conosco un locale nel Mission.»

«Fantastico. Ed ecco Andrew!» Natalie balzò in piedi e gettò le braccia al collo di un ragazzo biondo, alto più o meno quanto me ma più esile. I pantaloni del suo costoso abito di lana avevano delle pieghe sui fianchi, come se fosse stato seduto a una scrivania tutto il giorno. La sua pelle pallida sembrava non vedere la luce del sole da un mese. Lavorava nella finanza, immaginai.

«Mateo, Mimi, vi presento Andrew.»

Mi alzai per stringere la mano a suo fratello. La sua stretta era ferma e asciutta, e mi restituì lo sguardo con la massima attenzione. Le sue labbra erano piene e sensuali come quelle di suo fratello, ma i suoi occhi azzurri dalle lunghe ciglia avevano la stessa forma di quelli di Natalie. Un bel ragazzo, assolutamente il mio tipo. Ma nessuno era il mio tipo quando c'era Mimi nei paraggi.

«Mateo» disse lui. «Nat mi ha parlato di Lei.»

«Davvero?» Sorrisi. «Spero bene.»

«Dice che Lei è stato un campione con questo progetto del gala. E che tu e Mimi siete hashtag-la-coppia-perfetta.» Fece le virgolette in aria, poi tese la mano a Mimi.

Li osservai insieme. Andrew era probabilmente l'uomo ideale di Mimi. Intelligente, ricco, lavorava nel suo stesso campo. Ma la loro stretta di mano fu breve, e lui si rivolse a sua sorella.

«Pronta ad andare?» le chiese.

«Prontissima. Ma non mi porti a casa. Andiamo a ballare!»

«A ballare?» Le sue sopracciglia biondo sabbia si inarcarono.

«Sarà divertente. Ti distrarrà da...»

Lui la strinse in un mezzo abbraccio e le arruffò i capelli con le nocche. «Niente di tutto questo, Biscottina.»

«Oh mio Dio, Andrew. Ho venticinque anni, non dodici.» Si allontanò da lui e si passò le dita tra i capelli scompigliati. Aveva le guance rosee e le sopracciglia aggrottate in una finta irritazione, ma il suo sorriso era luminoso come il sole.

Non avevo mai avuto fratelli, ma io e mia cugina Sara ci prendevamo in giro così. Un'ondata di nostalgia di casa mi travolse. Ballare era esattamente ciò di cui avevo bisogno.

Mi sfregai le mani. «Andiamo. Accompagno io Mimi, e tu porti Natalie, Andrew?»

Diedi a Natalie il nome del locale e i suoi pollici volarono sul telefono. «Ci vediamo lì!»

Fuori, sul marciapiede, Mimi camminava a fatica al mio fianco. «Davvero non devi farlo. Posso dire a Natalie che non mi sento molto bene.»

«Non ti senti bene?» Le lanciai un'occhiata mentre attraversavamo la strada verso la mia Jeep. Come Andrew, sembrava che anche lei avesse bisogno di una giornata all'aperto.

«No, sto bene. È solo che...»

«Cos'è?» Le aprii la portiera e le offrii la mano per aiutarla a salire sul sedile alto.

Lei l'afferrò e si issò sul predellino. Com'era possibile che non sentisse l'energia che scorreva tra di noi? Ma si limitò a sistemarsi sul sedile e a catturare il mio sguardo. «Non avrei mai voluto che questa cosa sfuggisse così di mano. Volevo solo un'occasione per dimostrare il mio valore a Larissa. Non trascinarti in una finta relazione con contorno di organizzazione di feste. E ballo. Sono sicura che sei stanco dal lavoro.»

«Lo sei anche tu.» Volevo accarezzarle la mascella delicata, sentire la sua guancia curvarsi in un sorriso. Ma eravamo soli e non c'era nessuno per cui fingere. «Voglio farlo. Sarà divertente ballare. Vedrai. E poi, dobbiamo fare pratica per il gala.»

I suoi occhi si contrassero come se provasse dolore. «Dobbiamo proprio ballare davanti a tutta quella gente?»

«Non preoccuparti. Farai una bella figura. Te lo prometto.» Le chiusi la portiera. Ero sempre stato bravo nelle attività fisiche: baseball, surf, ballo. Non avevo mai rimpianto le mie debolezze in altre cose, come lo studio. Non prima di Mimi.

Rimase in silenzio durante il tragitto verso il locale, così misi un po' di musica per far scorrere il ritmo tra di noi. Quando mi voltai, la vidi tamburellare le dita a tempo sul bracciolo. Bene. Ondeggiai le spalle.

Il locale era uno di quelli in cui Carlo suonava a volte, ma quella sera non c'era una band dal vivo, solo una DJ. Luci rosa acceso e gialle lampeggiavano sul palco dove lei ancheggiava a ritmo di musica dietro alla sua console. Una coppia volteggiava accanto a lei, più abili di me. Sotto il palco, file di persone provavano i passi in uno spazio aperto al centro della pista da ballo. Le coppie più avventurose giravano ai bordi.

Trovammo Andrew e Natalie al bar. Natalie ci porse due

bicchierini di qualcosa di rosso scuro e inquietantemente familiare.

«Cos'è questo?» Mimi lo squadrò con un saggio livello di sospetto.

«Lo speciale del giovedì sera. Il barista l'ha chiamato Mama Juana.»

Risi. A casa, lo chiamavamo Viagra liquido. Mia zia Camelia ne preparava una versione con vino rosso, miele locale ed erbe che coltivava nel suo giardino, e giurava che fossi stato concepito dopo che l'aveva servito a una festa di famiglia con maiale arrosto. Inarcai le sopracciglia verso Andrew. «Attenzione. È, ehm, potente.»

«Cosa?» gridò lui per sovrastare la musica.

«Non fare il fifone. Bevi.» Natalie gli diede una gomitata nel fianco e mandò giù il suo drink. Lui la seguì.

Feci tintinnare il mio bicchiere con quello di Mimi. «Salud.»

Il suo sorriso era nervoso. «L'chaim.»

Mandammo giù gli amari bicchierini.

«È disgustoso. Sembra sciroppo per la tosse.»

Non era buono come quello di tía Camelia. La bottiglia dietro al bancone aveva un ridicolo cappello di paglia come tappo. Ma il suo alto contenuto alcolico avrebbe potuto sciogliere Mimi.

«Un altro?» Natalie fece una smorfia.

«Prima vi insegno i passi.» Una Mimi sciolta sarebbe stata una buona cosa, ma non volevo doverla portare fuori da un altro bar in braccio.

Prendendo la mano di Mimi, mi feci strada tra le coppie danzanti fino ai ballerini in linea al centro della pista. Ci mettemmo dietro a quello in fondo e osservammo per un momento.

«Okay, vedi, è uno-due-tre-pausa, poi vai a destra, cinque-sei-sette-pausa. Passi piccoli e tieni i piedi bassi.»

Mi misi tra Mimi e Natalie. Facendo piccoli passi esagerati, dimostrai il gioco di piedi e, quando ebbi finito la prima sequenza,

Natalie ondeggiava al mio fianco. Mimi e Andrew erano rimasti alle estremità, a guardare.

«Andiamo» gridai. Presi la mano di Mimi e mi mossi lentamente verso di lei, spingendola a muovere i piedi. Esitante, riprese il movimento. «Bene, bene» la lodai.

Seguendo la fila davanti, mostrai loro come ballare in avanti, poi insegnai le giravolte. Natalie imparò lo schema con naturalezza.

Mimi no. Si dimenticava la pausa, mancava il cambio di direzione e mi urtò la spalla. Pestò i piedi per la frustrazione. «Te l'avevo detto che non ballo!»

«Va tutto bene.» Mi girai su me stesso, dando le spalle alle altre file, e mi misi di fronte a lei. Tesi i palmi e le feci cenno di appoggiare le sue mani sulle mie.

«A sinistra» dissi, muovendomi verso la mia destra per specchiarla.

Si guardò i piedi e i miei per alcune sequenze.

Alla fine, quando il suo corpo si mosse a ritmo, le strinsi le mani. «Occhi su.»

I suoi splendidi occhi castani riflettevano le luci rosa sopra il palco. Le sue labbra si muovevano, contando silenziosamente i passi. Ci avremmo lavorato dopo.

«Stai andando alla grande. Quando ti stringo le mani, vieni avanti.» Quando sentii la fila dietro di me muoversi, rafforzai la presa su di lei e, mentre indietreggiavo, la tirai verso di me.

«Ora indietro.» Invertimmo il movimento. Presto, ci muovevamo a tempo con il blocco di ballerini. Da un lato all'altro, avanti e indietro, gira, gira.

Non era una Carmen Miranda e nemmeno una JLo, ma il suo gioco di piedi non vacillò, e i suoi fianchi ondeggiavano in un modo che mi fece stringere i pantaloni. O forse era la Mama Juana.

Quando la musica cambiò, la tirai fuori dalla fila verso le coppie danzanti.

«Aspetta, cosa stai facendo?»

«Sei stata promossa» dissi. «Sei pronta per la serie A.»

«No, non è vero! Sono ancora un pesciolino.»

«Adesso stai mischiando il nuoto e il baseball. Questo è ballo, e tu sei pronta.»

Iniziammo con un semplice avanti e indietro, e mi ritrovai di nuovo sotto il portico di mi abuela, a ballare con le mie cugine. L'afa del locale non aveva nulla a che fare con la brezza dell'oceano di casa. Eppure, cantavo a mezza voce seguendo la musica e osservavo Mimi con gli occhi socchiusi.

Il suo sguardo si posò sotto il mio mento. Supponevo che fosse lì che dovesse stare, visto che le segnalavo le giravolte con le spalle e le piroette con uno spostamento del palmo contro il suo. Ma volevo il suo sguardo sul mio viso, nei miei occhi, così da poter capire cosa stesse pensando, come le piacesse ballare con me.

Disse qualcosa, ma la musica era troppo alta. Mi avvicinai. «Cosa hai detto?»

Le sue guance arrossirono. «Ho detto che sei un bravissimo ballerino.»

«Ah, grazie. Ma non sono bravo come loro.» Indicai con il mento la coppia sul palco. Lui faceva roteare la sua partner sotto il suo braccio, poi volteggiava sotto le loro mani unite. Si muovevano insieme come se condividessero una sola mente, come due parti dello stesso corpo.

«Forse no» disse nel mio orecchio «ma mi fai sentire al sicuro. Sicura di me.»

Mi riscaldai dentro. «È così che dovrebbe essere. Io sono la vite, che ti sostiene. Tu sei il fiore, bello e profumato.»

Arricciò il naso. «Bello? Difficilmente.»

«Sei un'orchidea. Esotica e delicata.» Inspirai il profumo di vaniglia dei suoi capelli.

«Sei tu quello bello» disse. «Ti stanno guardando tutti.»

Non mi presi la briga di guardare. «No, Mimi, stanno guardando te. Sei ipnotica.»

Il suo sguardo si incatenò al mio, pagliuzze dorate che illuminavano le profondità scure come il chiaro di luna sull'oceano.

«Perché sei così gentile con me?» Il suo sguardo scivolò via dal mio. «Gentile con... con tutti.»

La scansai per evitare una coppia che stava arrivando roteando. «Quale delle due, Mimi? Sono gentile con tutti o con te?»

«Entrambe. Ma soprattutto con me?»

Risi, poi avvicinai le labbra al suo orecchio perché fosse sicura di sentire. «Sono contento che tu te ne sia finalmente accorta.»

«Ma non capisco. Cosa ci guadagni? Qual è il tuo secondo fine?»

«Secondo fine?» Indietreggiai. «Voglio solo...» Era pronta a sentire la risposta? Che volevo *lei* e nient'altro?

I suoi passi vacillarono. Perso nei suoi occhi, calpestai qualcosa di morbido. Quando guardai in basso, vidi che avevo schiacciato la punta della sua ballerina. Feci un saltello all'indietro, ma Mimi chiuse gli occhi per il dolore.

Smisi di muovermi e le feci scorrere le mani sulle spalle. «Scusa! Scusa, sono così goffo. Stai bene?»

«Sto bene.» Ma teneva il peso lontano dal piede che avevo schiacciato come un imbecille.

«Prendiamoci una pausa» dissi. «Riesci a camminare?»

Serrò la mascella. «Certo che ci riesco.»

Tuttavia, le tenni un braccio intorno alla vita mentre la guidavo fuori dalla pista da ballo. La aiutai ad appollaiarsi su uno sgabello accanto a un tavolino alto.

«Posso prenderti da bere?»

«Solo acqua, per favore.»

Quando tornai al tavolo con due bottigliette d'acqua ghiacciata, lei aveva tirato fuori il telefono. «Il mio passaggio è quasi qui.»

«Il tuo passaggio? Sono io il tuo passaggio.»

«No, ho chiamato un'auto a noleggio. Ti ho già rubato troppo tempo stasera. Domani devo lavorare.»

«No, Mimi. Ti porto a casa io.»

«No. Resta se vuoi. Sono sicura che puoi trovare una compagna di ballo migliore di me. Grazie per averci portati qui. È stato…» Si alzò senza finire la frase.

«Mimi, mi dispiace tanto. Posso prenderti del ghiaccio? Dell'aspirina?»

«No, grazie.» Posò la mano sulla mia per un istante, leggera e fresca come la pioggerellina di San Francisco. Poi se ne andò, lasciandomi nel locale buio, con il sudore che mi gelava la pelle.

Avevamo creato un legame sulla pista da ballo. Lo sapevo. Mi aveva guardato negli occhi come se mi vedesse, come se mi apprezzasse.

E poi avevo mandato tutto a puttane. Mi ero tirato indietro quando avrei dovuto dirle come mi sentivo. Cosa volevo.

Lei. Soltanto lei.

14

MIMI

ADORAVO AVERE BEN alla cena di Shabbat. Non solo mi ricordava tante serate del venerdì della mia infanzia, ma potevo contare su di lui per una deviazione o due quando mamma diventava troppo insistente.

Il suo fidanzato, Cooper, d'altro canto? In un certo senso, avrei desiderato che dovesse tornare di nuovo a Singapore. Così non sarebbe stato seduto di fronte a me al tavolo della sala da pranzo dei miei genitori, con i suoi capelli biondi, gli occhi azzurri e le spalle larghe a ricordarmi con troppa forza suo cugino.

Quello da cui ero scappata la sera prima.

Avevo pensato di aver capito Mateo. Pensavo fosse uno di quei ragazzi la cui bellezza era solo superficiale. Che sotto quella splendida facciata non ci fosse altro che un vuoto insipido. O, come Byron, una crudeltà spietata.

Ma mi aveva scossa fin nel profondo.

Mi aveva indotta a dire più di quanto intendessi. Gli dissi che mi faceva sentire al sicuro.

Lui replicò dandomi della bella. Anche Byron me lo aveva detto, ma, a quanto pareva, aveva usato le sue parole dolci per prendere, prendere, prendere da me finché non mi aveva consumata.

Cosa voleva Mateo? Il suo sguardo sulla pista da ballo era stato famelico. E confuso.

«Mimi, posso versarLe un po' di vino?» La voce di Cooper mi sorprese. Sbattei le palpebre. Mamma mi avrebbe uccisa se avesse saputo che non stavo intrattenendo il nostro ospite mentre lei, papà e Ben finivano di preparare la cena in cucina.

Anche se il pensiero di intrattenere il capo del capo del mio capo era piuttosto intimidatorio.

«Mezzo bicchiere, per favore.» Cosa avrebbe pensato Cooper del vino dolce Kosher e delle tradizioni della nostra famiglia del venerdì sera? Sebbene lui e Ben stessero insieme da più di sei mesi, quella era la prima volta che Ben sottoponeva Cooper a una cena di Shabbat dei Levy-Walters. Di solito, il venerdì sera, Cooper era appena tornato da un viaggio ed era stanco, oppure uscivano per un appuntamento, o Ben veniva da solo.

Quella era una serata importante per mio fratello e il suo fidanzato.

Cooper mi riempì il bicchiere a metà. Fu solo allora che notai che stava bevendo acqua frizzante. Ora che ci pensavo, lo champagne che aveva bevuto alla loro festa di fidanzamento era sembrato più limpido di quello nel bicchiere di Ben. E non gli avevo visto bere assolutamente nulla al matrimonio di Bree e Josh.

Era possibile superare una delle cene della mia famiglia senza alcol?

«Jackson Jones mi ha detto una cosa l'altro giorno», disse.

«Davvero?» Il suo migliore amico e socio in affari gli aveva parlato della posizione da vicedirettrice? O gli aveva detto che avevo mandato a rotoli la presentazione del mio budget all'inizio del mese? Forse Monique gli aveva detto che ero un'ubriacona? Mandai giù il vino, desiderando che fosse qualcosa di più forte.

«Ha detto che sta uscendo con mio cugino Mateo.»

Oh. Merda. Perché mi ero illusa che la nostra bugia sarebbe rimasta confinata al comitato del gala? E se lo sapeva Cooper, significava che lo sapeva anche Ben. E sarebbe stata solo una questione di tempo prima che...

Mamma ansimò alle mie spalle. «Mimi, esci con qualcuno? Perché non me l'hai accennato quando abbiamo parlato questa settimana?»

Oh, solo perché era tutta una finta e speravo che non lo scoprisse mai. Ma se avessi ammesso la bugia, Cooper avrebbe corretto Jackson? E poi Jackson lo avrebbe detto a Natalie, che forse se lo sarebbe lasciato sfuggire davanti a Larissa. Se Larissa lo avesse scoperto, sarei stata fuori dal comitato del gala, e fuori dalla corsa per il posto a tempo pieno, in un istante.

Feci una smorfia. «È... è una cosa nuova.»

«Raccontami tutto.» Mamma sbatté giù il vassoio della challah e si lasciò cadere su una sedia.

«Ah.» Lanciai un'occhiata a Cooper, che ebbe la decenza di sembrare colpevole. Considerai di dirle la verità, che era tutta una messinscena. Probabilmente avrei dovuto scegliere quella strada. Ma i suoi occhi castani e rotondi erano così pieni di speranza e il suo sorriso aveva una felicità anticipata che non ebbi il coraggio di infrangere. Avrei dovuto farlo prima o poi. Ma quella sera, l'avrei lasciata vivere nell'entusiasmo che la faceva sporgere in avanti sui gomiti.

«Io e il cugino di Cooper, Mateo, ci stiamo frequentando. Niente di serio. Non è una cosa importante.»

«Cioè, tipo, sesso occasionale? Amici di letto? Trombamic—»

«No! Dio, no, mamma.» Chiusi gli occhi per non dover guardare né lei né Cooper. Il capo del capo del mio capo.

«Allora...» Conoscevo quel tono. Ormai non c'era scampo all'inquisizione.

«Siamo andati a giocare a golf l'altro giorno con Larissa e il suo ragazzo. A ballare l'altra sera. E andremo al gala insieme il mese prossimo. Niente di importante.»

Anche se per un momento sulla pista da ballo, era sembrata una cosa molto importante. Fino a quando mi ricordai che non eravamo una coppia e andai nel panico. Ero contenta che mi avesse pestato un piede. Il dolore mi ricordò che eravamo come l'olio e l'acqua. Un paio di magneti con la stessa polarizzazione. Uni e zeri.

«Golf, ballo e un gala? Non sono cose che fai di solito, Mimi. Sei sicura che non sia una cosa importante?»

«Sicurissima. Prometto che non interferirà con la mia carriera. Non come...» Serrai i denti. *Non* volevo assolutamente rivangare la mia ultima relazione fallita. Decisamente non di fronte a Cooper.

«Ah, Mimi. Vedere tuo fratello così felice con Cooper mi ha dato una nuova prospettiva.»

Dietro di me, Ben sbuffò. Girò intorno al tavolo e posò due scodelle di zuppa. «Più che altro, il matrimonio di Bree ti ha dato delle idee. Visioni di tulle e rose bianche e di ballare l'horah. Ammettilo.»

Mamma arricciò le labbra. «Voglio che entrambi i miei figli siano felici. Ho incontrato la madre di Breina in sinagoga la settimana scorsa. Ha detto che stanno cercando di avere un bambino.»

«Io e Bree siamo appena uscite a bere qualcosa questa settimana!» dissi. «Non è possibile che stiano cercando di rimanere incinti.»

«Ha più di trent'anni. Dovranno iniziare presto.»

«Mamma!»

«Cosa? Pensavo che entrambe voleste dei figli.»

«Un giorno. Non ora, prima che mi sia affermata nella mia carriera.»

Mi squadrò il ventre come se avesse una data di scadenza stampata sopra. «Sai che voglio il meglio per te. Ora parlami di Mateo.»

Ben rise. «Quei due sono come cane e gatto.»

Cooper afferrò la mano di mio fratello e lo fermò con uno sguardo carico di muto significato. «No, tesoro. Si frequentano.»

«Cosa?» Si sedette sul ginocchio di Cooper. «Tu e Mateo?»

Cooper studiò il mio viso. Perché non ne aveva parlato con Mateo? Avrebbe potuto mettere in chiaro le cose con suo cugino. E allora io non starei parlando della mia finta relazione con mia madre, che non l'avrebbe mai lasciato perdere. Se Cooper non fosse stato il capo del capo del mio capo, sarei saltata sul tavolo per strangolarlo. Non mentivo mai a mio fratello.

Ma ora dovevo continuare. «Sì.»

«È *nuova* e *niente di serio*», disse mamma. «Qualunque cosa significhi.»

«Oh.» Le labbra di Ben si incurvarono all'ingiù. Non c'era bisogno che dicesse una parola. Sapevo che stava pensando alla ciotola di preservativi accanto al mio letto e agli incontri occasionali che si alternavano nel mio appartamento ogni poche settimane. A lui piaceva davvero Mateo, e quell'*Oh* significava che pensava che Mateo fosse uno di quei ragazzi che avrei portato a casa quando ero arrapata e cacciato via prima dell'alba.

Ma non potevo farlo con Mateo. Faceva parte della vita di mio fratello. Della sua famiglia.

Merda, perché non ci avevo pensato prima? Perché avevo lasciato che accadesse?

Dannata Larissa con la sua organizzazione di feste e la sua eccitazione per Mateo e il suo tema latino-americano per il gala.

Ben e mamma non lo videro, ma Cooper mimò con le labbra un *Scusa* verso di me. Ad alta voce, disse: «A proposito del gala, Jackson dice che sta facendo un lavoro fantastico nel comitato organizzativo.»

La tensione nel mio ventre si allentò di un grado. «È gentile da parte sua dirlo. Sua sorella Natalie sta facendo la maggior parte del lavoro, e io la sto aiutando. Oltre alle solite questioni finanziarie.»

«Mi risulta che ci sia un posto vacante per un vicedirettore alla fondazione, e che il Suo nome sia stato preso in considerazione», disse.

Cooper lo aveva sentito? Significava che Larissa mi stava seriamente considerando? «L'avevo sentito anch'io.»

«Che cos'è questa storia?» Le sopracciglia scure di mia madre scomparvero sotto la frangia vaporosa. «Una direttrice?»

Non intendevo farglielo sapere finché non avessi ottenuto il posto, ma valeva la pena distrarla dalla questione Mateo. «*Vicedirettrice*. E non è affatto cosa fatta. Tutt'altro. Ma c'è una posizione e ho detto a Larissa che ero interessata.»

«Paga più di quello che guadagni alla Synergy?» Il suo sguardo era acuto.

Decisamente non volevo avere questa conversazione davanti a Cooper. «Ehm, io...» Rabbrividii e lanciai un'occhiata a Cooper.

«Ci dispiacerebbe perderLa», disse, con un'espressione indecifrabile. «Ma capiamo che i nostri dipendenti debbano seguire le loro passioni, e a volte queste si trovano al di fuori della Synergy. Anche se mi piace pensare che la fondazione di Jackson faccia ancora parte della famiglia Synergy.»

La tensione abbandonò la mia nuca. «Grazie. Anche se, come ho detto, stanno ancora valutando. Larissa ha fatto un colloquio a una candidata esterna la settimana scorsa. Devo stupirla con il mio lavoro per il gala.»

«Sei sicura che un'organizzazione no-profit sia la direzione giusta?» chiese mamma. «Potrebbe portarti fuori dal settore privato. Bloccare la tua crescita professionale.»

Mi strofinai la nuova fitta al petto. «È questo che voglio. Tra qualche anno, una volta che avrò più esperienza, potrei passare a direttrice.»

«Ma ora sei una contabile senior, pronta a passare a un ruolo manageriale. E la Synergy è un'azienda eccellente. Stabile.» Sorrise a Cooper.

«Lo so, ed è stata fantastica con me. Ma penso che la mia passione sia nel no-profit. In particolare, aiutare i bambini. La fondazione fa un ottimo lavoro con i bambini che hanno la Tourette e altre differenze neurologiche.»

Mamma annuì lentamente. Si ricordava di come tornavo da scuola tremante di rabbia ogni volta che qualche bambino prendeva in giro Bree.

«È un'opportunità fantastica.» Ben si alzò. «Farai grandi cose.»

Gli sorrisi. Le nostre passioni erano simili, e il suo lavoro in una fondazione che gli stava a cuore mi aveva ispirata a riflettere sui miei obiettivi di vita. A rivalutarli. A essere una versione migliore di me stessa.

«Aiuto papà a portare il resto del cibo», disse Ben, girando intorno al tavolo verso la cucina.

Spinsi indietro la sedia, grata per l'opportunità di fuggire. «Ti aiuto.»

«No. Resta. Un po' di riposo ti farebbe bene», disse con un sorriso affettuoso. «Ti sei sfinita tra lavoro e volontariato.»

Gli sorrisi di rimando. Mio fratello era il più dolce. Anche se lo spazio era stretto e non avevo privacy, mi mancava ora che si era trasferito dal mio divano alla lussuosa villa di Cooper.

«Lasciate che aiuti.» Cooper spinse indietro la sedia e si alzò.

«No, Lei è nostro ospite.» Mamma sventolò la mano verso il suo futuro genero. «Inoltre, abbiamo quasi finito.»

«Non si trova personale qualificato da queste parti», borbottò papà mentre portava l'arrosto.

«Scusa, papà», disse Ben, tornando in cucina.

Mamma disse: «Ci siamo lasciati trasportare parlando del nuovo lavoro di Mimi. E del fatto che sta uscendo con il cugino di Cooper, Mateo.»

«Esci con qualcuno?» Posò l'arrosto.

Le mie guance si infuocarono. «È una...»

«Cosa nuova.» Mamma alzò gli occhi al cielo. «E *niente di serio.*»

«Ti tratta bene?» chiese papà.

Tranne quando aveva cercato di scatenare la mia allergia al cioccolato. Era stato sorprendentemente dolce riguardo al golf e al gala. «Sì.»

Mi rivolse un rapido sorriso. «Allora sono felice per te.»

«Grazie, papà.»

«E che storia è questa di un nuovo lavoro?»

«Papà.» Le mie guance si fecero ancora più calde. Perché dovevamo parlarne davanti a Cooper? «È solo una possibilità.»

Mi puntò contro un guanto da forno. «Voglio saperne di più su questa *possibilità* quando saremo tutti seduti. Jeannie, finiamo di portare i piatti.» Lui e mia madre scomparvero in cucina. Ben li seguì.

«Mi dispiace aver tirato fuori l'argomento», disse Cooper. «Non sapevo che non ne avesse parlato con loro.»

«Non fa niente. Si preoccupano per me, sa?» Probabilmente non lo sapeva. Di cosa avrebbero dovuto preoccuparsi i genitori di Cooper Fallon? Dirigeva un'importante azienda Fortune 1000 ed era fidanzato con un uomo che amava.

«Capisco. Vogliono proteggerLa.»

Risi. «Più che altro, spronarmi. Mamma mi ha insegnato presto che le donne devono avere gli strumenti per proteggersi.»

«Esatto.» Mamma entrò trafelata con un piatto di patate lesse. «Intelligenza, determinazione e fiducia in sé stesse. Ecco cosa serve per avere successo in un mondo di uomini.» Fulminò Cooper con uno sguardo di sfida.

«Assolutamente. So di avere molti privilegi e cerco di aiutare chi non li ha.»

«Lo fa.» Ben portò dentro i piselli e le carote. Posò la ciotola, poi baciò la guancia di Cooper. «Sostiene tutti i rifugi per donne della Bay Area.»

Doveva esserci una storia dietro. Osservai il viso di Cooper, ma non tradiva altro che amore per mio fratello.

Mio padre portò l'insalata. «Mangiamo.»

«Prima le preghiere», gli ricordò mamma.

Nemmeno i canti e le preghiere dello Shabbat distrassero mamma dalla sua linea di interrogatorio. Dopo aver benedetto la Challah e averne mangiato tutti un pezzo, mi inchiodò con lo sguardo da un capo all'altro del tavolo. «Adam, Mimi sta pensando di lasciare il suo lavoro in contabilità per lavorare per una no-profit.»

«Mamma, non sto veramente lasciando la contabilità. Sto portando le mie competenze nel no-profit.»

«Manterrai la tua qualifica di CPA?» chiese papà. «Hai lavorato così duramente per ottenerla.»

«Certo che lo farò.» Rabbrividii al pensiero di ridare l'esame. «Sto solo aggiungendo più responsabilità.»

«È una buona mossa di carriera.» Cooper spinse il suo bicchiere di vino verso Ben. Ne aveva bevuto solo un sorso dopo il Kiddush. «Mimi può crescere in altre aree — operative, gestionali, di sviluppo — a cui normalmente non sarebbe esposta in un'azienda più grande come la Synergy.»

«Ma alla Synergy ha stabilità», disse mamma. «Un percorso di carriera definito.»

«Mamma», intervenne Ben. «Le cose sono diverse adesso. Non è come quando hai iniziato la tua carriera. Quando salivi la scala gerarchica. Le persone oggi sono più mobili. Aperte a diversi percorsi di carriera. Si danno da fare.» Mi sorrise da un capo all'altro del tavolo.

Mamma alzò un sopracciglio. «Non farmi la predica da Boomer. Sono della Generazione X. Abbiamo lottato per tutto quello che avevamo. Ho dovuto spingere e graffiare per superare tutti i Boomer affermati nella mia azienda. Quegli uomini bianchi con mogli a casa che si occupavano della casa e dei figli. Mimi sa che per noi è più difficile. Nessuno si prende cura di lei, pronto a tirarla su al livello successivo. Dovrà afferrare ogni piolo da sola e prenderselo. Ma» — sorrise a Cooper — «la Synergy si prende cura dei suoi dipendenti. Questa nuovissima no-profit farà lo stesso?»

«Sono sicuro che Jackson ci ha pensato.» Anche mentre lo diceva, la mascella di Cooper si irrigidì, smentendo le sue parole sicure.

«Forse Mimi non è così interessata ai benefit per i dipendenti quanto ad aiutare le persone. A fare del bene nel mondo», disse Ben. «Sono orgoglioso di lei perché vuole aiutare i bambini.»

«Oh, grazie, Benny.» Alzai il mio bicchiere di vino verso di lui. Lui mi fece l'occhiolino e fece lo stesso.

«Tuttavia», disse Cooper, «sarei felice di parlare a Jackson del percorso di carriera e della retribuzione...»

«No.» Il cuore mi balzò in gola. Cosa avrebbero pensato di me

Jackson — e Larissa — se Cooper avesse usato il suo peso? «Grazie. Controllerò tutto prima di accettare un'offerta. Lo prometto.» Feci un cenno a mamma.

«È molto gentile da parte Sua offrire, Cooper. Sono contenta che Benny L'abbia trovato.» Mamma sorrise raggiante a Cooper.

Non riuscivo a staccare gli occhi da Ben. La sua espressione dolce di felicità, di pura e semplice beatitudine, era qualcosa che non avevo mai visto sul suo viso.

Aveva tutto il diritto di sentirsi così. Aveva il lavoro appagante che aveva sempre sognato, più un fidanzato che adorava e che ovviamente venerava la terra su cui camminava. Aveva amore e stabilità finanziaria. Il mio fratellino era al vertice della piramide dei bisogni di Maslow.

E dove mi trovavo io, la sorella maggiore che era sempre sembrata avere tutto sotto controllo? Ancora in fondo, ancora a lavorare sulla mia sicurezza finanziaria. Nessuna speranza d'amore.

Avevo sempre preso in giro mio fratello perché si innamorava così facilmente. Ma ora, vedendolo così trascendentalmente felice, una piccola parte di me voleva ciò che aveva lui.

Puntai il mio matzah ball con il cucchiaio. Non avrei mai pensato di essere gelosa del mio fratellino. Ma lo ero.

«Spero che tu trovi qualcuno come Cooper», disse mia madre, dando voce ai miei stessi pensieri. «Beh, forse non bravo come Cooper.» Rise nervosamente. «Un giorno, quando ti sarai sistemata con la carriera.»

Per quanto poco ricordassi della festa di addio al nubilato di Bree, ricordavo come il mio Uomo Misterioso mi aveva fatta sentire. Era lo stesso modo in cui mio fratello appariva: vista e amata.

«Forse un giorno», dissi.

15

MATEO

STRINSI il bouquet nel piccolo atrio del palazzo di Mimi. Le plumerie bianco crema con il loro timido centro giallo significavano che ero dispiaciuto. Dispiaciuto per qualunque cosa avessi fatto sulla pista da ballo per farla scappare via. E non ero pronto a rinunciare. Non ancora.

Ogni volta che papà faceva qualcosa per irritare mamma, le portava questi fiori. Aveva sempre funzionato. Finché un giorno, non funzionò più.

Nessuno di noi due seppe mai perché se n'era andata. Cosa avessi fatto io, cosa avessimo fatto noi, per spingerla a fare la valigia e lasciare l'isola nel cuore della notte. Papà la chiamò un paio di volte, ma dopo il suo devastante tradimento, non si era mai presentato alla sua porta con dei fiori.

Forse il suo errore fu restare sull'isola con me. Quando sapemmo che era morta, sembrava così distrutto che non ebbi mai il coraggio di chiedergli se si fosse pentito di non essersi impegnato di più per riaverla.

Per Mimi, con la sua bellezza, la sua intelligenza, il suo cuore, valeva la pena impegnarsi. Se solo fossi riuscito a non mettermi i bastoni tra le ruote da solo e a dimostrarle che ne valevo la pena anch'io.

Prima che avessi raccolto il coraggio di suonare al suo citofono, lei uscì, avvolgendosi una sciarpa di maglia beige intorno al collo. Mi guardò, sorpresa.

«Cosa ci fai qui?»

Cazzo, mi ero dimenticato di chiamarla o di scriverle. Di nuovo.

«Sono venuto a trovarti. Per chiederti scusa. Per il mole. Per tutto.» Quando agitai il bouquet, per poco non la colpii sul naso. Feci una smorfia. *Calmati, Mateo.* «Come sta il tuo piede?»

«Bene. Sono per me?» Indietreggiò mentre le spingevo le plumerie verso di lei.

«Per te. Un raggio di sole in una giornata uggiosa.» Una nebbiolina sottile era sospesa tra di noi, non proprio una pioggia ma non molto più pesante della nebbia di San Francisco. Le scintillava tra i capelli e formava minuscole perline sul suo cappotto di lana.

Prese il bouquet e lo annusò con cautela. «Come facevi a sapere che la plumeria è il mio fiore preferito?»

«Davvero?»

«Sì, sono diretti. Senza fronzoli. Semplici.»

«Come me,» scherzai.

I suoi occhi si strinsero per un solo secondo. «Mateo, tu sei tutto tranne che diretto. Sei come... come una di quelle orchidee increspate. Vistoso. Difficile da tenere in casa.»

Mimando il gesto di piantarmi un pugnale nel cuore, dissi: «Ahi.»

«Sai cosa intendo.» Le sue guance si tinsero di rosa. «Sei troppo bello per l'uso quotidiano. Come il vassoio da challah dipinto a mano di mia madre.»

Un complimento? Un punto per Mateo. Non sentivo più la pioggerellina. Era tutto un sole tropicale e profumo di plumeria.

«Stai uscendo?» le chiesi. *Stupido, Mateo.* Certo che stava uscendo. Era appena uscita dal suo palazzo.

«Oggi faccio volontariato. Per la fondazione. C'è un evento in biblioteca. I bambini leggono ai cuccioli del rifugio.»

«Hai preso le medicine per l'allergia?»

«Certo che... aspetta. Come facevi a sapere che sono allergica ai cani?»

Me l'aveva detto quella sera al bar. Mi aveva detto molte cose, e se n'era completamente dimenticata. Quel segreto mi pesava sul petto. «Ben mi ha detto che è per questo che non vai spesso a casa loro.»

«Oh. Be', sì, le ho prese.» Si tirò una ciocca di capelli intrappolata nella sciarpa.

Ce n'era un'altra incastrata, e volevo liberargliela, ma non osai toccarla. Mi cacciai le mani nelle tasche del cappotto.

«Dovrei andare,» disse lei.

«Certo.» Merda, mi avrebbe odiato per averla fatta arrivare in ritardo. Mimi odiava essere in ritardo. «Vuoi che porti questi su al tuo appartamento?» Indicai i fiori.

«No, io... li porto con me. Sono sicura che in biblioteca troverò un vaso o un bicchiere d'acqua in cui metterli.»

Con i fiori avevo decisamente fatto centro. Mi diede il coraggio di chiedere: «Posso accompagnarti in biblioteca?»

Inclinò la testa. «In realtà, ci farebbero sempre comodo altri volontari. Potresti rimanere per un'oretta o due a tenere in braccio un cucciolo del rifugio mentre un bambino ti legge qualcosa?»

«Assolutamente!» Mimi mi stava invitando? Il mio sorriso doveva essere ridicolmente ampio. «E mi hanno persino fatto un controllo dei precedenti.»

«Tuo cugino ti ha fatto un controllo dei precedenti prima di assumerti nella sua squadra di sicurezza?»

Sì, quello stronzo. La famiglia non significava niente per lui. Anche se, trattandosi di me, aveva le sue ragioni. «Sì, e sono pulito.»

«Okay, allora. Andiamo.» Si voltò e camminò a passo svelto lungo il marciapiede.

La raggiunsi facilmente con la mia falcata lunga. «Quello che fai è ammirevole, Mimi.»

«Cosa? Intendi dire fare la contabile?» Mi guardò di sottecchi. «O passare un'ora o due di sabato ad aiutare i bambini a sentirsi più sicuri nel leggere?»

«Entrambe le cose. Io non sono mai andato all'università.» Gliel'avevo detto quella sera al bar, ma non se lo ricordava. «La tua carriera è notevole. E in più, quello che fai per la fondazione e le altre attività di volontariato, dimostra il tuo impegno.»

«Grazie.» Annusò i fiori che teneva in braccio. «Ben ha fatto molto di più. È stato lui a entrare per primo nel settore no profit. Sto solo seguendo le orme del mio fratellino.»

«No, non è vero. Stai aprendo la tua strada. A modo tuo.» Me ne aveva parlato per filo e per segno quella notte.

Mugugnò, senza essere né d'accordo né in disaccordo con me.

Perché non se ne rendeva conto? «Hai una grinta tale. Puoi fare tutto ciò che ti metti in testa.»

Sbuffò. «Chiunque può farlo.»

«Non chiunque.» Non io. Ci fermammo a un incrocio.

Come se mi avesse letto nel pensiero, chiese: «Perché non sei andato all'università?»

«Volevo andarci. L'avevo sempre programmato. Avevo anche una borsa di studio per il baseball. Ma mio padre si ammalò durante il mio ultimo anno di liceo. Eravamo sempre stati solo noi due, sai? Dopo che mia madre se n'era andata.» Cercai il suo anello, ma ovviamente non era al mio dito. Mi infilai le mani nelle tasche della giacca. «Non potevo andare all'università e lasciarlo solo, non dopo tutto quello che aveva fatto per me. Aveva bisogno di aiuto nel suo negozio. E a casa, quando si ammalò troppo per lavorare. Così rimasi.»

«Cos'è successo?»

Il semaforo cambiò e misi piede sulle strisce pedonali. Le avevo raccontato anche tutto questo, nelle due ore in cui avevamo parlato. Ma non mi dispiaceva ripeterlo. Ogni volta che lo dicevo, era un po' più facile. «È morto qualche anno dopo. E le sue cure erano costose. Non avevo soldi per l'università. Ormai ero troppo vecchio per giocare a baseball.»

La sua spalla sfiorò la mia. «Mi dispiace. Per tuo padre. Ben è andato all'università da studente non tradizionale, sai. Potresti farlo anche tu.»

Feci spallucce. «Sono felice di fare quello che faccio. Sto aiutando mio cugino. Proteggo mia zia, che si è sempre presa cura di me. Non ho bisogno dell'università per farlo.»

Mi guardò di nuovo di sottecchi. Ma non c'era alcun giudizio nel suo tono quando disse: «Immagino di no.»

Si fermò davanti alla biblioteca. «Sei sicuro di volerlo fare? La letteratura non è esattamente avvincente. Si tratta per lo più di libri illustrati.»

«Certo.» *Qualsiasi cosa per te.*

Mimi mi aiutò a registrarmi come volontario, poi la bibliotecaria ci fece accomodare su dei cuscini per terra. Dato che Mimi era leggermente meno allergica ai gatti, ne chiedemmo una coppia. A lei toccò una grassa gatta soriana di nome Mrs. Butternut, e a me diedero un gattino nero di nome Roger. Roger non sembrava interessato a stare seduto tranquillamente accanto a me e a fare le fusa come stava facendo Mrs. Butternut con Mimi. Mi zampettò sulla mano con i suoi piccoli artigli affilati, poi li affondò nella mia maglietta e si arrampicò verso il mio collo.

«Oh, no,» disse Mimi, ridendo. «Ti farà a brandelli la maglietta.»

«Mi farà a brandelli la pelle, piuttosto.» Gli artigli di quel piccolo bastardo erano rasoi.

«Tieni, prendi questo giocattolo. Non credo che a Mrs. Butternut dispiacerà.» Mi porse una bacchetta di plastica con alcune piume attaccate a un filo.

Non appena agitai il giocattolo, Roger si avventò. Lo tirai su per sottrarlo alla sua presa, e lui saltò per afferrarlo. Mentre aspettavamo che si presentasse un bambino amante dei gatti, feci danzare la piuma per lui, e lui le saltò dietro ancora e ancora, mentre Mimi, insolitamente, ridacchiava.

Presto, le nostre buffonate attirarono l'attenzione di un bambino con occhiali spessi. Teneva un libro illustrato sotto il braccio.

«Come si chiama il tuo gatto?» chiese.

«Si chiama Roger.»

«Come un pirata? Jolly Roger?»

Sollevai il gattino per guardarlo negli occhi, poi lo voltai verso il bambino. «A me sembra proprio un pirata.»

Il bambino rise. Poi tese la mano a Roger, che strofinò la testa contro il palmo del bambino. Gli accarezzò la testa. «Non è un pirata molto duro.»

«Immagino che quando sei carino come lui, non c'è bisogno di essere duri per rubare il bottino di qualcuno.»

Mimi sbuffò, ma io mantenni un'espressione seria. «Vuoi sederti con me e leggergli qualcosa?»

«Sì, okay.»

Si sedette accanto a me sul cuscino e incrociò le gambe. Delicatamente, misi Roger nel suo grembo. Dopo la sua caccia alla piuma, il gattino sembrava contento di raggomitolarsi con la testa sulla coscia del bambino.

Il bambino aprì il libro di scatto e si fermò. «Ah, sono dislessico. Significa che non leggo molto velocemente.»

«Non fa niente,» dissi. «Neanch'io sono così veloce. E ho bisogno di questi.» Tirai fuori gli occhiali dalla tasca. Ne avevo bisogno per leggere da quando avevo compiuto trent'anni. Li infornai e sorrisi al bambino. I miei non erano spessi come i suoi, ma avevamo questa cosa in comune. Lui mi sorrise di rimando.

Mimi trattenne il respiro accanto a me. Ugh, mi ero dimenticato di dover tirare fuori gli occhiali da lettura. Mia zia li definiva brutti. Lanciai un'occhiata a Mimi per assicurarmi che non mi avesse visto metterli, ma l'aveva fatto. Anzi, mi stava fissando, con la bocca spalancata come se avesse visto un fantasma.

16

MIMI

STRINSI MRS. BUTTERNUT finché non miagolò e si divincolò. Allentai la presa, ma avevo bisogno di aggrapparmi a qualcosa perché

il mio

mondo

si era

appena

capovolto.

Non appena Mateo si era infilato quegli occhiali tartarugati, i ricordi erano tornati a galla in un torrente.

China verso di lui, i nostri gomiti che si toccavano sul bancone. Le nostre spalle che si sfioravano mentre ridevamo, finché non mi accasciai contro di lui e lui mi sorresse.

Quella notte, gli avevo confidato delle cose. Tutto su Bree e sul perché volevo un lavoro a tempo pieno alla fondazione. Di quanto ammirassi Larissa ma di come non riuscissi mai a far colpo su di lei. Di mia madre e del desiderio di renderla orgogliosa.

Anche lui mi aveva raccontato delle cose. Di sua madre che li aveva lasciati quando era piccolo… così piccolo! Di come lui e suo padre si fossero sostenuti a vicenda, dopo. Di come si prendeva cura di suo padre. Di quanto gli voleva bene. E si era sfilato l'anello dal dito…

L'anello. Infatti, il suo anulare destro era pallido alla base, dove un tempo c'era stato un anello. Ne sfiorai la sagoma sulla catenina che portavo al collo, sotto il maglione. Me l'aveva dato in custodia. Perché mi ricordassi di quella notte.

Perché mi ricordassi di lui.

Avevo giurato che mi sarei ricordata, nonostante la tequila.

Eppure, avevo infranto quella promessa.

L'avevo dimenticato. Avevo dimenticato tutto. A parte il ricordo nebuloso di un uomo con gli occhiali che mi aveva fatto ridere. Uno che, almeno secondo il mio cervello annebbiato dalla tequila, poteva valere una deviazione dalla mia vita così disciplinata.

Mateo si chinò sul libro per ascoltare il bambino che gli leggeva a fatica. Accarezzava la pelliccia di Roger lentamente, distrattamente, in modo ipnotico.

Non si era nemmeno accorto che la mia benda metaforica era caduta. Che ora lo vedevo. Che quando non gli ringhiavo contro, era dolce, posato e gentile.

Mateo era il mio Uomo del Mistero.

E io ero la donna che lo aveva snobbato. Che aveva cercato qualcosa di diverso, qualcuno di migliore, quando un brav'uomo era stato proprio di fronte a me, offrendomi la sua amicizia. E forse anche di più.

Mrs. Butternut si raggomitolò e mi mordicchiò una nocca. Non forte, ma abbastanza da riportare la miaattenzione sulla bambina che mi aspettava pazientemente. Indossava dei leggings viola acceso e una felpa de *Nel paese dei mostri selvaggi*.

«Posso leggere un libro alla tua gatta?» domandò.

Sbattei le palpebre. Ero lì per leggere ai bambini, non per mangiarmi Mateo con gli occhi. Il mio terremoto personale aveva smosso il terreno solo per me. «Certo. Lei è Mrs. Butternut, e io sono Mimi. Tu come ti chiami?»

«Tara. Mi piacciono i libri sugli animali.» Mi mostrò il suo libro, che aveva un cane in copertina.

«Anche a me.» Avevo sempre desiderato un golden retriever, ma non ne avevamo mai avuto uno a causa delle mie allergie.

Mentre Tara si accoccolava accanto a me, Mrs. Butternut si stiracchiò contro la sua coscia. Lanciai un'occhiata furtiva a Mateo.

Mi stava osservando da dietro quegli occhiali. Se il mese scorso mi aveste chiesto se gli occhiali fossero intrinsecamente sexy, vi avrei risposto di no. Ma su Mateo, attiravano il mio sguardo sulle sue iridi blu oceano, ingrandite dalle lenti, e sulle lunghe ciglia che le incorniciavano. Sotto la semplice montatura di plastica, la sua mascella era spigolosa, abbastanza forte da incassare i colpi che la vita gli aveva sferrato. Morbida per la barba corta di cui conoscevo la consistenza, da quella notte in cui gli avevo passato la mano sulle guance, grattando i polpastrelli tra i peli ispidi.

Dall'abrasione che mi aveva lasciato sulle guance quando mi aveva baciata.

Portai una mano al labbro superiore, come se l'irritazione da barba lo segnasse ancora.

Rompendo il nostro contatto visivo, mi costrinsi a tornare al presente. Annuii ed esclamai in tutti i punti giusti della storia del cane. Mi complimentai con Tara quando finì.

Proprio quando pensavo che avrebbe portato il suo libro all'animale successivo, mi domandò: «Mrs. Butternut vive con te?»

«No. Sono allergica. Cani e gatti mi fanno starnutire.»

«Con chi vive?»

«Vive al rifugio per animali.»

Il viso di Tara si rabbuiò.

Mi affrettai ad aggiungere: «Sono sicura che sia un rifugio molto carino. Non sta sempre in una gabbia.» O almeno lo speravo.

Ma fu la cosa sbagliata da dire. «Vive in una *gabbia*? È tutta sola? Ha dei genitori? O dei giocattoli?»

«Io... io non...» Non ero mai stata al rifugio, neanche una volta. I miei occhi si sarebbero gonfiati fino a chiudersi.

Mateo si sporse. «Mrs. Butternut può andare nella sala giochi dove ci sono i giocattoli. Ed è abbastanza grande da non aver più bisogno dei suoi genitori. È cresciuta. Può badare ai più piccoli come Roger, qui.» Sollevò il gattino nero addormentato in una mano enorme.

Sapeva queste cose? Era stato al rifugio? Lo speravo. Speravo che la storia che stava raccontando a Tara fosse vera.

«Roger non vive con i suoi genitori?»

Oh-oh. La voce di Tara era salita a un registro stridulo che ricordava il clarinetto che Ben suonava alle medie.

«No. È per questo che sta cercando una famiglia che lo adotti.» Gli occhi di Mateo si erano intristiti.

Anche Mateo aveva perso i suoi genitori. Prima sua madre, quando era giovane. Poi suo padre. Era per questo che lavorava per suo cugino? Che proteggeva sua zia? Per il legame con la famiglia?

Tara allungò un dito per accarezzare Roger tra le orecchie. Lui fece le fusa nel sonno.

«Lo so! Chiederò a mamma e papà se possiamo adottarlo!»

Fantastico. Il problema che avevo sentito come schegge sotto le unghie sarebbe svanito.

«Sarebbe perfetto» dissi. «Perché non vai a chiedere subito ai tuoi genitori? Tieni...» presi il gattino dalla mano di Mateo e lo misi nelle mani a coppa di Tara, «tienilo con cura mentre vai da loro. Cammina!» le gridai dietro mentre si allontanava saltellando.

«Problema risolto.» Mi voltai verso Mateo. Ma lui aggrottò la fronte. «Cosa?»

«Non sono sicuro che tu possa risolverlo così facilmente. Roger è un essere vivente che diventerà un membro della famiglia di qualcuno. E le famiglie non sempre si uniscono facilmente come i numeri del tuo budget. Sai cosa si dice dei gatti neri. Portano sfortuna. Nessuno li vuole.» Fissò un punto sul tappeto.

«È solo una superstizione.» Perché stavamo parlando di un

gatto quando i miei ricordi di quella notte erano tornati a galla? «Aspetta che riporti Mrs. Butternut al suo responsabile. Poi mi accompagni a casa?»

Si riscosse e sorrise, mostrando i suoi denti da star del cinema, dritti e bianchi e solo un pochino imperfetti. Anche se qualcosa ancora oscurava la solita luminosità dei suoi occhi blu. «Sarebbe un piacere.»

———

PER TUTTO IL tragitto verso il mio appartamento, pensai a una dozzina di modi per chiedergli di quella notte al bar. E poi li scartai tutti. Perché non mi aveva ricordato della nostra conversazione, del nostro legame? Perché mi aveva lasciato trattarlo come un estraneo, e per di più fastidioso? Perché aveva incassato tutto ciò che gli avevo scagliato contro senza battere ciglio?

Non avevo ancora trovato il coraggio quando raggiungemmo il mio palazzo, e non potevo lasciarlo andare senza dire nulla. «Sali un attimo?»

La sorpresa balenò sul suo viso. «Certo» disse. Mi tenne aperta la porta del palazzo, poi la chiuse saldamente dietro di noi. Mi seguì su per le scale in silenzio.

Intendevo invitarlo a entrare, offrirgli una birra, e poi trovare il modo di parlargli di ciò che ricordavo, ma non appena inserii la chiave nella serratura della mia porta, la mente mi si inondò dei ricordi di quella mattina dopo l'addio al nubilato: la sua improvvisa apparizione con il sacchetto della pasticceria, la caccia al fico d'india, il caffè versato e la mia presentazione rovinata.

Certo, era stato maldestro, ma stava solo cercando di essere gentile. E io ero stata una prepotente. Nessuna sbornia, nemmeno un grafico a torta strappato, lo giustificava.

Le parole mi uscirono di getto. «Perché? Perché me l'hai lasciato fare?»

«Fare cosa?» Sotto le luci fluorescenti del corridoio, l'ombra era tornata nei suoi occhi, cauta. Esitante.

Lo odiavo. Odiavo aver spento quella luminosità comportandomi da grandissima stronza. Che si aspettasse che fossi scortese con lui. Che in qualche modo sentisse di meritarlo.

«A denigrarti. A essere una tale stronza.» Mi appoggiai alla porta. «Dopo che noi... dopo che tu... dopo tutto.»

I suoi occhi si spalancarono. «Ti ricordi?»

«Sì. Non mi succede di solito. Di ubriacarmi così tanto da dimenticare le cose, voglio dire.» Un'improvvisa consapevolezza mi trafisse e sussultai. Cosa aveva pensato di me? Dovevo essere sembrata un'ubriacona maldestra, quella notte. «Avevo preso una medicina per l'allergia quel giorno e... Devi aver pensato che fossi una stupida. Ti sei preso cura di me. L'hai fatto per Ben? Perché te l'ha chiesto Cooper?»

«Entrambi pensavano fosse una buona idea tenerti d'occhio. Ma, Mimi, l'ho fatto per te. Perché ci tengo a te.»

«Ma allora non ci tenevi, giusto?» Dovevo far quadrare tutto. Sovrapporre il Mateo rigido e silenzioso che avevo conosciuto prima, quello che flirtava con tutte tranne me, all'uomo gentile che era venuto a controllare come stavo dopo la mia serata fuori, che si era offerto di accompagnarmi al gala perché avevo bisogno di un cavaliere.

«Certo che ci tenevo.» I suoi occhi blu si fecero dolci e rotondi. «Sei la persona più intelligente che conosca. Sicura di te. Bellissima. Mi piace starti vicino. Anche quando non riesco a tenerti il passo. Anche quando non sei molto contenta di me.» Abbassò la testa.

No. L'uomo con cui avevo parlato al bar era disinvolto, divertente e gentile. E non l'avrei mai più fatto sentire inferiore.

«Vieni qui.» Gli afferrai la mano e lo trascinai oltre la soglia, nel mio appartamento. Mettendomi a un braccio di distanza, misi le mani sui fianchi per impedirmi di toccarlo.

«Mi dispiace.» Fissai un punto al centro del suo petto. «Ho fatto un errore. Ti ho giudicato male. E sono stata scortese. Puoi perdonarmi?»

Le sue braccia erano più lunghe delle mie. Si allungò e, con un dito robusto, mi sollevò il mento. «Non c'è niente da perdonare.»

I suoi occhi erano screziati d'oro, come un paio di pozze di marea caraibiche a mezzogiorno. Come una pozza poco profonda, la superficie di Mateo era opaca, riflettente, e nascondeva la vita, l'intelligenza che pullulava dentro di lui. Mi ero rifiutata di vedere oltre l'esterno scintillante. Non mi ero presa la briga di sbirciare dentro, di esplorare ciò che nascondeva.

C'era molto di più in Mateo Rivera del flirt spensierato. C'era il bambino ferito, abbandonato da sua madre. Il giovane spaventato che aveva rinunciato ai suoi sogni di college per prendersi cura del padre malato. L'adulto triste e solo che aveva mollato tutto e attraversato quattro fusi orari perché suo cugino glielo aveva chiesto.

L'uomo gentile che aveva salvato una conoscente ubriaca da potenziali predatori in un bar. Che l'aveva baciata finché lei non si era sentita meno sola, l'aveva portata a casa e l'aveva lasciata smaltire la sbornia.

Che non aveva mai detto una parola quando lei si era dimenticata di ringraziarlo.

«Grazie» sussurrai. Il mio sguardo scese sulle sue labbra. Erano piene e rosee. Ricordavo la loro morbidezza quando lo baciai quella notte. Ricordavo il pizzicore della sua barba contro la mia guancia. Ricordavo la sua grande mano tra i miei capelli, che mi tirava più vicino. Ricordavo la pressione decisa del suo petto e il grande cuore che galoppava dentro.

Tutto quello che volevo era rifarlo. Sobria, questa volta, per ricordare il suo sapore, i suoi suoni, per poterli catalogare tutti. Per non dimenticare mai più.

Si avvicinò finché la sua mano non mi cullò la mascella. Mi alzai in punta di piedi, ma ero ancora troppo bassa per raggiungerlo, anche con i miei stivali col tacco.

«Mi baci? Di nuovo?» domandai.

«Sì.» Si chinò finché le sue labbra non si librarono a una frazione di centimetro dalle mie. «Sì» mormorò. Finalmente, la sua bocca si posò sulla mia, leggera come una farfalla. «Sì» sussurrò, accarezzandomi le labbra.

Il nostro primo bacio al bar era stato così. Dolce e incerto. Una domanda e una risposta. Esitante. Contenuto.

Da parte mia, infusi il bacio con le molte scuse che gli dovevo. Per i miei pensieri e le mie azioni scortesi. Per aver dimenticato ciò che avevamo condiviso e aver desiderato qualcosa di più dell'uomo che mi difendeva, che mi aiutava a fare colpo su Larissa, che si era lasciato coinvolgere nell'organizzazione di una festa elegante. Che aveva fatto tutto per me.

Avvolsi le braccia intorno al suo collo e lo tirai più vicino, le mie dita che stuzzicavano i ricci sulla sua nuca. Feci scivolare la lingua lungo la commessura delle sue labbra e mi feci strada, assaggiandolo. Menta piccante e pepata. E qualcosa di speziato. Chiodi di garofano, forse, o quella spezia che mio padre usava per fare la sua speciale torta di mele per Rosh Hashana.

Fece le fusa come Roger il gattino e mi lasciò invadere il suo spazio, premendo la sua lingua contro la mia, piegandomi leggermente all'indietro sul suo braccio. Mi aggrappai a lui, incontrandolo ancora e ancora, inebriata dai suoi baci, persa nel suo sapore. Le ginocchia mi tremavano e i polpacci mi dolevano per lo sforzo di stare in punta di piedi. Se solo fossi stata più alta, avrei potuto spingermi contro di lui, strofinare i miei capezzoli frementi contro il suo petto, cavalcare la sua coscia per placare la pulsazione tra le mie gambe. Ma con la nostra differenza di altezza, tutto quello che potevo fare era tirarlo più stretto, più vicino, e mostrargli con la lingua cosa volevo fare quando ci fossimo tolti i vestiti.

Alla fine, senza fiato, mi tirai indietro e inspirai. «Wow.»

Mi baciò l'angolo della bocca. La mascella. Il lobo dell'orecchio. Mi sussurrò nell'orecchio: «¡Caray!»

«Cosa… e adesso?»

«Lo chiedi a me? Sai sempre cosa fare, Mimi. Cosa vuoi adesso?»

Il mio corpo lo desiderava, nudo e nel mio letto.

Ma il mio cervello la sapeva più lunga. Avevo preso la medicina per l'allergia e ciò mi annebbiava il giudizio. Come quando mi ero praticamente drogata da sola il giorno delle due feste. Dovevo andarci piano.

Mateo non poteva essere una delle mie avventure di una notte.

Faceva parte della famiglia di Ben. Parte della sua vita. Non potevo portarlo a letto — o sul divano — per una sola notte, non importava quanto il mio polso martellasse per lui. Sarebbe finita male, con imbarazzanti silenzi agli eventi di famiglia, con l'espressione preoccupata di Cooper, con Ben che cercava di appianare tutto e si sforzava troppo di rendere tutti felici.

Dovevo essere sicura che fosse quello che volevo. E prenderla con calma.

Volevo una relazione con Mateo?

Se fossimo stati attenti, non sarebbe stato per forza una distrazione dai miei obiettivi. Ero più saggia ora di quanto non fossi stata con Byron. Non avrei permesso a nessuno di farmi deviare di nuovo dalla mia strada.

Mateo mi aveva già aiutato con i miei obiettivi. Era il mio cavaliere per il gala. E mi aveva aiutato con l'organizzazione, trovandoci un catering e una band. Forse mi sarei persino divertita al gala, grazie a Mateo.

Si meritava più di un'avventura di una notte. E anch'io meritavo qualcosa di più. Una possibilità di felicità. Di... una relazione stabile?

«Usciamo. Stasera.» Mi sarei cambiata, togliendomi i vestiti coperti di peli di gatto, e la mia mente si sarebbe schiarita. Allora avrei potuto prendere una decisione razionale sull'andare a letto con lui. Su tutte le complicazioni che avrebbe comportato.

«Ah.» Fece una smorfia. «Lavoro stasera. Che ne dici di domani sera?»

«Domenica sera? Lunedì lavoro...»

«Cominceremo presto. Ti riporto a casa per le dieci. Promesso.»

«Okay.» Ventiquattro ore per sbollire era una mossa intelligente. Mi alzai in punta di piedi e gli stampai un bacio sulle labbra. «È un appuntamento.»

140   MICHELLE MCCRAW

«Okay.» Ventiquattro ore per sbollire era una mossa intelligente. Mi alzai in punta di piedi e gli stampai un bacio sulle labbra. «È un appuntamento.»

17

MATEO

«¡NO TOCCARE LA SCENA DEL PRESEPE!» mi gridò mia zia dall'altra parte del prato.

«Non mi sognerei mai di toccare *il presepe*» le risposi a gran voce, aggirando con cura il presepe mentre trasportavo il pupazzo di neve gigante verso il capanno. «Non prima della Candelora. Torna in casa, zia. Per favore.»

«Metterai tutto nel capanno?»

«Sì. In ordine alfabetico. Ora vai in casa e chiudi a chiave. O Miguelito mi ucciderà.»

«Lo sai che non gli permetterei di torcerti un capello. Fa' attenzione a Frosty. Mi hanno fatto un sacco di complimenti per lui.»

«Ne sono sicuro.» Gettai un'occhiata alla casa dei vicini proprio mentre le luci del giardino si accesero, inondando la villa di una luce asettica, né troppo gialla né troppo blu. Le loro luci di Natale e la loro ghirlanda finta gigante erano state tolte il due gennaio. Neanche per sogno i complimenti erano arrivati da loro, specialmente nella seconda metà di gennaio. Attesi che chiudesse la porta d'ingresso, poi mi trascinai sul retro della casa fino al capanno, dove incastrai il pupazzo di neve accanto alla slitta di Babbo Natale.

Quando tornai sul davanti per prendere le renne, la zia aprì di nuovo la porta. Alzai gli occhi al cielo nuvoloso e pregai Santa Maria di tenere mio cugino lontano da casa di sua madre.

«Figlio mio, entra. Ho preparato la cioccolata con i churros.»

La cioccolata calda e i churros di mia zia valevano qualunque guaio da parte di Miguelito.

Quando mi sedetti di fronte a lei al tavolo della cucina, intingendo un churro unto e quasi troppo caldo da toccare in una tazza tiepida di cioccolata fondente, lei portò la tazza alle labbra ma non bevve. «Come vanno le cose con Miriam?»

Era il momento che avevo tanto atteso, e al tempo stesso temuto, per tutto il pomeriggio. Un'ondata di calore mi inondò il viso, comprese le labbra, dove sentivo ancora l'impronta delle sue, come un marchio a fuoco.

Quando diedi un morso al churro, cannella e cioccolato mi esplosero sulle papille gustative. Assaporai quel boccone zuccheroso. Non me li ero concessi spesso nella mia isola tropicale, ma nella gelida San Francisco quel dolcetto era una consolazione. Lo mandai giù, accompagnandolo con un sorso di cioccolata densa.

«Sta andando bene» dissi. «Domani sera abbiamo un appuntamento.»

Le sue sopracciglia si inarcarono. «Un appuntamento?»

«Si è ricordata. Della sera al bar. Che noi... abbiamo parlato.» Ci eravamo baciati appassionatamente proprio lì al bar, ma non avevo intenzione di dirlo a mia zia. Per quanto ne sapeva, ero un bravo ragazzo cattolico.

«Ci sei già andato a letto?»

«Cosa?»

«Mateo. Le storie sulle tue avventure sessuali mi sono arrivate fin qui negli Stati Uniti. Non sei tipo da aspettare un appuntamento. Tantomeno la benedizione di un prete.»

Le punte delle orecchie mi presero fuoco. «Zia.»

«Allora, com'è stato?»

«Non l'abbiamo… non lo farei… non con Miriam.»

«Oh?» Le sue sopracciglia schizzarono di nuovo in alto. «Cos'ha lei di diverso?»

«È…» Mi appoggiai allo schienale imbottito. «Speciale.»

«Oltre a essere refrattaria al tuo fascino, sgarbata e sprezzante, cosa la rende speciale?»

«Non è sgarbata! È intelligente. E divertente quando vuole. E le importa dei bambini. Ieri abbiamo fatto volontariato in biblioteca e abbiamo ascoltato dei bambini leggere. Ai gatti. Anche se Mimi è allergica.»

Sorseggiò la sua bevanda. «Ma le importa di te?»

«Io… credo di sì?» Nel suo appartamento, mi aveva baciato come se lo pensasse davvero. E prima, in biblioteca con quel bambino seduto accanto a lei e il gatto in grembo, i suoi occhi si erano fatti dolci e caldi. Come la cioccolata della zia. Avevo sperato che stesse immaginando un futuro in cui fosse nostro figlio a sedere tra noi, il nostro gatto in grembo a lei.

Troppo? Troppo in fretta? Quando avevo visto quel lampo di riconoscimento, di ricordo, sul suo viso, avevo avidamente immaginato tutto. Un anello di fidanzamento. Un abito bianco. La sua pancia arrotondata dal nostro bambino.

Non avevo mai desiderato niente di tutto ciò. I flirt passeggeri e le avventure di una notte mi erano bastati.

Fino a Mimi.

Lei si accigliò. «Sei un uomo meraviglioso, Mateo. Piaci a tutti. Ma…»

«Ma?» Mi preparai.

«Ma non conosci il tuo valore. Lasci che la gente si approfitti di te. Mio figlio, per esempio.»

«Miguelito è la mia famiglia. Si prende cura di me. Non si approfitterebbe mai di me.» Anche mentre lo dicevo, sapevo che non era vero. Certo che a Lito importava di me. Ma per lui, ero una seconda scelta. Sua madre e Ben, perfino il suo amico Jackson, erano al primo posto nel suo cuore. Loro non potevano sbagliare, e lui avrebbe smosso mari e monti per proteggerli. Io? Non più di tanto. Eppure, non era forse colpa mia se gli permettevo di mettermi i piedi in testa? «Mi paga bene. E mi lascia vivere nella sua dépendance.»

La pietà addolcì lo sguardo di Rosa. «Figliolo. Vali molto più di questo. Non lasciare che nessuno, né Miriam, né mio figlio, ti convinca del contrario. Assomigli così tanto a tuo padre. Mio fratello aveva un gran cuore. Lo regalava con troppa facilità.»

«Stai parlando di mia madre, lo sai.» Il mio tono era leggero, ma sentii un'ondata di calore sulle guance.

Si fece il segno della croce. «Non voglio parlar male dei morti, che Dio l'abbia in gloria, ma lei non meritava nessuno di voi due.»

Forse eravamo noi a non meritare lei. Nel mio ricordo, era un angelo con lunghi capelli biondi, scintillanti occhi azzurri e una risata spumeggiante. Come poteva una persona così non meritarmi?

«Pensaci. E pensa se valga la pena rischiare il tuo cuore grande e generoso per Miriam. Mi hai sentito?»

«*Sì, signora.*»

Sorseggiò la sua cioccolata calda, poi fissò il suo fondo scuro. «Quanto tempo rimani?»

«Il mio turno finisce alle sei domani mattina.»

«No. Intendo negli Stati Uniti. Quando torni a casa?»

Feci spallucce. «Non ci avevo pensato. Sto bene a lavorare per Lito.»

«Sai che non ho bisogno di protezione.»

«Sì, invece. Miguelito ha detto che Mick…»

«Ho vissuto con quell'uomo per quasi vent'anni. Non credi che io sappia proteggermi da lui?»

«Beh, io…» Mi grattai la nuca. Una volta lei e Miguelito erano venuti in visita sull'isola quando ero un adolescente, lui aveva un occhio nero, e avrei giurato che mia zia avesse un livido sulla mascella. Aveva indossato maniche lunghe, anche con il caldo tropicale. E ora Miguelito aveva soldi. A volte i soldi causavano tanti problemi quanti ne risolvevano.

«Avevi una vita sull'isola» disse. «Amici. Cosa hai qui?»

Mimi. Qui avevo Mimi. Ma l'avevo davvero?

«Ho te, zia. E mio cugino. E forse, dopo il nostro appuntamento di domani, avrò anche Mimi.»

Tutto ciò che volevo dalla vita era una famiglia. Amore.

E quel giorno, mi sembrò abbastanza vicino da poterlo toccare.

18

MIMI

DOPO DIECI MINUTI dal mio primo appuntamento con Mateo, cominciai a dubitare della mia decisione di uscire con gli uomini.

Fino a quel momento, mentre mi aiutava a togliermi il cappotto, mi aveva impigliato un dito nell'orecchino a cerchio quasi strappandomelo dal buco; aveva spinto la sedia al tavolo con una tale forza che ero andata a sbattere contro il bordo, facendo tremare i piatti e attirando l'attenzione di ogni singolo cliente di quel ristorante elegante; e aveva rovesciato il mio primo bicchiere di vino — grazie a Dio che avevo ordinato del bianco — nel tentativo di richiamare il cameriere per chiedergli se potessero regolare la temperatura perché avevo troppo caldo.

Tuttavia, era riuscito a flirtare con il cameriere, che gli aveva fatto l'occhiolino quando gli aveva messo davanti un paio di fichi avvolti nella pancetta. *Offre la casa,* aveva detto come se io non fossi nemmeno lì.

Il ristorante mi metteva a disagio. Era pieno di pezzi grossi della tecnologia con le loro accompagnatrici super curate e vestite in spandex. I pezzi grossi, goffi e senza buone maniere, usavano ordini secchi e sostenuti dal denaro per mascherare il loro imbarazzo. Le loro accompagnatrici sorridevano affettatamente e ridacchiavano, cercando di chiudere l'affare per poter mangiare pasti preparati da uno chef personale a casa l'anno successivo.

Forse era stato tutto un errore.

Avevo preso sul serio il nostro appuntamento. Avevo indossato una delle poche gonne nel mio armadio, una nera a campana che arrivava appena sopra le ginocchia, con una camicetta bianca. Certo, l'avevo comprata per il funerale di mia nonna, perciò la camicetta non mostrava alcuna scollatura, a differenza di quelle delle accompagnatrici dei pezzi grossi della tecnologia. Ma avevo messo i tacchi, per l'amor di Dio. Tacchi che mi stringevano le dita dei piedi e mi rendevano nervosa. Va bene, più nervosa. Sgranciandosi le gambe, Mateo me ne colpì accidentalmente una da sotto il tavolo.

Sorseggiai il mio secondo bicchiere di vino e cercai di interpretare il menù per trovare una scelta appropriata a un primo appuntamento. Pesce o pollo? Ogni piatto aveva una riduzione, una spuma o una mousse e sembrava più complicato di una delle mie formule su un foglio di calcolo.

Mi schiarii la gola. «Vieni, uhm, spesso qui?»

Mateo mi rivolse un sorriso tirato da sopra il menù. Indossava gli occhiali e provai un leggero tepore dentro di me. «È la mia prima volta qui. Me l'ha consigliato Cooper quando gli ho detto che mi serviva un posto dove portare una persona speciale.»

Mi feci aria con il menù. «Ti ha detto cosa c'è di buono qui?»

«Il filetto.»

Filetto sembrava costoso. E veniva servito con i funghi, cosa che mi faceva rabbrividire. Scorsi di nuovo il menù e sorseggiai il mio vino, poi alzai lo sguardo verso il mio accompagnatore. Stringeva il pesante menù rilegato in pelle così forte da farlo tremare. Aveva rinunciato a bere dato che doveva guidare. Mateo guardava con desiderio fuori dalla vetrina, dove due uomini stavano in piedi a fumare.

La mia irritazione svanì. Eravamo sulla stessa barca. Ed eravamo entrambi infelici.

«Ehi.» Allungai la mano sul tavolo e la posai sulla manica di morbida lana del suo maglione. «Vogliamo andarcene di qui? Non mi serve una cena così elegante. Potrei, uhm... cucinare?» Le mie capacità culinarie si limitavano a far bollire la pasta e a condirla con un barattolo di sugo, ma doveva pur essere meglio che stare seduti rigidi a questo tavolo per due ore. «Oppure potremmo prendere una pizza.»

«Non ti piace qui?» Dietro gli occhiali, i suoi occhi azzurri si spalancarono.

«Io... non intendevo...» *Merda.* «No. I ristoranti che non hanno i prezzi sul menù mi fanno venire l'orticaria.»

Le sue spalle si rilassarono. «È terribile, non è vero? Preparo io la cena se non ti dispiace il cibo semplice.»

«Il cibo semplice mi sembra fantastico.»

Dopo una breve lotta per il conto, pagò il mio vino e risalimmo sulla sua Jeep. Guidava con attenzione, senza accelerazioni improvvise né frenate brusche, la testa che girava a destra e a sinistra. Perciò mi sorprese quando disse: «Mi dispiace.»

«Dispiace? Per cosa?»

«Per il ristorante. Volevo farti piacere. Impressionarti. Invece, ti ho messa a disagio. Sembra che io non riesca a fare niente di giusto quando sono con te.» Le sue dita si strinsero sul volante.

E in quel momento, non lo immaginai come il ragazzo affascinante e galante che era con tutti gli altri, o come l'imbranato goffo che era con me. Con la mia gomma da cancellare mentale, sollevai tutti quegli strati per arrivare all'uomo spaventato e solo che c'era sotto. Quello la cui madre lo aveva abbandonato e il cui padre era morto troppo presto. Che usava una facciata melliflua per circondarsi di persone in modo da non essere solo.

Anche se la mia famiglia si intrometteva troppo spesso nei miei affari, era una consolazione sapere che erano lì ogni volta che ne avevo bisogno. Ero felice che Ben avesse adottato Mateo come parte della sua famiglia.

Aspettai che si fermasse a un semaforo rosso, poi gli misi una mano sulla spalla. «Non devi sforzarti così tanto. Sono già impressionata, altrimenti non sarei qui.»

Si voltò verso di me. «Davvero?»

Annuii.

Sporgendosi oltre la console, mi prese la nuca e mi attirò a sé per un bacio breve e intenso. Quando ci separammo, i suoi occhi ardevano come un fulmine azzurro. «Grazie. Per averlo detto. Non ti deluderò.»

Intrecciò le sue dita con le mie e, quando l'auto dietro di noi suonò il clacson, ripartì, tenendomi ancora la mano.

Pochi minuti dopo, girò su per la collina, imboccando il viale dell'opulenta villa di Cooper ai margini di Pacific Heights, dove le case avevano un po' più di spazio per respirare. Di giorno, avremmo potuto vedere l'oceano.

«Non ti entusiasmare.» Le sue labbra si curvarono. «Vivo nella dépendance.»

«Vivi con Cooper?»

«Sì. Abbiamo deciso che avrebbe offerto un ulteriore livello di protezione per tuo fratello.»

«Ben?» Sentii un gelo dentro. «Perché pensi che qualcuno voglia fare del male a Ben?»

Fece spallucce, guidando la Jeep lungo uno stretto sentiero oltre la casa principale. «Non lo penso. Penso che quello che è successo sull'isola sia stato un errore. Un caso isolato. Ma mio cugino protegge le persone che ama.»

«Aspetta, cosa è successo sull'isola?»

«Ben non te l'ha detto?»

«Ovviamente no.» Era tornato dalla sua vacanza con Cooper con il cuore spezzato perché il suo ragazzo non lo aveva difeso quando avrebbe dovuto. Ma fisicamente, stava bene.

«Un uomo l'ha aggredito. Pensiamo che dovesse solo seguire Mi… Cooper. Qualcosa legato alla sua azienda. Ma poi il tipo ha iniziato a improvvisare. Quel cagnolino, Coco, ha salvato tuo fratello.»

«Me l'ha detto. Che Coco lo ha salvato. Ma pensavo parlasse di qualcosa a livello emotivo.»

«Coco ha morso quel tipo così forte che ha zoppicato per settimane. L'aggressore li ha seguiti negli Stati Uniti, secondo mio cugino. Ma poi lo abbiamo perso qui a San Francisco. Quindi a Lito piace avermi vicino. Per ogni evenienza.»

«Allora piace anche a me.» Gli strinsi la mano, felice che mio fratello avesse qualcuno che si prendeva cura di lui. «Grazie per averlo protetto.»

«È un piacere. Tengo a lui. Tuo fratello è un brav'uomo.»

Mateo parcheggiò l'auto sui lastroni di cemento che separavano la casa principale dalla modesta dépendance. L'edificio più piccolo si abbinava alla villa con il suo stucco chiaro e quelle modanature a blocchi rettangolari che sporgevano sotto il tetto. Le luci esterne della casa principale illuminavano una fila di alti cespugli che schermavano la dépendance dalle sue grandi finestre.

Mi sporsi oltre la console per baciargli la guancia. «Grazie per prenderti cura di entrambi. Ma non è per questo che sono qui. Capito? Sono qui perché mi piaci.»

Girò la testa e mi prese la mascella tra le mani, tenendomi ferma. Mi sfiorò le labbra con le sue. «Anche tu mi piaci.»

Un raggio di sole sbocciò nel mio petto. Ma proprio mentre mi spingevo in avanti per approfondire il bacio, il mio stomaco brontolò.

Ridacchiò. «Niente più baci finché non ti avrò dato da mangiare.»

Mi aprì la portiera e mi aiutò a scendere dalla Jeep. Poi usò un tastierino per sbloccare la porta d'ingresso e mi fece entrare per prima. La casa era compatta, anche se più grande del mio bilocale. A destra c'erano una cucina moderna e una zona pranzo. Dritto davanti c'era un accogliente soggiorno con una scrivania in un angolo. E a sinistra un corridoio che, supposi, conduceva a una o due camere da letto.

L'arredamento era moderno, declinato in semplici tonalità di grigio più adatte a qualcuno freddo e professionale come Cooper Fallon che al solare e colorato Mateo. Ed era immacolato. Non si vedeva un paio di scarpe o una maglietta in giro, e il tavolo di vetro nella zona pranzo era lucido e senza aloni.

L'unica eccezione era una lunga striscia di quella che sembrava carta igienica che correva dal corridoio attraverso il soggiorno, sopra il divano, e spariva in cucina.

«Ti hanno tirato la carta igienica?» chiesi.

Schioccò la lingua. «Roger.»

Qualcosa tintinnò nel corridoio, e poi un lampo nero sfrecciò dentro e si attorcigliò intorno alla gamba di Mateo.

«Ma quello è...?»

Raccolse il piccolo gattino. «Ho controllato stamattina dopo aver finito il mio turno, e la bambina...»

«Tara.»

«La famiglia di Tara ha portato a casa un gatto diverso. Quel grosso soriano che avevi ieri.»

«Mrs. Butternut?» Era dolce e calma; capivo perché avessero scelto lei invece di un gattino esuberante.

«Al rifugio hanno detto che i gatti neri non sempre vengono adottati. Così l'ho fatto io.»

«Oh.» Certo che lo aveva fatto. La protezione di Mateo si estendeva anche agli animali orfani.

«Le tue allergie!» Gli occhi di Mateo si spalancarono. «Non ci ho proprio pensato... Corro in farmacia a prenderti le medicine. O posso metterlo in garage?»

«No.» Feci un respiro di prova e lo espirai. «Per ora sto bene. Ho delle pillole nella borsa. Vediamo come va, ok?»

«Ok. Ma se inizi a sentirti male...»

«Te lo faccio sapere. Promesso.» Accarezzai una delle grandi orecchie da pipistrello di Roger, e lui chiuse gli occhi e fece le fusa.

Mateo sollevò Roger fino a guardare il gattino negli occhi. «Ascolta, so che ti sono mancato, ma non c'è motivo di comportarsi così.» Si girò in modo che entrambi fossero di fronte al disastro della carta igienica. «Tornerò sempre da te. Capito?»

Roger inclinò la testa verso la mano di Mateo. Mateo lo grattò sotto il mento. «Ok.»

Nel frattempo, stavo per sciogliermi in una pozzanghera proprio lì sul tappeto grigio dell'ingresso. «Vuoi che pulisca io mentre gli dai da mangiare o altro?»

«No. Tu siediti.» Mi condusse a una sedia grigia senza braccioli di fronte all'isola della cucina. «Ho vino, rosso e bianco, rum e whisky. Cosa desideri?»

«Vino bianco, per favore.» L'ultima cosa di cui avevo bisogno era versare vino rosso sui mobili di Cooper Fallon.

Mateo posò Roger sul tappeto, poi appallottolò la carta igienica. Mi versò un generoso bicchiere di vino bianco da una piccola cantinetta incassata nell'isola prima di versarsi un bicchiere di rum con un paio di cubetti di ghiaccio. Controllò il frigorifero.

«Pollo e riso vanno bene?»

«Certo.»

Quando si sfilò il maglione, la sua maglietta bianca si sollevò, mostrandomi un lampo dei muscoli definiti della sua vita prima che si sistemasse la maglietta. La semplice T-shirt a girocollo gli avvolgeva il corpo, mettendo in mostra bicipiti, tricipiti e i muscoli della schiena di cui non conoscevo il nome ma che gli davano una forma a imbuto fino alla vita stretta.

Bevvi una sorsata di vino per rinfrescarmi e mi feci aria.

Tirò fuori da un mobile basso una pentola a pressione istantanea e la posò sul bancone. Mi fece l'occhiolino. «Mia zia avrebbe un infarto se vedesse questa mostruosità, ma io la adoro.»

«Cosa ha di così speciale?» Bree parlava con entusiasmo della friggitrice ad aria che aveva ricevuto come regalo di fidanzamento, ma dato che io dovevo cercare su google *come bollire un uovo* ogni volta, non meritavo elettrodomestici specializzati.

Attaccò la spina della pentola, aggiunse un filo d'olio e iniziò a tritare cipolle e peperoni sul bancone. I suoi avambracci divennero i protagonisti, e io li guardai affascinata, catturata dai muscoli e dai tendini tesi.

Senza alzare lo sguardo, disse: «Perché la pentola istantanea è speciale? È efficiente. Veloce.»

«È così che ti piace? Veloce?» Mi morsi la lingua. Da dove erano uscite quelle parole?

Interruppe il movimento del coltello e mi sorrise da sopra la spalla. «A volte. Anche se mi piace assaporare i miei pasti.» Il suo sguardo mi percorse da cima a fondo. «Soffermarmi a tavola.»

«Soffermarti.» Mi guardò mentre accavallavo le gambe nell'altro senso e le premevo insieme per alleviare il formicolio al centro del mio essere.

«Un banchetto può durare ore.» La sua voce era un basso brontolio.

«Ore,» sospirai.

«Vorresti un assaggio? Un amuse-bouche?»

«Un... un cosa?» Una goccia di sudore partì in mezzo al seno e scese lungo il mio stomaco.

«Un... boccone. Una promessa di ciò che verrà?»

Verrà sembrava dannatamente bello. Era possibile raggiungere l'orgasmo solo con i preliminari verbali? Se qualcuno poteva riuscirci, quello era Mateo. «Mi piace un boccone ben assestato.»

Posò il coltello e prese uno strofinaccio per asciugarsi le mani. Quelle mani massicce che volevo su di me.

L'elettrodomestico emise un segnale acustico, facendomi trasalire.

«Oppure,» disse con un sorriso malizioso, «possiamo lasciare che l'attesa cresca.»

«Cosa? Perché?»

«Quello che voglio farti richiede resistenza. E la resistenza richiede carburante.»

«Ma...» Mi dondolai sulla sedia, inseguendo la pulsazione tra le mie gambe. «Dobbiamo proprio aspettare?»

Versò le cipolle e i peperoni tritati nella pentola, poi si voltò verso di me. «Ti ricordi cosa ti ho detto quella notte?»

Il ricordo si fece nitido come quando si gira la manopola della radio AM/FM sull'antica Volvo di mio padre. Portò con sé una fitta di delusione passata.

«Quella notte, volevo che tu restassi nel mio appartamento. Con me. Ti ho fatto una proposta e tu hai detto di no.» L'umiliazione mi aveva trafitta. Pensavo che avessimo creato un legame, e poi mi aveva respinta. Non mi trovava attraente? Probabilmente no, con il mio alito di tequila e...

«Mimi. Ti ricordi cosa ho detto?»

«Intendi quando ti sei rifiutato di scoparmi?»

Prese una spatola di silicone da un barattolo sul bancone e mescolò le verdure sfrigolanti. «Credo di averlo detto in modo più educato.»

Scavai nella mia memoria. Sotto i sentimenti feriti, il rifiuto schiacciante. Mi aveva sorriso con una mezza bocca e mi aveva tolto un ricciolo dagli occhi. *Mimi, quando faremo l'amore, voglio che tu ti ricordi ogni momento. Ogni orgasmo. Non voglio che tu dimentichi mai come mi sentirai dentro di te.*

Rabbrividii. «Uhm, me lo ricordi?»

Incurvò di nuovo quelle labbra. Aveva capito il mio stratagemma. Ma, come sempre, fece ciò che gli avevo chiesto. «Ho detto che mi sarei ricordato della mia prima volta con te per il resto della mia vita, e volevo che te la ricordassi anche tu.»

La pulsazione tra le mie gambe iniziò a cantare un coro: Ma-teo, Ma-teo, Ma-teo. Non dovevamo nemmeno arrivare fino in camera da letto. Potevamo farlo sul divano.

«E comunque, non ero molto contenta di te. Per essere del tutto onesta, ci sono rimasta male.»

«Mi dispiace per questo. Ma non potevo. Non quando eri così...»

«Sbronza?» Le mie guance si infuocarono. Avevo dimenticato tutto. La sua gentilezza. Il nostro legame. Ed ero stata una stronza con lui il giorno dopo, quando si era presentato per vedere come stavo.

«Ecco perché mi hai dato questo.» Sfilai l'anello dalla scollatura della mia camicetta e lo tesi nel palmo della mano. «Per ricordare. Avrei potuto perderlo.»

Sorrise. «Ma non l'hai fatto. Tu non perdi le cose, Mimi. E poi, mi serviva una scusa per venire a trovarti il giorno dopo.» Il suo sorriso si affievolì. «Anche se te ne eri dimenticata.»

«Me lo ricordavo. Ricordavo un ragazzo bellissimo la cui gentilezza mi aveva fatta capitolare. Solo non ricordavo che fossi tu.»

Feci girare l'anello tra le dita, accarezzando i graffi che ne opacizzavano la lucentezza. Poi portai la mano dietro al collo e aprii il fermaglio. Sfilai l'anello dalla catenina e lo posai sull'isola tra di noi.

Mescolò nella pentola. «Non vuoi tenerlo ancora un po'?»

«Tenerlo? Non è di tuo padre?»

«Lo era.»

Non mi piacque il modo in cui aggrottò la fronte guardando la pentola, così chiesi: «Anche tuo padre era un Casanova?»

Questo gli strappò un sorriso mentre si infilava l'anello al dito. «Senza vergogna. Ma non significava niente. Indossò l'anello molto tempo dopo che mia madre smise di amarlo. Noi uomini Rivera siamo così. Leali.»

«E galanti.»

«Con tutte tranne che con te. Su di te non funzionava.»

«Non hai avuto problemi a flirtare con me al bar quella notte.»

«Quello...» finalmente alzò lo sguardo, «...quello era diverso. Era più che flirtare. C'era un legame tra noi. E hai iniziato tu.»

«Io? Non mi sembra da me.»

«C'era un tizio che ti stava importunando. Mi sono avvicinato per assicurarmi che per te andasse bene.»

«E andava bene?»

La sua mascella si tese. «Non eri in condizione di essere importunata da nessuno.»

«Oh.» Abbassai lo sguardo sul mio bicchiere di vino.

«Ma eri rilassata in un modo in cui non ti avevo mai vista. Così abbiamo iniziato a parlare e...»

«E?»

Fece spallucce. «Il resto è storia.»

Una storia che finalmente avevo ricordato.

Versò il pollo nella pentola, avvitò il coperchio e la impostò. Andò al lavandino per lavarsi le mani. «Abbiamo venti minuti. E propongo di usarli per ballare.»

«Ballare? Mi avevi promesso un assaggio. Un amuse-qualcosa.»

Lentamente, si asciugò le mani, divorandomi con lo sguardo. «Non lo sai? Ballare è un preliminare.»

19

MIMI

PRESE il telefono e subito una musica dal ritmo seducente e sincopato si diffuse da altoparlanti nascosti. Mi prese la mano e mi trascinò al centro della stanza.

«Ti ricordi che sono una schiappa, vero?» La vergogna delle lezioni di recupero al locale mi colorì le guance. Natalie non aveva avuto bisogno di lezioni private.

Mi tenne le mani come aveva fatto l'altra sera. «Ricorda i passi. Un lato e poi l'altro. Facile. Inizia con il piede sinistro.»

Era un po' più facile con il solo Roger come pubblico. Feci un passo a sinistra e imitai i suoi passi. Sinistra, destra, sinistra, tocco. Destra, sinistra, destra, tocco. Dopo un minuto, lasciai che la musica mi pervadesse i fianchi in una rigida imitazione del modo in cui si muovevano le donne al locale.

«Ecco, brava. Adesso, una giravolta.»

«Una giravolta?»

«Continua a muovere i piedi. Ora. Quando ti alzerò la mano, tu farai una piroetta a sinistra.»

«Una piroetta?»

«Ce la puoi fare, querida.» Mi alzò la mano destra, lasciò la presa sulle mie dita e poi premette il suo palmo contro il mio. «Gira.»

Mi girai verso la porta d'ingresso.

«¡Ay, ay! Torna indietro.»

«Scusa!» Il viso mi andava a fuoco mentre mi giravo di nuovo verso di lui.

«Non scusarti. Stai imparando. Stai andando alla grande.»

«Farò la figura della scema al gala. Larissa...»

«Non preoccuparti di Larissa. Guarda me. Ti darò il segnale. Ti prometto che non ti farò sbagliare.»

Mi fidavo di lui. Si era preso cura di mio fratello. Si era preso cura di me al bar. E aveva assecondato tutta la farsa degli appuntamenti finti, solo per aiutarmi. Così alzai lo sguardo dai nostri piedi, dalle nostre mani, e osservai il suo viso. La sua mascella forte e squadrata e quegli occhi meravigliosi che sembravano più una piscina scaldata dal sole che il grigio tempestoso dell'oceano.

«Ora» disse. Sollevò le nostre mani e le appiattì l'una contro l'altra. Mi voltai facendo due passi e tornai indietro con i due successivi. Il suo braccio mi cinse la schiena e all'improvviso stavamo ballando vicini. «Perfetto.»

E lo fu. I miei fianchi ondeggiavano e, quando lo guardai, il suo fiato mi sfiorò la guancia. I suoi piedi si fermarono e si avvicinò di più.

«Cosa significa quel segnale? Cosa dovrei fare?»

Le sue mani scesero sulla mia vita. «Baciami.»

Si chinò e le sue labbra si posarono sulle mie. Non fu un bacio feroce come quello in macchina. Fu languido e sensuale come la musica che stava suonando. Feci scorrere le mani sul suo petto fino alle spalle per attirarlo a me. Anche se i nostri piedi non si muovevano, era parte della danza. Le nostre labbra, le nostre lingue continuarono da dove i nostri corpi si erano interrotti. Mi strinsi contro di lui, portando avanti la seduzione del ballo.

All'improvviso, invidiai quella donna flessuosa sul palco del locale che aveva sollevato la gamba e l'aveva intrecciata attorno alla coscia del suo partner. Avrei potuto placare il dolore al centro del mio essere. Ma avevo più del cinquanta percento di possibilità di cadere e portarmelo a terra con me, quindi riversai tutto il mio bisogno nel nostro bacio.

Si staccò troppo presto.

«Altre lezioni di ballo?» misi il broncio.

«No.» Fece un cenno con la testa verso la cucina. «La cena è pronta.»

Anche se il robot da cucina emetteva un segnale acustico, riuscivo a malapena a sentirlo a causa della musica e del fruscio del mio polso nelle orecchie.

«Carburante?»

«Carburante.» Mi fece l'occhiolino.

Mi lavai le mani nel bagno di servizio mentre lui finiva di preparare il cibo.

Quando fece per portare i due piatti profumati nella zona pranzo, lo fermai.

«Possiamo mangiare qui, sull'isola?»

«Davvero?» aggrottò la fronte. «Ma non ho pulito...»

«Preferirei non sporcare il tuo bel tavolo.» Diedi un'occhiata al vetro immacolato. «E qui è più intimo.»

«D'accordo, allora.» Posò i piatti e prese le posate dal tavolo. Sistemò una forchetta e un coltello proprio dove dovevano stare. Dopo che mi sedetti sullo sgabello alto, mi spiegò un tovagliolo di stoffa sulle gambe. «Hai tutto quello che ti serve?»

Sorrisi al mio chef e partner di ballo biondo dagli occhi azzurri. «Tutto.»

Si strinse un pugno sul cuore, alzò gli occhi al soffitto e si morse un labbro.

«Visto?» gli puntai contro un dito accusatore. «Allora *sei* capace di flirtare con me.»

Si appoggiò con un fianco allo sgabello. «Flirtare? Aspetta di vedere il mio sguardo ardente.» Inarcò le sopracciglia color sabbia verso di me e poi abbassò le palpebre a metà. Un sorriso malizioso gli sollevò un angolo della bocca.

«Oh mio Dio.» Posai una mano al centro del petto, dove il

cuore mi batteva all'impazzata come le ali di un colibrì. «Lo sguardo ardente.»

Inclinò la testa all'indietro e rise. «Visto? Mi hai smontato. Quello sguardo ardente avrebbe funzionato con chiunque altro. Non con la mia Mimi.»

Si bloccò, come se avesse voluto cancellare quelle ultime due parole. Senza mai interrompere il nostro sguardo, presi il mio bicchiere di vino e lo svuotai. Poi mi leccai il vino dall'angolo della bocca. Lui seguì il movimento della mia lingua.

«Mateo.» Quando pronunciai il suo nome, i suoi occhi scattarono sui miei. «Credo che sia tu quello mio.»

«Questo è tutto da vedere.» La sua voce scese a un registro più basso. «Dopo cena, quando ti mostrerò cosa ho in serbo per dessert.»

La bocca mi si seccò mentre lo immaginavo disteso sul divano, le sue labbra carnose e tutti quei muscoli da esplorare. Aprii la bocca, ma non uscì nessuna parola.

«Ancora vino?» chiese, inclinando la bottiglia verso il mio bicchiere.

«Per favore.» Appoggiai le dita alla base del bicchiere, per ritrovare l'equilibrio. Prima la cena, poi il dessert.

Mentre mangiavamo, mi raccontò storie della tabaccheria di suo padre. Sui clienti abituali e sulle varietà che preferivano. Le miscele dolci ed estive di Virginia. I leggeri sentori di frutti di bosco del Cavendish. Lo speziato Latakia. Potevo quasi sentirne l'odore trasportato da una calda brezza caraibica.

Per la prima volta, capii perché fumava. Lo collegava a suo padre e gli riportava alla mente i ricordi dei loro brevi anni insieme.

Anche il cibo. Sapeva di spezie e di amore genuino. Il tipo di amore che si prendeva cura delle persone, che le nutriva. Che diventava un ricordo dei bei tempi passati.

Non avrei mai dimenticato il pasto semplice che Mateo aveva preparato per me. Niente di elaborato, nessuna aspettativa o pretesa, solo nutrimento quando avevo fame. Se non stavo attenta, mi sarei innamorata della cucina di quest'uomo e non avrei mai più voluto mangiare altro.

Dopo aver consumato l'ultimo succoso boccone di pollo, posai la forchetta sul piatto e allungai la mano verso il suo piatto vuoto. «Hai cucinato tu. Lavavo io.»

«No, no, no.» Si alzò e afferrò il suo piatto. «Sei mia ospite.»

«Allora lo faremo insieme. Potrò non avere grandi doti culinarie, ma con una spazzola per i piatti sono un asso.»

«Ah.» Raccolse il mio piatto. «La magia del robot da cucina. È tutto lavabile in lavastoviglie.»

Eppure, sciacquai i piatti e lui li caricò nella lavastoviglie. La musica bachata suonava ancora, più bassa ora, vivace e sensuale. Desiderai aver scelto spagnolo al liceo come Ben, invece di latino. Desiderai capire le parole che accompagnavano il ritmo che mi scorreva nelle vene.

Mentre sciacquavo il lavandino, le mani di Mateo si posarono sui miei fianchi. «Sei un talento naturale» mi sussurrò all'orecchio.

«Un talento naturale? A lavare i piatti?»

«No. A ballare.»

Fu solo allora che mi resi conto che stavo ondeggiando i fianchi mentre lavoravo. Le sue mani incoraggiarono il movimento, poi premette il suo bacino contro il mio sedere finché non ondeggiammo insieme. Continuando a guidarmi con il suo corpo, sollevò le mani dai miei fianchi, afferrò l'asciugamano e me le asciugò. Poi si allungò verso lo scaffale sopra il lavandino, premette un flacone di lozione e me la spalmò sulla pelle, massaggiandomi polsi e dita.

«Che bella sensazione» mormorai.

«Siamo solo all'inizio» mi fece le fusa all'orecchio, la sua barba corta mi solleticava il lobo.

Mi baciò il lato del collo. Inclinai la testa sull'altra spalla per dargli più pelle da accarezzare con le labbra. Le sue mani risalirono dai fianchi, sulle costole, fino a cullare la parte inferiore dei miei seni.

«Va bene?» chiese, la sua voce un rombo basso contro il punto in cui pulsava il mio sangue.

«Ancora,» gemetti.

Fece scorrere le mani su di me. Sebbene le sue mani fossero grandi, i miei seni ne traboccavano. I suoi pollici strofinarono i miei capezzoli, trasformandoli in cime bisognose.

«Volevo toccarti da così tanto tempo» mormorò nel mio collo.

«Toccami.»

Le sue mani lasciarono i miei seni per un secondo deludente, finché non tirò fuori l'orlo della mia camicetta dalla gonna e la fece rotolare su per il busto, sopra la mia testa, e la sfilò. La posò con cura sul bancone prima di abbassare lo sguardo oltre la mia spalla. Il suo respiro si bloccò. «Meravigliosa.»

Controllai quello che vedeva. Avrei voluto poter indossare reggiseni di pizzo e sexy. Ero sicura che Larissa e Natalie avessero i cassetti che ne traboccavano. Il mio era fatto di solido cotone-poliestere bianco con spalline spesse e di sostegno. Non c'era niente di meraviglioso in esso.

Ma Mateo trattò quell'arnese con riverenza, passando le dita sul tessuto, persino sulle spalline, stringendo, esplorando finché, bisognosa, mi appoggiai a lui, insicura di come facessi a essere ancora in piedi.

Seguì la fascia fino alla mia schiena. «Posso?»

«Ti prego.» Uscì come un sussurro rauco.

Sganciò la chiusura e mi sfilò il reggiseno dal petto. I miei seni si afflosciarono, pesanti, e non per la prima volta, maledissi il loro peso e la forza di gravità.

Ma Mateo mi massaggiò la pelle dove la fascia aveva lasciato il segno e sollevò i miei seni, facendo scorrere le dita fino ai capezzoli e pizzicandoli. «Voglio adorarli. Sempre.»

Alzai le braccia finché le mie mani si intrecciarono dietro il suo collo. «Adora pure.»

Senza preavviso, mi fece girare tra le sue braccia finché il mio sedere non si appoggiò al bordo del lavandino. Colsi la sua espressione affamata appena prima che la sua bocca scendesse sul mio capezzolo destro, leccando, succhiando, mordicchiando. La tensione si propagò dai miei seni al nesso formicolante tra le mie gambe finché non dimenticai dove fossimo, finché non dimenticai il mio stesso nome.

Sollevò la testa e mi guardò in viso, continuando a pizzicare distrattamente l'altro capezzolo. «Puoi venire così?»

«Io... non lo so. Non mi è mai successo, ma...»

Non aspettò che finissi, ma rivolse la sua attenzione all'altro seno, portandomi sempre più in alto. Strofinai le cosce l'una contro l'altra per arrivare alla pressione che si accumulava in basso nel ventre, così vicina. Alla fine, mentre stringeva i denti e succhiava, a lungo e con forza, raggiunsi l'apice. Smisi di respirare mentre tremavo, bloccata tra lui e il bancone. Allontanò dolcemente il capezzolo dalle sue labbra e lo leccò finché le scosse di assestamento non si placarono.

«Mai?» mormorò alla fine.

L'aria fresca accarezzò il mio petto accaldato. «Non così... non in quel modo. Deve essere stato il ballo.»

Emesse un mugolio e un sorriso compiaciuto sollevò le sue labbra bagnate. Mi fece scorrere le mani lungo i fianchi. «Mi piace questa gonna. Credo che la lasceremo addosso.»

Poi le sue mani furono sotto la mia gonna, accarezzando le mie mutandine. Gemette mentre tracciava con un dito l'apertura alta della gamba e l'incavo di pizzo in vita. «Sono contento di non aver saputo di queste prima. Sarei venuto nei pantaloni. Ma ora via.»

Le parole gli erano appena uscite dalle labbra quando si accovacciò, facendomi scivolare le mutandine lungo le gambe. Una mano dietro il polpaccio mi incoraggiò a uscire da una gamba, poi dall'altra, finché non fui nuda tranne che per la gonna svasata.

Mi guardò dal basso, in ginocchio. «Ancora tutto bene? Pensi di poter venire di nuovo?»

«Forse?»

Quel sorriso compiaciuto apparve di nuovo, appena prima che facesse scorrere le sue grandi mani lungo l'interno delle mie cosce finché non si incontrarono al centro di me. Tutto ciò che potei fare fu aggrapparmi al bancone dietro di me mentre lui passava un dito nella mia umidità e poi se lo portava alla bocca. Alzò gli occhi al cielo e scosse la testa. «Mi ucciderai, Mimi.»

Infilò la testa sotto la mia gonna. Le sue spalle spinsero le mie gambe ad allargarsi mentre mi afferrava le natiche con le sue mani enormi. Poi mi toccò. Non potevo vedere altro che la forma della sua testa che si muoveva sotto la mia gonna, e in qualche modo questo lo rendeva più erotico, non sapere cosa stesse usando per toccarmi: le sue dita, la sua lingua, il suo naso. O come. Un bacio, una carezza, una lenta penetrazione.

Il mio corpo, caldo di piacere, gli rese tutto così facile. Il mio secondo orgasmo mi travolse non appena le sue dita scavarono dentro di me mentre mi succhiava il clitoride. Una mano forte mi sorresse quando tutto ciò che volevo era crollare come una marionetta con i fili tagliati.

Era troppo, e gli premetti sulla spalla. Uscì da sotto la mia gonna, con la parte inferiore del viso luccicante. Si leccò le labbra. «Mimi, quando ti porterò nel mio letto...» Scosse la testa.

Non riuscii a resistere alla promessa a metà e al rigonfiamento contro la sua gamba. «Andiamoci adesso.»

Appoggiò il mento contro il mio ventre. «Ti ho promesso che ti avrei riportata a casa per le dieci. Domani hai da lavorare.»

«No.» La parola uscì come un lamento imbarazzante. Tutto quello che volevo era più tempo, più intimità con questo dio del sesso. E distruggerlo completamente come lui aveva distrutto me. «Metterò la sveglia. Puoi riportarmi a casa mia presto.»

«No, Mimi, non dovrei.»

«Ti prego?» gli misi le mani sulle guance.

Girò il viso per baciarmi l'interno del polso. «Qualsiasi cosa per te.»

Mi condusse lungo il corridoio fino alla sua camera da letto.

20

MATEO

FISSAI IL MIO LETTO, dove avevo fantasticato così tante volte su Mimi. Di toccarla, coccolarla, scoparla. Era vero o stavo sognando di nuovo? Avevo appena fatto venire Mimi Levy-Walters due volte in cucina, e adesso era davvero nella mia camera da letto? Lentamente, mi voltai.

Era in piedi, minuscola sotto l'alta porta, e indossava solo la gonna. Lo sapevo perché le sue mutandine erano al momento ficcate nella mia tasca e avrebbero potuto convenientemente sparire più tardi.

Incrociò le braccia sul petto, ma non nascondevano l'abbondanza con cui avevo familiarizzato poco prima. «Mateo?»

«Sì?» Sbattei le palpebre, alzando lo sguardo dalla curva arrotondata del suo seno verso i suoi inquieti occhi castani.

«Non stai... avendo dei ripensamenti?»

Ero uno stupido a starmene lì, a gongolare per il mio colpo di fortuna, quando avrei dovuto mostrarle esattamente quanto fossi grato che fosse a casa mia, nella mia camera da letto. Andai al suo fianco e le sciolsi delicatamente le braccia. «No, no, mi tesoro.

Stavo... assaporando il mio pasto.» Mi chinai e le baciai le morbide labbra.

Quando alzai la testa, quelle labbra si erano incurvate in un dolce sorriso. «Ti dispiace se uso il bagno?»

«Proprio qui.» Indicai il bagno in camera e trovai uno spazzolino e un dentifricio nuovi nell'armadietto. Poi chiusi la porta andai in camera da letto.

Tirai l'orlo della maglietta. Sarei dovuto essere nudo quando fosse uscita? O vestito? Diedi un'occhiata all'orologio. Le nove e mezza. Avrei davvero dovuto lasciarla dormire. Anche se non sembrava che volesse dormire. Non subito. Il mio cazzo pulsò contro la zip.

Era così perfetta. Così reattiva. Nonostante tutto l'imbarazzante armeggiare che avevo fatto intorno a lei, avevo finalmente fatto qualcosa di giusto. Qualcosa che le era piaciuto.

Qualcosa che era piaciuto a entrambi. Potevo ancora sentire il suo sapore. Mi leccai le labbra. Forse mi sarei saziato di nuovo di lei prima che se ne andasse. Non forse; l'avrei fatto. Quella notte stava accadendo qualcosa di magico. Quanto sarebbe durata la magia? Ancora qualche minuto? Ore? Era troppo sperare che continuasse dopo che l'avessi riportata a casa.

Non volevo che finisse mai.

La calda nebbia del sesso si diradò dalla mia mente come il sole del mattino che dissolve la foschia.

Non volevo che questa nuova intimità con Mimi finisse mai.

Era nella mia vita. A casa mia. E volevo che ci fosse. Sempre.

Nessuno dei miei amici dell'isola ci avrebbe creduto. Mi ero scopato mezza città, le città vicine, la grande metropoli. Gente del posto e turisti. Come regalo d'addio, i miei amici mi avevano dato una scatola gigante di preservativi per il mio tour delle camere da letto di San Francisco. Avevo pensato che la scatola sarebbe durata un mese.

Non l'avevo aperta.

E ora, la ragione della mia autoimposta astinenza voleva anche me. Aveva detto *per favore*.

La maglietta mi si appiccicò al sudore freddo sul petto. La sfilai dalla testa, la piegai e la misi sul comò.

Dalla mia prima volta con Anna Perez nella sua camera da letto sotto un poster degli One Direction - e dalla seconda con il cazzo di suo cugino Yefri in bocca nello spogliatoio del liceo una settimana dopo - avevo sempre pensato che di più fosse meglio. Più sesso, più partner, più piacere.

Niente struggersi per una persona sola come mio padre.

Alzai lo sguardo al cielo. Dio, il fato, qualunque entità superiore avesse sentito il bisogno di fottermi la vita, mi aveva dato una lezione.

Avevo trovato la mia persona. Proprio come Papá.

Sarebbe rimasta?

Al suono della porta del bagno che si apriva, mi voltai di scatto verso di lei.

La mia mascella si spalancò. La pelle nuda di Mimi splendeva alla luce della lampada, le sue curve illuminate in alcuni punti e in ombra in altri. I suoi ricci le fluttuavano liberi sulle spalle. Aveva ombre bluastre sotto gli occhi che doveva aver nascosto con il trucco, che si era tolta. Le sue ciglia erano ancora scure, e le sue labbra erano di un rosa cupo.

Era bellissima, nuda e mia. Almeno per quella notte.

Le sue braccia si contrassero come se volesse coprirsi, ma mi avvicinai a lei e le presi le mani. Portandole alle mie labbra, mormorai: «Mi tesoro.» Era il mio tesoro, la mia vita, il mio paradiso.

La sua pelle si tinse di rosa dalle guance al petto. «Hai dei preservativi?» chiese. «Altrimenti, ne ho uno nella borsa.» Inclinò la testa verso la porta della camera da letto.

«Sì.» Dove avevo nascosto la scatola che mi avevano mandato i miei amici? Avevo scherzato con loro dicendo che mi sarei scopato non solo San Francisco, ma l'intero stato della California. E poi avevo incontrato Mimi, e non avevo più voluto toccare nessun'altra che lei.

«Un secondo,» dissi.

Provai prima in bagno, evitando il mio riflesso nello specchio e la prova sporgente della mia eccitazione nei pantaloni. Aprii e chiusi ogni sportello, ma la scatola non c'era. Cazzo! Mi passai le mani tra i capelli.

Tornato in camera da letto, baciai Mimi, lasciando che le mie mani vagassero sul suo sedere mentre la tiravo a me. La sua mano si posò sul mio fianco e poi scese più in basso, troppo vicino alla mia erezione tesa.

«Un momento.» Mi allontanai e mi lasciai cadere in ginocchio accanto al letto. Tirai fuori la valigia e la aprii.

Gracias a Dios.

Sollevai la scatola in alto come se fosse la Coppa del Mondo e poi, con le guance che si scaldavano, la posai sul letto. Rinfilai la valigia sotto.

Ero in ginocchio di fronte al letto, e mi venne in mente un buon uso per quella posizione. Feci un cenno a Mimi. «Vieni, siediti.»

Seguì il mio ordine, anche se ebbe bisogno di una spinta per salire sul letto alto. Posai le mani sulle sue ginocchia. «Posso?»

Piantò le mani dietro di sé e poi, annuendo, allargò le gambe. La luce della lampada illuminò ciò che avevo imparato a conoscere al tatto poco prima, sotto l'oscurità della sua gonna.

«Ah, Mimi,» dissi, con un orgoglio incontenibile che mi fece sorridere, «sei di nuovo bagnata per me.»

Feci scivolare i pollici dall'interno delle sue cosce alle sue labbra e al suo clitoride. Poi leccai la sua essenza come miele dalla sua pelle. Mimi gemette e si abbassò sui gomiti per guardarmi all'opera.

L'aprii e mi addentrai con la lingua, imitando il battito pulsante del mio cazzo mentre le mostravo cosa le avrei fatto più tardi. E, Dio, e se le avessi mostrato la mia scorta di sex toys? Quale mi avrebbe lasciato usare su di lei? Avrei mai avuto l'audacia di chiederle di usarne uno su di me?

Concentrati, Mateo. Ce l'avevo stesa davanti a me adesso, e avevo tutti gli strumenti necessari per darle piacere.

«Mateo, io...»

Mi sollevai dal suo centro e sostituii la lingua con un dito che spingeva pigramente. «Cosa c'è, cariño?»

«Ho bisogno di te. Dentro di me. Non credo di poter...»

Le leccai il clitoride mentre continuavo a far lavorare il dito dentro di lei. «Non credi di poter fare cosa, splendore?»

Alzò gli occhi al cielo e si lasciò sfuggire un lamento. «Non so quante altre volte posso venire, e voglio venire con te dentro di me.»

«Ah.» Le baciai il bocciolo gonfio. «Penso che tu possa venire tutte le volte che vogliamo entrambi.» Questo - il sesso - era il mio spazio sicuro. Sapevo bene come accontentare una partner, specialmente una così reattiva come Mimi. «Ancora una volta con le mie dita e la mia bocca, e poi potrai avere il mio cazzo.»

«Ma io non...»

Non dovette finire la frase perché avevo trovato il punto che la lasciava senza parole. Emise un lamento che suonava quasi come il mio nome unito al grido di un'ocelot femmina.

Mi allontanò il viso, la mano. «Basta,» singhiozzò. «È troppo.»

«Ah, cariño.» Mi issai sul letto e la strinsi tra le braccia. «Sei così bella quando vieni. Ti tengo io. Va tutto bene.»

Era senza forze tra le mie braccia. Le baciai la fronte e la trovai umida di sudore. Allentai la presa su di lei. «Hai troppo caldo? Hai bisogno di spazio?»

«No.» Si strinse di più. «Sono esattamente dove voglio essere.»

Questa volta, non fu il mio cazzo ma il mio cuore a dare un sussulto gigante, battendo contro le mie costole. «Anch'io.»

La presi in braccio e armeggiai con la punta delle dita per tirare giù le coperte. La adagiai di nuovo sul letto, mi sfilai i pantaloni e mi infilai dietro di lei, imponendo alla mia erezione di calmarsi per poter dormire. Mimi doveva andare a lavorare presto, e io avevo un turno di notte a casa di mia zia il giorno dopo. Entrambi avevamo bisogno di riposo.

Ma Mimi aveva altri piani. Intrecciò le sue dita alle mie e poi le portò a coppa sui suoi seni. Poi premette il sedere contro il mio cazzo. «Mi era stato promesso un altro orgasmo con te dentro di me,» mormorò. «Ma sono troppo beata per muovermi.»

«Non fa niente. Non dobbiamo per forza,» anche se il mio cazzo aveva altre idee. Era acciaio nei miei pantaloncini.

«No, Mateo.» Si strusciò contro di me e delle macchie mi danzarono davanti agli occhi. «Lo voglio.»

Baciandola lungo il collo, dalla spalla al lobo dell'orecchio, conclusi con un pizzicotto al capezzolo. «Allora lo avrai.»

Mi abbassai i pantaloncini e li scalciai via. Afferrai la scatola di preservativi ai piedi del letto, la strappai e ne estrassi uno. Lo srotolai delicatamente, imponendomi di non venire troppo presto.

Le accarezzai la curva da acquolina in bocca del suo sedere e poi infilai una mano sotto di lei, stringendo il suo busto contro di me. Con l'altra mano, le sollevai la gamba e la agganciai alla mia. Feci scivolare le dita nella sua umidità - Dio, la sua eccitazione era incredibilmente infinita - poi mi guidai con attenzione a casa.

Sussultammo entrambi quando conclusi la spinta. In quella posizione, non potevo entrare tutto, ma era abbastanza per colpire il punto che avevo trovato prima con le dita. Con una mano appoggiata sul suo clitoride, pompai con i fianchi. Lei emise un mormorio di piacere.

Ogni scivolata dentro di lei faceva esplodere formicolii lungo la mia spina dorsale. Il respiro di Mimi si accelerò mentre le stringevo il capezzolo e le sfioravo il clitoride. Ma avevo bisogno di più. Avevo bisogno dell'inebriante impeto di pelle che schiaffeggiava contro pelle. Avevo bisogno di essere fino alle palle dentro di lei.

Lentamente, mi sfilai.

La sospinsi in avanti finché non fu a pancia in giù sul letto. Sollevandole i fianchi, mi inginocchiai dietro di lei. Mise le braccia sotto il cuscino, un mezzo sorriso di anticipazione sul viso. Per un momento, ammirai il modo in cui la luce della lampada dorava la curva del suo sedere e le labbra carnose che mi chiamavano. E poi, afferrandole i fianchi, scivolai dentro.

Fianchi contro sedere, trovai il paradiso. Mi strusciai contro di lei, non volendo lasciare il comfort che avevo trovato. Lentamente, scivolai fuori e poi spinsi di nuovo dentro. Mimi emise un lungo gemito.

«Va bene così, mi tesoro?»

«Cazzo. Sì.» Mise una mano tra di noi, dove eravamo uniti, e una scintilla mi corse dritta alle palle. La sua mano lasciò il mio corpo per toccarsi. Gemette. «Ancora, Mateo.»

Le afferrai i fianchi e feci come chiedeva. Spinsi una, due, tre volte. Dio, ero vicino. Ma non sarei venuto finché non l'avesse fatto lei. Mi concentrai sulla lunga linea della sua spina dorsale e sul modo in cui la luce della lampada le divideva la schiena in una metà chiara e una scura. Sollevai una mano e tracciai la linea d'ombra.

«Più forte,» grugnì, spingendo all'indietro contro di me.

Ero spacciato. Sarei morto proprio lì, in quel letto, su quella donna che mi aveva rivoltato come un calzino. La accontentai, afferrandole i fianchi e sollevandoli per incontrare le mie spinte. La nostra pelle schiaffeggiava, a contrappunto ai suoi gemiti. Le mie palle si contrassero.

«Mimi, io...»

Si irrigidì e mi interruppe con un gemito lamentoso. Mi fermai, lasciando che il suo orgasmo si consumasse, assaporando la stretta che mi offuscò la vista. Poi spinsi di nuovo, e ancora una volta, e un beato, estatico rilascio mi svuotò. Mi lasciai sfuggire una lunga e riconoscente imprecazione.

Le gambe di Mimi tremavano, e la feci adagiare sul letto mentre mi sfilavo. Le accarezzai il sedere un'ultima volta prima di coprirla e di andare in bagno a gettare il preservativo.

Stava già dormendo quando la strinsi tra le braccia e mi rannicchiai dietro di lei.

Nel corso di una serata, era diventata tutto il mio mondo.

Non volevo lasciarla andare mai più.

21

MIMI

MI SVEGLIAI in un letto che non conoscevo, ma era caldo, morbido e sicuro. Il corpo massiccio di Mateo era avvolto intorno a me, un braccio muscoloso stretto attorno alla mia vita. Tracciai il contorno di una vena sul suo avambraccio, facendo scorrere la punta del dito tra i peli ispidi dorati dalla luce del sole.

La luce del sole?

Oh, merda.

Scostai il suo braccio e le coperte e balzai giù dal letto. Perché non c'era un orologio nella sua camera da letto, e perché la mia sveglia non aveva suonato?

Afferrando la gonna dal pavimento, ignorai il suo «Mimi?» assonnato e corsi completamente nuda in soggiorno. Il reggiseno e la camicetta erano sul pavimento della cucina, e li presi al volo mentre mi dirigevo verso la porta d'ingresso, dove trovai le mie scarpe e la borsa con dentro il telefono, che emetteva ancora debolmente il suono della sveglia.

Roger saltò senza far rumore sul bancone della cucina e mi osservò con i suoi occhi gialli.

Le sette e trenta. Merda. Avrei dovuto incontrare Larissa e

Natalie da Synergy mezz'ora fa. Se mi fossi sbrigata, sarei potuta arrivare prima che se ne andassero. Con una mano, aprii un'app di ride-sharing e con l'altra mi tirai su la gonna.

«Vuoi che ti riaccompagni a casa?» La voce di Mateo mi colse di sorpresa e feci cadere il telefono. Si era infilato un paio di jeans e una maglia termica a serafino. Era assolutamente delizioso, ma mi ero già attardata troppo.

«Non c'è tempo. Sono in ritardo.» Mi infilai a fatica il reggiseno e lo allacciai sulla schiena. Dove erano le mie mutandine?

Si strofinò gli occhi. «Gesù, mi dispiace. Non sapevo che avessi una riunione presto. Ti porto al lavoro.»

«È una cosa della fondazione. Con Larissa.» Infilandomi la camicetta, corsi in bagno. Niente mutandine neanche qui. Almeno mi ero lavata la faccia prima di andare a letto. Mentre facevo la pipì, mi passai le dita sotto gli occhi per rimuovere le ultime tracce di mascara. Mi lavai le mani e mi passai velocemente lo spazzolino in bocca.

Quando tornai di corsa in soggiorno, Mateo si era già messo le scarpe e aveva le chiavi in mano. Mentre mi infilavo le scarpe, lui si chinò. «Sei bellissi—»

«Non c'è tempo!» Alzai una mano. Prima la mia presentazione, ora questo. Perché facevo sempre un casino quando c'era di mezzo Mateo?

Lui aprì la porta e corremmo verso la sua Jeep. Tentò di aprirmi la portiera, ma dissi: «Faccio io. Vai!»

Obbediente, scivolò al posto di guida. Solo dopo che ebbi sistemato la gonna sotto il mio sedere nudo e allacciato la cintura di sicurezza, lui guidò la Jeep lungo lo stretto vialetto, superando la casa di Cooper fino alla strada. «In ufficio?»

«Sì, ci incontriamo nella sala riunioni al primo piano.» Controllai il telefono e trasalii mentre premevo il pulsante per ascoltare il messaggio vocale di Larissa.

Miriam, dovevamo vederci alle sette. Ha intenzione di venire? Dobbiamo approvare il budget oggi.

«Il budget! Merda!»

«Che c'è?» mi lanciò un'occhiata Mateo.

«Non ho il portatile con me. Non posso apportare alcuna modifica al budget durante la riunione. Hai della carta? Una matita?»

«Controlla nel vano portaoggetti. Non puoi farlo dal telefono?»

«Oh. Forse? Il mio foglio di calcolo sarebbe terribilmente piccolo. Credo che potrei provarci.» Fru κου nel vano e trovai un mozzicone di matita e un blocco a spirale.

«Arrangiati con il foglio di calcolo sul telefono. Nel frattempo, io faccio un salto al tuo appartamento e prendo il portatile.»

«Davvero? Lo faresti per me?»

«Certo, cariño.»

«Grazie.» Avrei voluto baciargli la guancia ruvida di barba, indugiare lì, nell'incavo del suo collo dove aveva un profumo divino, ma stava guidando. Mi rimisi comoda sul sedile e tirai fuori le chiavi dalla borsa. Le misi nel portabicchieri. «Sei la mia salvezza.»

Mateo conosceva le scorciatoie e i modi per evitare il traffico dell'ora di punta di San Francisco e, prima di quanto sperassi, arrivammo in ufficio. Afferrando il telefono e la borsa, gli diedi un bacio sulla guancia e scesi dalla Jeep.

Sentii un sussulto soffocato e mi voltai a guardare. Mateo mi stava fissando il sedere.

«La gonna.» Si passò una mano sulla bocca. «Tirala un po' giù?»

Merda, devo avergli fatto vedere tutto mentre scendevo. Me la lisciai, davanti e dietro. «Meglio?»

Scosse la testa ma disse: «Sì. Ci vediamo tra poco.»

Tenendo con cura la gonna e pregando che il vento non mi facesse dare spettacolo davanti ai colleghi mattinieri, mi affrettai verso la sala riunioni.

Larissa e Natalie erano rivolte verso lo schermo in fondo alla sala, dove Natalie stava proiettando una planimetria dal suo portatile. Quando arrivai rumorosamente alla porta, si voltarono a guardarmi.

Natalie represse un sorriso, ma Larissa inarcò un sopracciglio per nulla divertita. «Lieto che abbia potuto unirsi a noi. Natalie mi stava giusto illustrando la disposizione della location, ma dopo passeremo al budget. Ha con sé i dati?» Fissò con insistenza la mia pochette, ovviamente troppo piccola per contenere qualcosa di utile.

«Sì. Sono pronta.» Era una bugia, ma aprii il foglio di calcolo sul minuscolo schermo del mio telefono mentre Natalie finiva di parlare del guardaroba e della green room per i relatori.

Mateo non era ancora tornato quando Larissa chiese la presentazione del budget, e si accigliò mentre iniziavo a illustrare loro i numeri.

«Un attimo,» mi interruppe. «Non ha delle stampe o qualcosa da mostrarci sullo schermo?»

«Non... non in questo momento.» La mia voce tremò. Perché avevo lasciato che Mateo con il sesso mi facesse dimenticare le mie responsabilità, i miei obiettivi? La notte prima non mi ricordavo nemmeno il mio nome, tanto meno che dovevo fare una presentazione alle sette del mattino seguente.

Larissa batté le mani sul tavolo della sala riunioni. «Allora perché è qui? Se non posso contare su di lei, questa collaborazione non funzionerà, Miriam.»

«Ha i dati.» Natalie indicò il telefono nella mia mano. «Mimi, perché non li scrivi sulla lavagna bianca?»

«Ottima idea.» Ma si rivelò un'idea terribile. Le mie cosce nude produssero un rumore di risucchio sulla sedia della sala riunioni mentre mi alzavo.

«Ops.» Le mie guance avvamparono. Mi lisciai rapidamente la gonna e mi girai verso la lavagna.

«Mi aspetto che i membri della fondazione abbiano un aspetto professionale, Miriam. Quella gonna è decisamente troppo corta.»

Il pennarello stridette sulla lavagna. «Sì, certo, Larissa,» mormorai.

«Ah, buongiorno al mio trio di potere preferito.» Il tono di Mateo era gioviale, ma percepii una nota di sforzo.

«Mateo!» La voce di Larissa assunse un'inflessione civettuola. «Cosa ci fai qui? Hai detto che dovevi lavorare.»

Lentamente, mi voltai verso la porta. Mateo aveva una borsa di tela su una spalla e la borsa del mio portatile sull'altra. In una mano teneva un vassoio di cartone con quattro bicchieri e nell'altra un sacchetto della pasticceria in fondo alla strada.

«Ho pensato che vi avrebbe fatto piacere fare colazione durante la vostra riunione mattutina.» Posò i caffè e il sacchetto, poi diede a Larissa due baci a labbra socchiuse su ciascuna guancia. Natalie si era alzata per esaminare le offerte, ma gli tese la mano per stringergliela.

Si avvicinò a me alla lavagna e mormorò: «Ti ho portato un cambio di vestiti. E le mutandine.» Poi mi stampò un sonoro bacio sulla guancia.

A voce più alta, disse: «Mi scuso. Ho fatto fare tardi a Mimi stamattina. Non potevo lasciare andare il mio angelo. Se aveste questo viso sul cuscino accanto a voi, ci riuscireste?»

Un'ondata di calore mi investì le guance. «Mateo,» ringhiai.

Afferrò la mano che stava per colpirgli il bicipite e se la portò alle labbra. «Mi tesoro.»

«Da svenimento,» disse Natalie.

Larissa disse: «Puoi farti perdonare unendoti a noi.»

«Unirmi a voi?» Un'espressione accigliata gli attraversò il viso così rapidamente che lei avrebbe potuto non notarla. Ma dopo la notte precedente, avevo un nuovo sensore per le espressioni di Mateo, e non sembrava affatto contento.

«Ci serve un consulto sul menù. Non sono riuscita a decidere quale dessert servire.»

Quella era una bugia. Avevamo scelto il flan la settimana prima, ma se serviva a distrarla, ero ben felice di lasciar correre. Mateo mi porse la borsa del computer, e io lo accesi e lo collegai al proiettore mentre loro discutevano i meriti del flan rispetto alla torta tres leches.

Quando ebbero deciso – di nuovo – per il flan, mi schiarii la gola. «Ora sono pronta a illustrarvi i dati del budget.»

«Oh, bene.» Larissa rise, in modo acuto e falso. «Se solo Mateo fosse portato per i numeri, non avremmo affatto bisogno di lei.»

Mi bloccai, senza più voce. Se non aveva bisogno di me, doveva significare che ero fuori dalla lista anche per il posto di vicedirettrice. Perché diavolo ero ancora lì, a impegnarmi così tanto?

Per i ragazzi, mi ricordai cupamente. Per ragazze come Bree. Per loro, avrei continuato a provare, a fallire, e a fare tutto gratis.

«Larissa.» La voce di Natalie era pacata ma ferma.

«Era in ritardo e impreparata finché non è arrivato Mateo.» Larissa mi lanciò uno sguardo d'acciaio. «Potrei assumere un qualsiasi contabile per fare quello che fa lei.»

«Ah,» disse Mateo, la voce roca. «Ma non avete assunto un contabile. Mimi svolge questo lavoro pro bono, per la gentilezza del suo cuore. Lo fa per i bambini. Nel suo tempo libero. Penso che fareste fatica a trovare qualcuno talentuoso come Mimi disposto a farlo.»

Ero contenta di essermi tolta il mascara, perché mi sarebbe colato lungo il viso. Mi asciugai sotto gli occhi e rivolsi a Mateo un sorriso umido per esprimergli la mia gratitudine. Lui capì. Lui mi vedeva.

Larissa guardò lo schermo, la mascella contratta. «Bene. Può avere un'altra possibilità. Ci dia i numeri.»

Il mio corpo si gelò. Come una pozzanghera che congela lentamente dall'alto verso il basso, la mia pelle si tese e le lacrime di gratitudine che si erano raccolte nei miei occhi si prosciugarono. Diventai una colonna di ghiaccio freddo e duro. Nonostante la difesa di Natalie e Mateo, ero su un terreno instabile. Tutto perché avevo lasciato che mi distraessi dal mio obiettivo. Non solo la mia possibilità di ottenere il posto di vicedirettrice mi stava sfuggendo di mano, ma stavo deludendo i ragazzi.

Le mie avventure di una notte non si fermavano abbastanza a lungo da farmi quasi saltare riunioni importanti e presentarmi impreparata. Nessuna di loro mi aveva fatto apparire superflua di fronte alla persona da cui volevo essere assunta. Restavano al sicuro nel lato non lavorativo della mia vita.

Oltrepassare il confine lavorativo era una cosa che Mateo aveva in comune con Byron. Era dappertutto nella mia vita: coinvolto nel mio lavoro, parte della mia famiglia, e ora stava infuocando la mia vita sentimentale.

Mi aveva portato delle dannate mutandine. In ufficio. Quello era un limite che non avevo mai superato. Nemmeno con Byron.

La voce di mia madre mi sussurrò all'orecchio. Non potevo mostrare di nuovo una simile debolezza. Non se volevo il lavoro alla fondazione. Non se volevo continuare ad aiutare i ragazzi come Tara in biblioteca.

E io volevo tutto questo. L'avrei dimostrato a Larissa.

Anche se... lanciai un'occhiata a Mateo, che sorseggiava il suo caffè e guardava lo schermo con aria interessata, come se gli importasse davvero del budget del gala... ora volevo anche lui.

22

MATEO

ANCHE SE TUTTO quello che volevo era riavere Mimi nel mio letto, sul bancone della cucina, diavolo, ovunque potessi averla, quella settimana feci il turno di notte. Non dovetti nemmeno mentire a Larissa per saltare le riunioni della fondazione in cui rubavo troppo la scena a Mimi.

Provai a scrivere a Mimi, ma fu brusca e poco comunicativa, rispondendo a monosillabi. Con il gala a tre settimane di distanza, era indaffarata, e lo capivo. Avevo pensato che si fosse divertita, ma ero preoccupato. Forse la nostra notte insieme non le era piaciuta quanto a me?

O forse era di nuovo incazzata con me. Era la seconda volta che per causa mia si era presentata poco preparata a una delle riunioni del comitato. Larissa l'aveva punzecchiata, criticando il più piccolo errore come se cercasse una scusa per non assumerla. Perché? Mimi meritava chiaramente quel lavoro. Perché Mimi sopportava le sue stronzate?

Il venerdì mattina, quando entrai nel vialetto di Miguelito, i miei fari illuminarono Ben che portava a spasso il suo cane Coco attraverso il cortile. Suo fratello avrebbe forse potuto farmi capire cosa le passava per la testa.

«Ben!» Sporse la testa dal finestrino della mia Jeep. «Posso fare due passi con te?»

«Certo. Ora?»

«Mio cugino è in palestra?» L'ultima cosa che volevo era che Miguelito mi trovasse da solo con Ben e diventasse geloso. Non ci avrei mai provato con il suo fidanzato, ma non mi aveva ancora perdonato per il mio cattivo comportamento giovanile. Inoltre, mio cugino non avrebbe capito le mie pene d'amore. Non si sarebbe mai strutto per qualcuno come io mi struggevo per Mimi.

«Sì.» Ben sbadigliò. «È una di quelle irritanti persone mattiniere.»

Parcheggiai la macchina e, dopo aver salutato Coco, mi affiancai a Ben. Uscimmo dal vialetto e scendemmo lungo la collina verso la baia. Il sole aveva iniziato a diffondere i suoi raggi alle nostre spalle, ma tirai su la cerniera della giacca fino al mento. San Francisco a gennaio era fredda per uno che era cresciuto ai tropici.

Diedi un'occhiata a Ben. Era più alto e più magro di sua sorella, ma avevano gli stessi capelli scuri e ricci. Stesso naso importante e mento deciso. Anche se i suoi sorrisi erano facili e quelli di Mimi rari quanto una giornata torrida a San Francisco. Tranne dopo un orgasmo, avevo scoperto.

Sbattei le palpebre. Meglio non pensare alla figa di Mimi mentre ero con suo fratello.

Mi schiarii la gola. «Stai bene? Come va il lavoro?»

«Finora tutto bene. È bello essere di nuovo pagato. Voglio dire, è stato fantastico che Cooper mi abbia finanziato l'ultimo semestre di scuola, ma noi ragazzi Levy-Walters siamo indipendenti, sai.»

«Lo so.» Era esattamente l'aggancio di cui avevo bisogno. «Perché pensi che sia così?»

Sgorgiò il labbro inferiore. «Immagino per via di mia madre. Ha lavorato sodo per quello che avevamo. Ha superato molto per arrivare dove è. Voglio dire, le donne avvocato abbandonano la professione a frotte man mano che invecchiano. Lei si è fatta strada combattendo contro un sacco di patriarcato e sessismo per rimanere a galla. Ha sempre detto a me e Mimi che dovevamo dimostrare di essere i migliori se volevamo arrivare da qualche parte.»

Strisciò la punta delle scarpe sul sentiero di ghiaia. «Per me era un sacco di pressione, e sono un po' crollato. Non Mimi. Lei l'ha presa a cuore. Sta seguendo le orme di mamma, più o meno. Non in legge, ma nel suo campo.»

Gli diedi una gomitata sulla spalla. «Te la sei cavata alla grande. Hai ottenuto esattamente quello che volevi.»

Si voltò a guardare la villa. «Di più, in realtà. Non avrei mai pensato che uno fantastico come Cooper si sarebbe innamorato di me.»

«Anche tu sei fantastico.» Se mio cugino non avesse già rivendicato Ben come suo quando lo conobbi, forse avrei provato a portarmelo a casa. Ma per quanto Ben fosse bello e gentile, Mimi aveva una scintilla speciale, una lucentezza tagliente come una gemma sfaccettata, a cui non potevo resistere. Nemmeno i legami familiari o il mio potente cugino mi avrebbero tenuto lontano da lei.

«Grazie.» Si fermò mentre Coco annusava un albero esile. «Come vanno le cose con Mimi?»

«Non ha detto niente?»

«Ooh!» Spalancò gli occhi. «Che furbetto, rispondere a una domanda con un'altra domanda. No, non mi ha nemmeno detto che vi frequentavate. Non finché Cooper non l'ha smascherata. Perché? È successo qualcosa?»

Le mie guance bruciarono. Non era così che avevo immaginato sarebbe andata questa conversazione. «Non ha detto proprio niente?»

«Conosci Mimi. Non le va di parlare dei suoi sentimenti e cose del genere. Inoltre, è stata rintanata nel suo appartamento ogni sera nell'ultima settimana, a lavorare per il gala.»

Mormorai: «Non tutte le sere.»

Obbligò Coco a fermarsi sul marciapiede. «Sputa il rospo.»

«L'ho portata fuori per un appuntamento speciale domenica sera. Beh, ci ho provato. Il posto che mi ha consigliato Miguelito non era proprio… per noi.»

«Quello stronzo!» Le sue narici si dilatarono. «Non mi ha detto che avevate un *appuntamento speciale*.»

«Gli ho chiesto di mantenere un basso profilo. Non volevo aspettative, capisci?»

«Beh? Le aspettative sono state soddisfatte?»

Non riuscii a nascondere un sorriso. «Superate, in realtà.»

«Smettila!» Mi diede una pacca giocosa sul braccio. «Davvero?»

«Davvero. È fantastica. Credo di…» No. Ben non poteva essere il primo a sapere che mi stavo innamorando di sua sorella. L'avrei detto a Mimi stessa quando fossi stato pronto. Quando lei fosse stata pronta. Quando non mi avrebbe mandato messaggi di una sola parola.

«Allora, qual è il problema? Perché sei qui fuori all'alba, al freddo glaciale, a parlare con me e non rannicchiato al caldo accanto a mia sorella nel letto?»

«Sono appena tornato dal lavoro. Inoltre, lei, uhm, non risponde ai miei messaggi.» Adesso sembravo un adolescente.

«L'hai chiamata? O sei passato da casa sua?»

«No, questa settimana ho lavorato di notte. E non è una grande fan delle mie improvvisate. Vuole che le scriva un messaggio prima.»

Ben si morse un labbro. «A volte Mimi — entrambi, in realtà — può rimanere bloccata nella sua routine. Nel suo lavoro. Ero così prima che io e Cooper ci mettessimo insieme. Non uscivo quasi mai con gli amici. Mi sono spaventato dopo essere stato licenziato, sai? Così mi sono concentrato solo sulla scuola e sul lavoro. Immagino che la mentalità di mia madre prenda il sopravvento nei momenti di stress. E Mimi è davvero *stressata* in questo momento. Vuole così tanto questo lavoro alla fondazione.

E sta ancora facendo il suo altro lavoro. Probabilmente sente di non poter distogliere lo sguardo dall'obiettivo. È in preda al panico.»

«Ha paura di me?» Niente spaventava Mimi. Anche dopo che le avevo rovinato la presentazione, si era presentata alla riunione con Jackson Jones. Ed era andata senza mutande alla riunione di lunedì. Era feroce e inarrestabile come un uragano.

«Ha paura di cosa potrebbe significare se si lasciasse andare. Se si lasciasse innamorare di te.» Osservò Coco per un secondo. «C'era questo ragazzo.»

«Un ragazzo?»

«Byron. Si frequentava con lui nella prima azienda per cui lavorava. Prima di Synergy. Il loro manager se ne andò e il controller doveva riempire la posizione. In fretta. Sia Mimi che Byron fecero il colloquio. Lei lo meritava di più perché era lì da più tempo, lavorava più sodo di lui. Eppure, lo aiutò a prepararsi. Lui fece il colloquio per primo e gli offrirono il posto su due piedi. Senza nemmeno parlare con Mimi. Si scoprì che lui aveva detto loro che lei non era pronta.»

«Quel cabrón!»

«Già. Dopo quello si licenziò. Lo mollò e andò a lavorare da Synergy. Da allora non è più uscita con nessuno. Non lascia avvicinare nessuno, specialmente al lavoro. E con i ragazzi che incontra, è solo per una notte. Voglio dire, tranne che con te.»

Anche se avevamo avuto solo una notte. I messaggi monosillabici di Mimi erano il suo modo per scaricarmi con delicatezza? La pelle d'oca mi ricoprì le braccia sotto le maniche. «Non le farei mai una cosa del genere,» dissi. «Non sono come lui.»

Mi guardai, la giacca che Cooper mi aveva dato quando ero arrivato a San Francisco senza. I jeans e le scarpe da ginnastica che indossavo per lavorare.

Feci ruotare l'anello al dito. Non lavoravo in un ufficio come Mimi. A differenza di Byron, non avevo una laurea. Né risparmi di cui parlare. Mi afflosciai, mentre la stanchezza del turno di notte mi sommergeva. «Non sono degno di lei.»

«No!» Mi afferrò il braccio. «No, Mateo. Sei fantastico. Guardami.»

A malincuore, alzai gli occhi verso i suoi.

«Non lo dico di tutti. Credimi, Mimi è uscita con dei veri stronzi. Come Byron. Per quanto sia determinata, pensa di essere attratta da ragazzi simili a lei. Ma non è quello di cui ha bisogno. Ha bisogno di qualcuno come te.» Mi strinse il braccio. «Qualcuno che si prenda cura di lei. Che la aiuti. Che… che la ami. Sei assolutamente degno di lei e non pensare *mai* il contrario. Mi hai sentito?»

Il suo tono feroce mi ricordò Mimi. Ripensai a tutte le volte che si dimenticava di mangiare. Lunedì, quando le portai i vestiti e il portatile alla riunione. Aveva bisogno di qualcuno come me che la sostenesse, soprattutto lavorando a quelli che equivalevano a due lavori più il volontariato nei fine settimana. Potevo essere ciò di cui aveva bisogno.

«Ti ho sentito.»

«Ora.» Si morse l'interno della guancia. «Cosa hai intenzione di fare?»

Crescere. «Ho intenzione di aiutarla. Non so ancora in che modo, ma lo scoprirò.»

«Forse…» Inclinò la testa. «…non hai bisogno di *fare* qualcosa per aiutarla. Stalle solo accanto. E non lasciare che ti allontani.»

Grugnii, la mente già turbinava su ciò di cui Mimi aveva bisogno. Aveva accennato di essere preoccupata su cosa indossare per il gala. L'avrei aiutata con quello. Dopo un pisolino rigenerante. Perché in quel momento, sarei crollato con la faccia sul volante prima di arrivare al negozio di abiti.

Ben mi strofinò il braccio. «Puoi farcela. Ricorda solo che sei esattamente ciò di cui ha bisogno. Okay?»

«Okay.» Ma lo ero davvero?

«Ora, vai a dormire,» disse, spingendomi verso la dépendance. Non mi ero accorto che mi ci aveva ricondotto.

«Grazie.» Lo strinsi in un abbraccio e Coco, come al solito, danzò ai nostri piedi.

«Quando vuoi. Sei un bravo ragazzo, Mateo.»

Dentro casa, diedi da mangiare a Roger, poi crollai sul letto per qualche ora di sonno. Quando mi svegliai, avevo ancora le occhiaie, ma avevo abbastanza energia per preparare con ottimismo una borsa per la notte, assicurarmi che Roger avesse cibo a sufficienza per le ventiquattro ore successive e nessun accesso alla carta igienica, e risalire in macchina. Mi diressi verso l'Excelsior.

POCO DOPO LE sei di quella sera, suonai al citofono del palazzo di Mimi, con un sacchetto di cibo da asporto in una mano e una custodia per abiti nell'altra.

Un'ondata di gratitudine mi attraversò quando rispose. Non riuscivo a capire attraverso l'altoparlante metallico se il suo tono monotono significasse che era riluttante a farmi salire o forse solo stanca, ma mi aprì, e quello era ciò che contava.

Quando entrai nel suo appartamento, era appoggiata al bancone della sua cucina ordinata. Tutto quello che volevo era sollevarla su di esso come avevo fatto domenica sera e assaggiarla di nuovo, ma quello avrebbe dovuto aspettare. Prima aveva bisogno di altri tipi di attenzioni.

«Ehi,» dissi, baciandola sulla guancia prima di posare il cibo sul bancone. «Ti ho portato la cena.»

«E un cambio di vestiti?» Sollevò un sopracciglio scuro alla vista della mia custodia per abiti. «Audace.»

«Questo?» Feci un largo sorriso. «Questo è per te.»

«Per me?»

«Hai pranzato oggi?»

«Sì.» Il suo stomaco brontolò. «Beh, se consideri un pacchetto formato mini di M&M's e un sacchetto di mandorle da cento calorie dal distributore automatico come pranzo.»

Scossi la testa. Se me lo avesse permesso, mi sarei alzato presto per prepararle un pranzo nutriente ogni giorno. «Guarderemo quello che ho portato dopo. Prima, mangiamo. Ti piace il cibo thailandese?»

Il suo stomaco brontolò di nuovo. «Sì, ti prego.»

Appoggiai la custodia per abiti sul suo divano, poi ci lavammo le mani e mettemmo il cibo sul tavolo della cucina.

Rimase in silenzio mentre mangiavamo. La osservai, cercando di capire se si stesse concentrando sul cibo perché era affamata o stanca o perché stava pianificando come tagliarmi fuori dalla sua vita come una spesa superflua.

Una dozzina di volte durante la cena, aprii la bocca per chiederle cosa provava, cosa aveva pensato, per cercare di aprirla e vedere le emozioni che teneva così ben nascoste. Ma ogni volta, mi tirai indietro. Non ero pronto a sentirlo se avesse deciso che tra noi era finita. Non ancora. Non prima di averle mostrato cos'altro le avevo portato.

Dopo esserci riempiti la pancia, misi gli avanzi nel suo frigorifero per il pranzo di domani.

«Sei pronta a vedere cosa c'è nella custodia per abiti?» chiesi, conducendola in soggiorno.

«Okay.» Le sue guance erano rosee, i suoi occhi luminosi per il pasto che avevamo mangiato. Tuttavia, guardò la custodia con trepidazione.

Un'estate avevo lavorato nella sartoria di mio zio José María. Ricordavo come funzionavano le taglie dei vestiti e avevo riprodotto le misure di Mimi dai ricordi di come le mie mani si erano posate sul suo corpo domenica sera. Tuttavia, le mie dita tremavano mentre aprivo la cerniera della custodia. Lei indossava principalmente nero e grigio, e i suoi vestiti tendevano a nascondere piuttosto che ad accentuare la sua figura formosa. Quello che avevo portato era ben al di fuori del suo guardaroba abituale. Se gli avesse dato una possibilità, se avesse dato a me una possibilità, ero certo che sarebbe stata meravigliosa.

Tirai fuori il primo vestito, una creazione di tulle iridescente blu-viola.

«Cos'è questo?» Arricciò il labbro.

«Per il gala. Devi provarlo.»

«Devo?» Sollevò un sopracciglio. «Non è il mio stile.»

«Provalo.» Glielo porsi. «Per me.»

Esitò per qualche secondo. Alla fine, alzò gli occhi al cielo. «E va bene.»

Afferrando la gruccia, andò impettita verso la sua camera da letto e chiuse la porta.

Aspettai cinque minuti prima di andare alla sua porta. «Hai bisogno di aiuto con la cerniera?»

«No. Sto bene. Solo...» Aprì la porta e socchiuse un occhio. «Mi sta bene?»

Il tulle si raccoglieva su una spalla, fluttuando sui suoi seni, in stile toga, prima di stringersi in vita. Poi scendeva di nuovo sui suoi fianchi e formava una pozza sul pavimento.

«Dovremo farlo accorciare sull'orlo.» Lanciai un'occhiata critica al resto. «Ti sta d'incanto.»

«È vero, non trovi?» mormorò lei, girandosi davanti allo specchio economico appeso alla parete per far volteggiare la gonna. «Non avrei mai provato una cosa del genere. Ma è... è stupendo.»

Mi chinai sulla sua spalla nuda per sussurrarle all'orecchio: «Sei tu a essere stupenda. L'abito non fa che esaltare la tua bellezza.»

«Oh mio Dio, smettila.» Le sue guance arrossirono.

«Dov'è il tuo telefono? Ti faccio una foto.»

«Nella borsa. Puoi farla con il tuo telefono e mandarmela.»

«Davvero?» Sfilai il telefono dalla tasca posteriore dei pantaloni.

«Certo.» Si girò di lato e piegò un ginocchio assumendo una posa.

Scattai la foto e la inviai a Mimi. Rimettendomi il telefono in tasca, dissi: «Girati. Ti abbasso la cerniera e ti porto il prossimo.»

Quando mi diede le spalle, abbassai la cerniera fino alle sue mutandine nere. Avrei voluto tracciare con un dito la linea dell'elastico, ma se avessi iniziato, non avrebbe mai visto gli altri vestiti.

Così, con un'ultima occhiata carica di desiderio, mi voltai per andare a prendere il secondo abito.

Glielo porsi attraverso la porta socchiusa.

«Oh, uno nero,» disse lei.

«Sapevo che ti sarebbe piaciuto.»

Due minuti dopo, aprì la porta e mi fece cenno di entrare. Questo era di un pesante broccato nero, con un corpetto a V e una gonna a trapezio che si allargava sulle sue gambe.

«Ha le tasche!» strillò, infilandoci dentro le mani.

«Sapevo che l'avresti apprezzato.»

Volteggiò di nuovo davanti allo specchio. «Questo è molto più nel mio stile. Voglio dire, l'altro mi faceva sembrare una... una principessa delle fate, ma questo vestito fa sul serio.»

Sollevai il telefono. «Fammi quello sguardo da *togliti di mezzo, stai bloccando i miei riflettori, Jay-Z.*»

Lancò alla fotocamera uno sguardo fiero, e scattai la foto. «Girati.»

Dopo che si fu voltata, abbassai la cerniera. Questa volta, sfiorai con le dita la pelle setosa della sua schiena, e lei rabbrividì.

«Ancora uno,» mormorai.

«Ma questo è perfetto.»

«Ancora uno.»

«E va bene.»

Tornai con l'ultimo abito, pesante di paillettes oro rosa.

«Rosa?» Arricciò il labbro.

«Provalo.»

Scosse la testa. «Neanche per sogno. Non c'è abbastanza stoffa qui. E tutta quella roba scintillante? Mi farà sembrare una palla da discoteca.»

«Provalo.» Glielo porsi. «Assecondami.»

Non rispose, si limitò a chiudermi la porta in faccia.

Pulii i ripiani della sua cucina e avviai la lavastoviglie. Dopo dieci minuti, non era ancora uscita, così bussai alla porta. «Tutto bene?»

«Non riesco a tirare su la cerniera. Ma non credo che questo mi piaccia. È troppo...»

Dato che non finì la frase, chiesi: «Posso entrare?»

«Sì. Visto che mi hai già vista nuda e...»

L'abito le aveva rubato la fine delle frasi, e quando entrai nella stanza, lei mi tolse il fiato.

Alla luce della lampada, le paillettes luccicavano come un tramonto sull'acqua. Il corpetto le si apriva sul petto. Lo allineai alle sue spalle e lentamente tirai su la cerniera da sotto la curva dei suoi glutei fino alla nuca. Man mano che procedevo, l'abito elasticizzato le si stringeva addosso come una seconda pelle.

Sistemandole i ricci intorno alle spalle, scrutai il suo riflesso nello specchio. L'abito era un modello a portafoglio con maniche lunghe e una gonna leggermente svasata che le ricadeva ai piedi in una morbida cascata.

«Io... io non credo...» Si girò, e la parte superiore della coscia sbucò dal lungo spacco.

Quando parlai, la mia voce era roca. «Cosa non credi, Mimi?»

«Non è molto... professionale, vero?»

Deglutii. «Sei mozzafiato. E l'abito è appropriato per un galà come questo.»

«Non so.» Si morse il labbro.

Uscii dall'inquadratura e le scattai una foto. Con i denti che le catturavano il labbro inferiore e carnoso, in quell'abito era una mangiauomini.

Avvicinandomi di sbieco per ammirarla nello specchio, le passai una mano sulle costole, fino al fianco. Le paillettes erano ruvide e irregolari contro il mio palmo, ma la curva del suo corpo era irresistibile. Accarezzai la lunga linea della sua schiena, seguendo la cerniera lungo la spina dorsale e sopra l'arco dei suoi glutei.

Quando lei emise un mormorio di piacere, feci aderire il mio corpo alla sua schiena e le spostai i ricci da un lato. Le baciai il collo, e lei si abbandonò contro di me. D'impulso, alzai il telefono e ci scattai un selfie allo specchio, senza preoccuparmi di guardare lo schermo per vedere se ci avevo immortalati entrambi. Avvolsi l'altro braccio intorno alla sua vita e lo feci scivolare verso l'alto per coppaferle un seno, soppesandolo nel palmo. Scattai un'altra foto.

«Immagino… immagino che per te questo vestito sia il vincitore?»

La baciai salendo fino al lobo del suo orecchio. «Sei squisita, non importa cosa indossi.»

«Potrei indossare la felpa del college e i leggings, e sarei squisita?»

«Splendida.» Le mordicchiai il lobo dell'orecchio, e lei sussultò.

«Una delle tue maglie a serafino e i miei jeans larghi?»

«I tuoi jeans larghi?» Mi staccai dal lobo, momentaneamente distratto.

«I jeans comodi che metto quando ho il ciclo e sono gonfia.»

Le accarezzai la curva del ventre e giocai con l'apertura dello spacco appena sotto il suo fianco. «Adesso stai solo cercando di eccitarmi.»

«Non puoi essere serio.»

Catturai il suo sguardo nello specchio mentre facevo scivolare lentamente le dita all'interno dello spacco per accarezzarle la parte superiore della coscia. «Sei bellissima per me, sempre, Mimi. E i jeans larghi danno più spazio alle mie mani.»

Sfiorai la parte anteriore delle sue mutandine con il pollice, e lei ebbe un brivido.

«Slacciami. Voglio le tue mani su di me. Ora.»

«Sì, mi tesoro.»

Mi presi il mio tempo a far scorrere la cerniera lungo la sua schiena, baciando ogni centimetro di pelle che scoprivo. Quando la cerniera raggiunse la fine della sua corsa e il tessuto fruscìò sul pavimento, tenni la mano di Mimi mentre lei usciva dall'abito.

Doveva aver indossato il reggiseno senza spalline per provare l'abito con le spalle scoperte. Le si stringeva intorno alle costole, il ferretto che le contornava le curve inferiori dei seni. Sopra, i rigonfiamenti superiori traboccavano dalle coppe, mettendo in mostra la profonda valle in mezzo.

Non potei resistere. Infilai il naso in quella valle ed esplorai quelle colline di seta con la lingua. Solo dopo averle mappate, le misi una mano dietro la schiena per sganciare i quattro gancetti che lo tenevano chiuso. Mi presi il mio tempo, slacciando i ganci uno a uno. Quando le staccai l'indumento dalla pelle, c'erano dei solchi rossi dove le si era conficcato. Li baciai, li inumidii con la lingua, sperando di alleviare il dolore.

Lei gemette il mio nome.

Mi feci strada fino ai suoi capezzoli nello stesso modo in cui l'avevo fatta impazzire domenica notte, bagnandone uno per accarezzarlo e pizzicarlo con le dita mentre leccavo e mordicchiavo l'altro. Gemendo, lasciò cadere la testa all'indietro. La sua sensualità mi fece irrigidire il cazzo contro la gamba.

Sostenendole la schiena, adorai l'altare del suo seno, tracciandone le curve, leccando la sua pelle indurita. Quella notte, quella fantasia di donna era mia. Mia da compiacere, mia da adorare.

Il suo respiro si spezzò. «Sto… sto…»

Aspirai il suo capezzolo nella mia bocca, mordendo con decisione. Le sue gambe tremarono, facendo fremere il suo corpo tra le mie braccia. La tenni stretta durante la scossa, allentando la pressione ma senza interrompere il lavoro della mia bocca e delle mie dita.

«Chi ti sta facendo venire, Mimi?» ringhiai. Gesù, ero un bastardo avido. Ma avevo bisogno di sentire il mio nome sulle sue labbra.

«Sei tu. Sei tu, Mateo,» mormorò.

«Ho bisogno di te, mi vida.»

«Sì.» La parola terminò con un sospiro e un lamento avido.

La guidai verso il letto, spinsi gli abiti a terra e la feci sdraiare. Lentamente, le sfilai le mutandine lungo le gambe, soffermandomi sul punto di congiunzione per inalare il profumo della sua eccitazione nei miei polmoni.

Fissando il mio sguardo nel suo, mi tolsi la maglietta a

maniche lunghe. Poi slacciai il bottone dei jeans e li lasciai cadere a terra.

I suoi occhi si spalancarono. «Non porti le mutande?»

«Sei scandalizzata?»

«Sì.» Ma si strofinò le gambe l'una contro l'altra.

«Ah-ah,» la presi in giro, afferrandole le ginocchia e tirandole in fuori finché non fu spalancata davanti a me, luccicante e turgida. «Stanotte mi prenderò cura di te io.»

«Allora prenditi cura di me. Ho bisogno…»

La interruppi con una leccata attraverso la sua fessura. Le sue ginocchia tremarono nella mia presa.

«Preservativo.» Inclinò il mento verso il comodino, dove una ciotola di vetro bassa conteneva una manciata di pacchetti di preservativi colorati.

«Mi piace.» Ne afferrai uno. «Nessun bisogno di frugare nei cassetti.»

Un angolo della sua bocca si sollevò. «Puoi frugare nei miei cassetti quando vuoi.»

Finsi di sussultare. «Questa è la mia battuta, cariño.»

«No.» Fece un sorrisetto. «La tua battuta è: 'Quanto a fondo, piccola?'»

Grugnii mentre srotolavo il lattice e poi mi afferrai alla base. Se avesse continuato con quel tipo di discorsi, sarei venuto prima ancora di essere dentro di lei. Il sesso era il mio dominio, e dovevo riprendere il controllo. Appoggiando entrambe le ginocchia sul letto tra le sue cosce divaricate, sussurrai: «Non te lo sto chiedendo. Vado a fondo, piccola.»

Sollevandole i fianchi dal letto per posizionarla dove ne avevo bisogno, spinsi dentro con un'unica affondata. Trattenni il respiro finché i fuochi d'artificio davanti ai miei occhi non si diradarono. Quando guardai il suo viso, la sua bocca era spalancata in un'estasi beata.

«Gambe intorno alla mia schiena.»

Mi conficcò i talloni nella parte bassa della schiena, e strinsi la presa. Oscillai i fianchi contro di lei. «Così va bene?»

Aprì la bocca, ma non uscì nessuna parola. Una prima volta, con Mimi. Si leccò le labbra e ansimò: «Uh-huh.»

Mi ritrassi e affondai di nuovo, più a fondo che potevo, sfregando lo stomaco contro il suo clitoride. I suoi occhi si chiusero tremolando, e lei si strinse intorno a me. Alzai gli occhi al cielo per il piacere, la deliziosa compressione intorno al mio cazzo che creava un'eco di tensione nelle mie palle. Il piacere mi percorse la spina dorsale e si avvolse nel mio centro. Cazzo! Un giorno mi sarei preso il mio tempo con Mimi.

Oggi non era quel giorno.

Affondai altre due volte finché non fui in bilico sull'orlo. Appoggiai delicatamente il pollice sul suo clitoride e lo strofinai velocemente. «Vieni con me, Mimi.»

Emise un suono a metà tra un grido e un singhiozzo prima che i suoi muscoli mi stringessero. Vidi le stelle quando il mio orgasmo mi esplose dentro. Le gambe di Mimi tremavano. O forse a tremare ero io.

Ancora dentro di lei, la spinsi più in su sul letto finché non ci fu spazio per le mie ginocchia. Poi mi chinai su di lei, attento a non schiacciarla, e le baciai le labbra, le guance, la fronte. «Mi vida,» mormorai.

«Ho studiato latino al liceo, ma conosco quella parola dalla canzone di Ricky Martin. *Vida* significa vita. Stai dicendo che ti ho tolto la vita? Ucciso? La petite mort?»

Una risatina imbarazzata mi sfuggì, soffiando via i ricci umidi dalla sua tempia. «È un vezzeggiativo. Significa...» No, mi ero spinto troppo oltre per ritirarmi. «Significa che sei la mia vita.»

Si tirò su sui gomiti, quasi colpendomi il naso. «Cosa, tipo, 'finché morte non ci separi'?» La sua espressione di orrore mi avrebbe fatto ridere, se non mi avesse squarciato il petto e tolto il respiro.

Raccolsi abbastanza aria per dire: «È solo un modo di dire, sai? Come quando ti ho chiamata *piccola*, non intendevo dire che fossi letteralmente una neonata.» Nervoso, la osservai. Ci sarebbe cascata? O avrebbe visto attraverso la mia fragile scusa e mi avrebbe cacciato via come aveva fatto con ogni altro uomo dopo quel coglione di Byron?

Strinse gli occhi. «Teniamocelo per quando saremo davanti a Larissa.»

«Aspetta un minuto.» Afferrando la base del preservativo attorno al mio cazzo improvvisamente avvizzito, uscii da lei e mi diressi in bagno, con il cuore che mi martellava nel petto. Dopo aver gettato il preservativo e lavato le mani tremanti, mi infilai i jeans e la maglietta. Mimi mi guardava, ancora nuda e sudata sul letto.

Alla fine, mi sedetti sul bordo del letto e strinsi le mani per non farle vedere quanto tremassero. I miei polmoni, la mia gola, erano quasi troppo stretti per parlare. Controllando la voce meglio che potevo, dissi: «Questo fa parte della farsa per Larissa? Fare sesso fa parte del nostro appuntamento per il galà? *Questo* è tutto ciò che è?»

«No.» Si mise a sedere e mi posò una mano sul braccio. «Volevo solo dire che… che…» Appoggiò la testa sulla mia spalla, e ci volle tutta la mia forza per non toccarla. «Che mi ha spaventata un po'. Ho passato molto tempo concentrata sul mio lavoro e sui miei obiettivi. Avvicinarmi a qualcuno» — deglutì — «desiderarti, provare dei sentimenti per te, mi spaventa.»

Il mio cuore batté un colpo, si fermò, e poi ripartì a tutta velocità. «Provi dei sentimenti per me?»

Sollevò la testa e incrociò il mio sguardo. «Sì. Ci tengo a te.»

Il mio cuore scoppiò come un palloncino, facendo piovere coriandoli dentro di me. Le afferrai le spalle e baciai ogni parte del suo bellissimo viso. «Mimi, io… io…»

Non potei dirlo, non con l'avvertimento nei suoi occhi castani che si stavano raffreddando. Ma lo sentivo nel profondo.

La amavo.

23

MIMI

ERO GIÀ mezza sveglia quando il suono del citofono rimbombò dall'altra stanza. Era il primo sabato da un po' di tempo a quella parte in cui non avevo una riunione la mattina presto per il comitato del gala o, Dio non voglia, un matrimonio, ed ero troppo comoda nel mio letto per alzarmi, con le coperte rannicchiate sotto il mento.

E un uomo caldo alla mia schiena.

Il letto si mosse e io aprii gli occhi. Mateo si mise a sedere e mi rimboccò le coperte più strette intorno.

«Che stai facendo?» domandai.

«Vado ad aprire la porta.» Si alzò, ma invece di raccogliere i jeans da terra, camminò nudo fino alla porta della camera da letto, con i capelli non appiattiti e aggrovigliati come i miei, ma sexy e scompigliati come quelli di un modello di GQ. La sua erezione mattutina gli ballonzolava davanti.

«Aspetta, perché?»

«Ho ordinato caffè e colazione. Li faccio salire.»

Mi misi a sedere. «La consegna a domicilio è costosa. Ho del caffè, credo, e c'è una pasticceria a neanche sei isolati da qui. Perché...»

«Perché» tornò al mio lato del letto e mi baciò, un bacio morbido e persistente, «in questo modo possiamo fare colazione a letto. Nudi.»

Gli afferrai la mano. «Fare colazione... o qualcos'altro?» Sfregai le cosce l'una contro l'altra per contenere l'umidità che si stava raccogliendo lì.

«Aha. Ora capisci la saggezza del mio piano. Un morso di pasticcino, un morso di Mimi.» Mi mordicchiò il lobo dell'orecchio.

Il citofono suonò di nuovo. «Sai,» sussurrò, «se vivessi in un edificio più nuovo, avresti un'app per aprire la porta e potrei farti uno spuntino proprio adesso.»

«Anche gli edifici nuovi sono costosi. Torna presto.» Mi morsi il labbro. Potevo abituarmi a questo. Colazione a letto con un uomo che amava praticare sesso orale tanto quanto io amavo riceverlo? Al diavolo i miei programmi per il weekend.

«Due secondi.» La sua voce era un rombo basso.

Guardai il suo sedere tondo e nudo muoversi mentre spariva oltre la porta della camera da letto.

Alzai la mano per lisciarmi i capelli e trovai l'elastico di seta che usavo di notte per raccogliere i miei ricci impigliato tra le ciocche. Merda. Dovevo sembrare Medusa mentre Mateo pareva un tizio uscito dalla pubblicità patinata di un profumo.

Liberandolo, mi passai le dita tra i ricci per dare un po' di ordine al caos. Alitai nel palmo a coppa. Dovevo lavarmi i denti? Il pensiero di lasciare il nido caldo e confortevole del mio letto mi fece rabbrividire. Anche se, se fossi scesa su Mateo, l'ultima cosa di cui si sarebbe preoccupato sarebbe stato il mio alito mattutino.

Piano deciso, stavo sprimacciando i cuscini quando Mateo apparve sulla soglia, con il viso pallido. Si stringeva uno dei miei cuscini da divano grigi sull'inguine e un altro dietro il sedere nudo.

«Ehm, hai una visita.»

«Una visita?»

«C'è tua madre.»

«Cosa?» Sentii un formicolio alle guance mentre il sangue mi defluiva dal viso. «Adesso?»

Chiuse la porta dietro di sé. «Sì. Scusa, io...» Gesticolò verso il suo ventre coperto dal cuscino, e io sussultai immaginando la scena. Mia madre che, stanca di aspettare che le aprissi, entrava come se niente fosse con la chiave che era stato chiaramente un errore darle e trovava un estraneo nudo.

«Ha detto qualcosa?»

«Ha chiesto di parlare con te.»

«Merda.» Tirai su il culo dal letto e impiegai mezzo minuto per trovare delle mutandine, dei leggings e una felpa.

Più lentamente, Mateo raccolse i suoi vestiti dal pavimento. «Io resto...»

«Resta qui. Per ora. Per favore.» Gli diedi un bacio rassicurante sulle labbra.

Chissà cosa avrebbe detto mia madre. Non ero mai stata così sfortunata da farla capitare durante una delle mie avventure di una notte. Di solito, li rispedivo a casa ben prima dell'alba.

Uscii dalla porta e la chiusi delicatamente dietro di me. Mia madre era seduta sul divano, a gambe accavallate, con indosso pantaloni bianco ghiaccio e un maglione a righe blu e bianche. Aveva appoggiato il cappotto sul bracciolo del divano come se avesse intenzione di restare un po'.

«Giorno, mamma. Cosa ci fai qui?»

Si alzò e mi baciò sulla guancia. «Che razza di saluto è questo per tua madre, quando non rispondi ai miei messaggi o alle mie chiamate da una settimana?»

«Scusa. Volevo farlo. Ma sono stata così impegnata con il lavoro e la fondazione...»

«E con l'uomo nudo e sexy?»

«Sì. Anche con lui. Perché sei qui così presto?»

«Te l'ho detto. Volevo assicurarmi che non fossi morta sul pavimento, con il corpo divorato dai topi. Ma vedo che qualcuno di molto più piacevole stava mangi...»

«Mamma!»

«Il tuo bagliore post-sesso è assolutamente osceno.» Il suo sorriso si allargò. «Sono così felice per te.»

«Mamma!»

«Cosa? Odio pensarti tutta sola in questo appartamento. Sono contenta che tu ti stia godendo la tua libertà sessuale.» Trasalì. «È questo il tuo *nuovo uomo occasionale?*»

Il mio stomaco si rivoltò, e non nel modo gioioso in cui lo faceva quando Mateo mi baciava. «Se non ti dispiace, preferirei non discutere della mia libertà sessuale con te.»

Lei scrollò le spalle. «Come vuoi. Ero un po' distratta dal suo grosso affare, ma credo di ricordare che hai detto che è un parente di Cooper?»

Mi coprii le guance accaldate. «Perché non ve li presento?»

«Sarebbe adorabile. Digli che non deve vestirsi per causa mia.»

«Che schifo, mamma.»

Tornai in camera da letto, dove Mateo era seduto, completamente vestito, sul piumone. Aveva rifatto il letto e raccolto i vestiti che avevo gettato sul pavimento. Giocherellava con l'anello al dito.

Mi prese la mano. «Mi dispiace, mi tesoro.»

Gli strinsi la mano. «Va tutto bene. Vieni a conoscere mia madre.»

Annuì come se gli avessi chiesto di mettersi davanti a un plotone di esecuzione.

Mi seguì dalla camera da letto al divano. Mamma rimase seduta, scrutandolo dalla testa ai piedi.

«Mamma, questo è Mateo Rivera. Ricordi che ti ho detto che ci frequentiamo? È il cugino di Cooper.»

Lei gli tese la mano, e per un secondo pensai che lui si sarebbe chinato a baciargliela come un principe in un film, ma gliela strinse soltanto.

«Mateo, questa è mia madre, Jeannie Levy.»

«Mi scusi per prima,» disse lui, lasciandole la mano. «Di solito cerco di fare una prima impressione migliore con la madre della mia ragazza.»

Entrambi mi fissarono quando rimasi a bocca aperta. *Ragazza?* No. Non eravamo *assolutamente* a quel punto. Certo, avevo infranto la mia regola del "mai due volte" per lui, e avevo persino ammesso di provare qualcosa, ma *ragazza?* Non ero pronta per quello. Non con lui. Non con nessuno.

«Non dobbiamo fingere per mia madre.» L'avrei fatta giurare di non rivelare mai la verità davanti a Ben o a Cooper. E mia madre, avvocato, forse non capiva i limiti, ma di riservatezza ne sapeva qualcosa.

«Fingere?» Aggrottò le sopracciglia.

Il citofono suonò e mamma si alzò. «Vado a vedere chi c'è di sotto. Vi lascio un minuto, ragazzi.»

Chiuse la porta dell'appartamento dietro di sé.

«Mimi, io… che c'è?» Mi prese entrambe le mani con delicatezza, come faceva quando ballavamo. Mi massaggiò il dorso delle mani con i pollici, disegnando dei cerchi.

«Non c'è niente. Solo… non mi aspettavo che incontrassi i miei genitori. Non ero preparata a fornire una versione dei fatti.»

«Una versione dei fatti?» Sorrise, mostrando una fossetta. «Sembra più complicato di quello che è. Ci frequentiamo. Andiamo a letto insieme. Io non vedo nessun'altra. Quindi sei la mia ragazza.»

«Detto così *sembra* semplice. Ma…»

«Niente ma. Spegni quel tuo cervellone per un minuto e lasciati andare. È una bella sensazione, no?» Mi tirò più vicino e portò le nostre mani unite dietro la sua schiena, così che lo abbracciai. No, era più come se mi fossi drappeggiata su di lui. Come burro su una pannocchia calda.

«S-sì.»

«Siamo semplici, tu e io. Mi piaci. Molto.» Mi baciò le labbra, un bacio leggero e dolce. «E io piaccio a te.» Sollevò le sopracciglia.

Esitai solo un momento. L'avevo già ammesso. A lui e a me stessa. Annuii.

Le sue spalle si abbassarono. «Bene. Allora basta finzioni. Tu sei la mia ragazza. E io sono il tuo uomo.»

Prima che potessi rispondere, mamma aprì la porta ed entrò con un paio di caffè e un sacchetto di pasticcini. «La colazione è arrivata.»

«Ah.» Mi baciò sulla guancia prima di lasciarmi le mani. Prese il cibo e le bevande da mia madre. «Trasformerò una colazione per due in una colazione per tre mentre voi signore vi rilassate.»

Mamma inarcò le sopracciglia e si rimise a sedere sul mio divano. Guardò Mateo entrare nella mia cucina, poi batté la mano sul cuscino accanto a sé.

Io mi ci lasciai cadere.

«Allora?» chiese.

«Allora?»

«Parlami del tuo *ragazzo*.»

«Non usiamo quel termine. Come ti ho detto, è una cosa nuova.» Nuova di pochi minuti.

«E?»

«È una cosa bella? Credo? Andremo al gala insieme. Mi sta insegnando a ballare.»

«È così che lo chiamano adesso?»

«Mamma!» Lanciai un'occhiata alla cucina. La mia caffettiera sibilava. Stava sentendo questa conversazione umiliante?

«Mi piace. E non solo perché ha un pisello enorme, da riproduzione. Immagino sia troppo sperare che sia ebreo?»

«Mamma! No! Non è così. Non faremo nessun bambino insieme. E poi, mi dici sempre di concentrarmi sulla mia carriera. Non sugli uomini.»

«Da dove arriveranno i miei nipotini? Ben mi ha dato un nipotino a quattro zampe. Non posso portare un nipotino a quattro zampe allo zoo. Non ci sarà nessun bris, nessun bar mitzvah per Coco. Conto su di te, Mimi.»

«Ma la mia carriera? E il dover dimostrare quanto valgo? E

l'intelligenza, la determinazione e la sicurezza?» Quand'è che a mia madre era venuta la febbre dei nipotini?

«Con il partner giusto, puoi fare tutto. Prendi me e tuo padre, per esempio. Ho la carriera che ho perché lui mi ha aiutata. Passava tempo con voi ragazzi mentre io facevo le ore in ufficio. Forse ci ho messo un po' a capirlo, ma vedere Ben essere di supporto a Cooper me l'ha ricordato. Penso che Mateo potrebbe essere così per te.»

Come a dimostrare la sua tesi, emerse dalla cucina con un piatto e una tazza di caffè. Posò il piatto sul mio tavolino.

Porse la tazza a mamma. «Ci mette latte? Dolcificante? Mimi ha finito lo zucchero e la panna.»

Se avesse annusato il latte, probabilmente avrebbe riferito che avevo finito anche quello.

«No, nero va benissimo. Grazie.»

«Lo faccio forte, quindi mi faccia sapere se cambia idea.» Tornò in cucina.

Mateo voleva essere un attore non protagonista per il mio ruolo da protagonista? No, non era così che funzionavano le cose. Ben aveva la sua vita, separata da quella di Cooper. Aveva la sua carriera, con la sua nuova fondazione. Persino mio padre aveva la sua attività di tutoraggio.

Mateo voleva qualcosa. Forse tutto l'aiuto che mi aveva dato significava che aveva a che fare con il gala o la fondazione. Forse voleva una posizione lì, e contava su di me per dargliela una volta diventata vicedirettrice. E a me andava bene, purché non fosse la mia posizione quella che voleva.

Quello aveva senso. Era così che funzionava il mondo. Essere la ragazza di Mateo non era troppo diverso dalle mie avventure di una notte. Ci davamo piacere a vicenda e godevamo della reciproca compagnia. Era semplice, transazionale, reciproco. Certo, tenevo a lui, ma non avevo bisogno di coinvolgere ulteriormente i miei sentimenti, non... non *l'amore*, come avevo pensato di provare con Byron.

L'amore mi rendeva vulnerabile, mi annebbiava la vista.

L'amore mi aveva già fatto perdere una promozione. Non potevo permettere che accadesse di nuovo. Non quando c'era ancora una possibilità che i miei obiettivi fossero a portata di mano.

Il mio professore di economia al college diceva che non esisteva un investimento a basso rischio e alto rendimento. L'avevo appena trovato in Mateo?

Entrò dalla cucina con altre due tazze e tre piattini e forchette. Li posò sul tavolino da caffè e si sedette sulla poltrona più vicina a me. «E ora banchettiamo.»

Aveva tagliato ogni pasticcino in tre pezzi, e aveva preparato un'omelette, anch'essa tagliata in tre pezzi.

«Grazie, Mateo,» disse mamma. «Non dovevi disturbarti.»

«È un piacere.» E ci colpì entrambe con la sua combinazione a doppia canna di rossore e fossetta.

Mamma non disse un'altra parola. Sperai che non stesse svenendo come me.

Mangiando la colazione che aveva evocato dalla mia cucina desolata in meno di dieci minuti, ero sicura al sessantasei per cento che lei avesse ragione. Che Mateo fosse proprio l'uomo di cui avevo bisogno.

———

LUNEDÌ MATTINA PRESTO, Mateo usò una mano per infilare la sua Jeep nella zona di divieto di sosta davanti all'edificio della Synergy. L'altra sua mano stringeva la mia.

Aveva avuto le mani dappertutto su di me, aveva a malapena smesso di toccarmi per tutto il weekend. Be', da quando avevo messo mamma alla porta sabato mattina tardi. Eravamo andati a casa sua, e io ero rimasta da lui sabato notte. Anche se il suo letto era molto più spazioso del mio, che non sembrava abbastanza grande per la sua stazza imponente, aveva dormito rannicchiato dietro di me, la sua grossa mano incastrata tra i miei seni come se gli appartenessero. Domenica notte, di nuovo a casa mia, non ero sicura che avessimo dormito molto. Riuscivo a vedere il fondo della mia ciotola di preservativi.

Se lasciare che Mateo mi chiamasse la sua ragazza significava sesso favoloso più volte al giorno, ne vedevo decisamente i benefici. Il suo roco *Tu sei la mia ragazza e io sono il tuo uomo* avrebbe fatto arricciare le dita dei piedi persino a Gloria Steinem. Ero salita al cento per cento sul treno del sesso-con-Mateo.

Anche la fastidiosa vocina — un'eco di quella di mia madre — si era zittita. La voce che mi diceva che dovevo guadagnarmi l'affetto e il rispetto. Che quello che Mateo mi offriva non era reale, che non poteva davvero tenere a me, e che ero una stupida a lasciarlo distrarre dai miei obiettivi. Avevo chiuso quella voce fastidiosa in una scatola nel profondo di me.

Il sesso non era stata l'unica parte fantastica del mio weekend con Mateo. Sabato pomeriggio, quando gli dissi che dovevo scendere nel seminterrato del palazzo per fare il bucato, mi aveva portata a casa sua per farlo usando le macchine nella dependance. Disse che voleva controllare come stava Roger, ma Ben l'avrebbe fatto. Quando gli antistaminici che avevo preso per precauzione mi resero così sonnolenta da addormentarmi sul suo divano, Mateo aveva piegato il mio bucato con molta più cura di quanto avrei fatto io.

La sua voce mi strappò dalla mia rapsodia su magliette piegate in modo impeccabile. «Perché vi riunite sempre così presto?»

«È colpa mia, per lo più. Io lavoro durante il giorno, quindi dobbiamo incontrarci fuori dall'orario di lavoro. Natalie a volte ha impegni la sera, quindi ci incontriamo prima di lavorare.»

Annuì. «E perché vi incontrate alla Synergy?»

«Per un paio di motivi. La fondazione non ha ancora una sede fisica…»

«Vuoi dire che Larissa non ha ancora mosso il culo per sceglierne una.»

«Non è proprio giusto. Sta facendo risparmiare i soldi dell'affitto alla fondazione.»

«Questa è la mia Mimi. Sempre così parsimoniosa.»

«Parsimoniosa è un bel modo di dirlo. Ben dice che sono più tirchia del vino del discount.»

«Non c'è niente di tirchio in te, mi tesoro.» Si sporse oltre la console per sfiorarmi le labbra con un bacio.

Rabbrividii e lo baciai a mia volta. Potevo davvero abituarmi a questa storia del ragazzo.

Come se mi avesse letto nel pensiero, sorrise. Ma disse: «E l'altra cosa?»

«Quale altra cosa?»

«L'altro motivo per cui vi incontrate qui, alla Synergy.»

«Oh. I bagel gratis.»

«Ora mi hai convinto. Ti accompagnerò dentro come un bravo ragazzo e arrafferò un bagel.»

«In realtà… ti dispiacerebbe non entrare?» Sussultai anche solo nel dirlo, anticipando lo sguardo ferito sul suo viso. Continuai di fretta. «Hai aiutato molto con il gala, e lo apprezzo davvero. Lo apprezziamo tutti. E se vuoi una posizione alla fondazione, sarò felice di aiutarti una volta ottenuto questo lavoro. Ma ora ho bisogno che Larissa veda il mio lavoro. E tu sei un po'… una distrazione.»

«Ah.» Si tirò indietro e la sua espressione si schiarì. «Larissa è come una gazza, attratta dalle cose nuove e luccicanti. Non apprezza il tesoro che ha già nel suo nido.»

Volevo dirgli di smetterla di riferirsi a me come a un tesoro. Le donne adulte e vaccinate non provavano brividi quando gli uomini si riferivano a loro come a qualcosa da accumulare.

Ma lo adoravo.

«Grazie per aver capito.»

«Certo. Stai lì, cariño. Prendo la tua borsa e ti apro la portiera.»

Sgattaiolò fuori dal posto di guida, e io lo feci davvero. Aspettai che mi aprisse la portiera. Come una specie di principessa o una celebrità sul tappeto rosso. Chi ero io, e dov'era finita la Mimi indipendente e "fanculo il patriarcato"?

Forse era nella scatola con quella voce fastidiosa.

Mi aprì la portiera, la borsa del laptop a tracolla. Mi strinse la mano mentre trovavo il predellino con le dita dei piedi e saltavo giù sul marciapiede.

Mateo non si limitò a passarmi la borsa. No, mi tenne ferma mentre mettevo piede sul marciapiede. Mi sistemò i lembi del cappotto e si chinò per baciarmi sulla guancia.

«Posso vederti stasera?» mi sussurrò all'orecchio.

«Io… Ok. Non lavori?»

«Faccio il turno di giorno questa settimana. Stacco alle sette. Posso portarti la cena?»

«O potrei raggiungerti a casa tua?» Il letto gigante di Mateo era molto più comodo per noi due.

Tirò fuori il telefono dalla tasca e picchiettò sullo schermo. Un secondo dopo, il mio telefono vibrò nella borsa. «Perché non ci vai subito dopo il lavoro?»

Controllai il telefono. «È il tuo codice della porta?»

«Ti ho vista lanciare occhiate alla vasca. Fatti un bagno mentre mi aspetti.»

Forse avevo fantasticato su quella vasca gigante, specialmente con il nuovo dolore tra le gambe. Avrei preso dei sali da bagno sulla strada. Allungandomi in punta di piedi, lo baciai. «Mi piacerebbe.»

«Prima il campo da golf e ora davanti al tuo posto di lavoro? Davvero, Miriam.» Una voce gelida mi ghiacciò il sangue nelle vene.

Sfoggiando un sorriso insipido sulle labbra, mi voltai. «Buongiorno, Larissa.»

«Buongiorno, Miriam. Mateo.»

Non mi sfuggì come la sua voce divenne liscia come la seta quando pronunciò il nome di lui.

Non doveva essere sfuggito neanche a Mateo. Le sue braccia mi avvolsero, stringendomi forte contro il suo corpo. «Buongiorno, Larissa. Com'è andato il fine settimana?»

«Bene. Intenso. Sai, con tutta la pianificazione del gala.»

La gola mi si strinse. «Aspetta. Pensavo avessimo organizzato tutto. Non avevi bisogno del mio aiuto?»

«No, no.» Mi liquidò con un gesto della mano guantata di pelle. «Me ne sono occupata io. Ho solo bisogno che tu faccia i rimborsi.»

«Ma sarei stata felice di aiutare,» dissi.

«Ho provato a chiamarti sabato pomeriggio, ma non hai risposto al telefono.»

Maledetto pisolino. Avevo distolto lo sguardo dalla palla per un secondo e, all'improvviso, Larissa non aveva più bisogno di me. Il viso mi bruciava, ma cercai di mantenere un tono di voce leggero. «Ok, mi faccio dare le ricevute dentro.»

«Mateo,» la voce di Larissa era dolciastra fino alla nausea. «Hai tempo di unirti a noi? Mi farebbe comodo il tuo parere sulle decorazioni.»

Mi strinse le spalle. «Mi dispiace, sto andando al lavoro.»

«Che peccato. Potremmo davvero usare la tua prospettiva.»

«Mimi ha una buona prospettiva. Sono sicuro che può aiutare.»

Il labbro di Larissa si arricciò. «Miriam è brava con i numeri. Non con l'estetica. Che ne dici se le mando le scelte via email e lei te le mostra più tardi?»

«Immagino che possiamo guardarli insieme?» Cercò la risposta sul mio viso.

Mi liberai dalla stretta di Mateo. Un conto era che lui mi aiutasse. Un'altra era che Larissa si affidasse a lui invece che a me. Un altro indizio che non ero la sua candidata principale per il posto di vicedirettrice.

Larissa lo confermò con le sue parole successive. «Se solo avessi esperienza di contabilità, saresti il pacchetto completo, Mateo. Che ne dici se ti mando le opzioni via messaggio? Poi ti chiamo stasera e ne discutiamo?»

Aveva il suo numero? Inspirai aria fredda attraverso le narici. Che. Diavolo. Aveva bisogno del suo aiuto e non del mio, *e* lui le aveva parlato alle mie spalle? Era Byron da capo. Il dolore acuto al petto era un segnale che avevo fatto lo stesso errore che avevo fatto con lui. Mateo era una distrazione, e il mio sogno di una posizione retribuita alla fondazione stava implodendo proprio qui, sul marciapiede davanti al mio posto di lavoro. Nonostante quello che mi ero promessa, mi ero presa una cotta, oltre al sesso fantastico.

Quella voce esplose fuori dalla sua scatola. *Cosa hanno mai fatto i sentimenti per te? Fidati della tua intelligenza, della tua determinazione e della tua sicurezza.*

Mi sbattei le mani gelide l'una contro l'altra come se potessi scrollarmi di dosso i sentimenti. Mi concentrai su di esse e non sul viso di Mateo. «Sai una cosa? Non credo di potercela fare stasera. Ho un sacco di cose da recuperare dal weekend.»

«Ma…»

«Ci vediamo dentro, Larissa.» Tesi la mano per la mia borsa e, dopo una breve esitazione, lui me la diede.

«Ciao, Mateo.»

«Mimi, aspetta.»

Lanciai la mano in aria in un saluto all'indietro e marciai verso l'ingresso dell'edificio. Avevo del lavoro da fare. Obiettivi da raggiungere. E non avrei lasciato che Mateo o i suoi nomignoli affettuosi, i suoi muscoli, la sua abilità amatoria superiore o la sua cucina a cinque stelle mi intralciassero.

Byron mi aveva già resa ridicola una volta. Non avrei permesso che accadesse di nuovo.

24

MIMI

ERO SOLA nel mio appartamento quella notte, stavo finendo il budget definitivo per il gala, quando lo schermo del portatile lampeggiò e diventò nero. La mia mano andò automaticamente a smuovere il cavo, ma non c'era. E in un lampo di frustrazione capii dove l'avevo lasciato.

A casa di Mateo.

Stavo lavorando ai fogli di calcolo per la fondazione sul suo divano nel tardo pomeriggio di sabato, dopo il mio pisolino, quando lui mi aveva baciato la nuca. Un bacio innocente all'inizio, ma poi era sceso lungo la spalla, e il lavoro, per quel giorno, finì lì.

Aveva solo controllato che avessi salvato, prima di chiudere lo schermo, staccare il cavo che attraversava il divano, poi mi aveva adagiata e mi aveva fatto il miglior sesso orale della mia vita.

Il secondo miglior sesso orale? Anche Mateo. E il terzo. Sul podio olimpico del cunnilingus occupava oro, argento e bronzo.

Dovevo immortalarlo così. Come Han Solo nella carbonite, congelato all'istante con la testa tra le mie cosce.

Non potevamo andare avanti. Non quando Larissa pensava che fossimo una coppia e potesse arruolare Mateo in lavori gratuiti ogni volta che volesse. Quando in realtà voleva lui invece di me.

Ero stata ridicola stamattina, quando avevo pensato che Mateo mi stesse pugnalando alle spalle per rubarmi il posto di vice direttrice. Non era come Byron. Non voleva quel posto, e per quanto Larissa lo gradisse, non era qualificato. Jackson non l'avrebbe mai approvato.

Ma sarei ancora stata in lizza per il lavoro senza l'aiuto di Mateo?

Probabilmente no. E questo mi pizzicò la pelle in un modo molto diverso da quello in cui faceva il sesso orale di Mateo.

In un modo che mi ricordò come mi ero sentita quando i capi mi avevano detto che la promozione l'avevano data a Byron.

Fissai il mio riflesso sullo schermo morto del laptop. Volevo il lavoro alla fondazione più di ogni altra cosa. Ma non mi stavo comportando di conseguenza. Avevo lasciato calare il mio rendimento. Ora, almeno agli occhi di Larissa, la parte migliore di me era che arrivavo come pacchetto insieme a Mateo. In un certo senso, mia madre aveva ragione sui vantaggi di avere un aiutante.

Ma io non lo volevo. Volevo brillare da sola. Non con la luce riflessa di Mateo.

E c'era un solo modo per farlo, per dimostrare che meritavo il lavoro per i miei meriti.

Dovevo chiuderla. La relazione vera e quella finta.

Un peso mi sprofondò nel petto. Ci sarebbe rimasto male. Diamine, anch'io. Quei miei sentimenti appena nati già gridavano al pensiero di ciò che stavo per fare.

Forse potevamo restare amici. Anche se, dopo quello che avevamo fatto insieme, come avrebbe funzionato?

Nel mio riflesso sullo schermo scuro, l'ostinata piega delle labbra mi disse che no. Ogni volta che l'avrei visto, avrei ricordato quanto era stato gentile, quanto premuroso. Quanto bella mi aveva fatta sentire.

Sfiorai lo schermo del telefono per riattivarlo e aprii la foto. Quella che aveva scattato a me con l'abito di paillettes rosa. Una delle sue mani enormi teneva il mio telefono per riprenderci nello specchio, e l'altra era aperta con rispetto sulle mie costole.

Tenersi il pollice sospeso sull'icona elimina. Avrei dovuto davvero sbarazzarmene. Buttarla via insieme a questi irritanti sentimenti.

Invece, chiusi l'app foto con uno swipe. Un giorno sarei stata abbastanza forte da usarla come promemoria di come mi ero lasciata fuorviare dalle emozioni.

Un giorno in un futuro molto lontano. Tipo, quando sarei stata vecchia e grigia e avrei guidato un'auto volante.

Per ora, io e Mateo saremmo tornati a essere conoscenti, incastrati nella cerchia sociale di Ben e Cooper, sempre un po' troppo attenti l'uno con l'altra.

Chiusi di scatto il laptop per non dover guardare le mie labbra che si incurvavano all'ingiù a quell'idea.

Presi il telefono. Avrei potuto chiamare Ben e chiedergli di portarmi il caricatore. Ma quella era la via dei codardi, e io non ero codarda. L'avrei ingoiata, avrei ripreso il cavo e avrei troncato la cosa.

Facendo leva, mi sollevai dal divano, cambiai i pantaloni da casa con un paio di jeans e, con riluttanza, mi rinfilai il reggiseno. Mi infilai in un dolcevita nero. Niente più baci distratti sul collo.

Le paillettes rosa mi strizzarono l'occhio dall'armadio. Dovevo rimborsare Mateo anche per il vestito. Aveva rifiutato i miei soldi nel weekend, ma dato che non saremmo più usciti insieme, non potevo lasciar correre. Avrei usato un'app di pagamenti. Così non avrebbe potuto rifiutare.

Picchiettai sotto gli occhi con la punta fredda delle dita per fermare il bruciore. Non era il caso di presentarmi con gli occhi rossi e il naso che colava. Mi avrebbe consolata e addio risolutezza. Tirando su col naso, mi concentrai su ciò che dovevo fare. Riprendere il cavo da Mateo. Pagargli il vestito. Lasciarlo. Se lo consideravo come tre voci di una lista di controllo, non era poi così terribile.

Mi misi una giacca e afferrai la borsa e l'abbonamento dell'autobus. Pensai di prendere un'auto, ma avevo bisogno del rito di andare a piedi fino alla fermata, mostrare la tessera. Avevo bisogno del sedile di plastica duro, delle luci interne abbaglianti, degli sguardi sospettosi degli altri passeggeri per non sciogliermi in una pozza di emozioni.

Raggiunsi a passo svelto la mia fermata, con le spalle incassate nel freddo. Le emozioni. Erano l'ultima cosa di cui avevo bisogno. Focus. Spinta. Una determinazione fredda, di ghiaccio, mi avrebbe dato ciò che desideravo più di ogni altra cosa.

Cioè il posto di vice direttrice.

E per ottenerlo, mi servivano il mio caricatore e un'agenda sociale vuota.

Quando arrancai su per la collina fino alla villa di Cooper, ero riuscita a impacchettare quelle fastidiose emozioni e a spingerle in un angolo profondo e buio del cuore. L'aria pungente gelò le lacrime dentro i dotti, dove dovevano stare.

Percorsi a marcia spedita il vialetto illuminato e attraversai le lastre fino alla dependance. Bussai alla sua porta. Erano ben oltre le sette, quindi doveva essere a casa. Non concessi neppure un pensiero alla sua proposta di aspettarlo nella sua elegante vasca idromassaggio.

Okay, gliene concessi uno, pieno di desiderio, mentre il freddo mi pizzicava le guance.

Quando Mateo aprì la porta, un profumo da acquolina di carne, patate e spezie uscì in una nuvola. Mi si arricciò nelle narici e mi fece cenno di entrare.

Respirando con la bocca per resistere all'aroma delizioso, dissi al suo petto: «Ciao. Posso entrare? Ho lasciato qui il mio caricatore questo fine settimana.»

Solo allora feci scorrere lo sguardo dal centro della sua T-shirt fino al viso, che mi accolse con un sorriso.

«Entra pure», disse. «E resta a cena. Ho cucinato per due.»

«No, grazie.» Inghiottii la saliva che mi si era accumulata quando aveva detto «cena». Ero stata talmente presa dai miei fogli di calcolo dopo il lavoro da dimenticare di mangiare. «Solo il caricatore.»

Quando si fece da parte, sgusciai accanto a lui, cercando di non respirare il suo odore, di non sfiorare il suo petto caldo e duro.

Cercai il caricatore ma non lo vidi nella presa dove ricordavo di averlo lasciato.

«Io, ehm, ho dovuto raccoglierlo. Roger l'ha trovato.» Andò alla libreria a muro e prese il cavo arrotolato da uno scaffale alto. Me lo tese e, certo abbastanza, c'erano minuscole impronte di dentini da gattino sulla plastica.

Passai le dita sopra le incisioni. «Sembra che non sia riuscito a rosicchiarlo fino in fondo.»

«No.» Rise mentre si passava la mano tra i capelli, e io cercai di non fissare i suoi tricipiti. «Sono stato felice di non tornare a casa e trovare un gattino fritto. Deve aver trovato qualcos'altro con cui giocare. Ha capito come aprire i cassetti, lo sai.»

«In che cosa si è cacciato?» Infilai il caricatore nella borsa.

«Cassetto dei calzini. Li piego a palline e, be', la mia camera sembrava un campo dopo la pratica di battuta.»

Non ci potei fare niente. Scoppiai a ridere. «Roger,» chiamai. «Vieni qui, gattaccio.»

Il suo campanellino tintinnò ed eccolo che correva dal corridoio delle camere. In appoggio sulle zampe posteriori, affondò gli artigli anteriori nei miei jeans. Mi misi la borsa sotto il braccio, lo raccolsi e lo cullai tra le braccia. Gli strofinai un dito contro la guancia e lui fece le fusa. Ma quando ricordai che dovevo dirgli addio, il calore nel petto si raffreddò.

«Le tue allergie», disse Mateo. «Hai preso la medicina?»

«No.» A malincuore, poggiai Roger a terra. «Non mi fermo a lungo.»

Le sue labbra carnose si piegarono all'ingiù. «Non ti fermi?»

«No. Questa—questa—» Strinsi la borsa contro il fianco. Avevo spuntato una voce dalla lista; ora era il turno della successiva. «Questa non può funzionare. Io e te.»

Il suo petto si sollevò e poi si sgonfiò, arrotondandogli le spalle. «Lo so.»

«Lo sai?» Forse non sarebbe stato così difficile come pensavo. Forse anche lui credeva che fossimo mal assortiti. Ignorai la fitta acuta dietro lo sterno.

«L'ho sempre saputo.» Ma non incrociò il mio sguardo mentre si chinava a prendere Roger e lo stringeva contro il petto.

Dandomi la schiena, incurvò le spalle attorno al micetto e abbassò il capo. E all'improvviso era un bambino, abbandonato dalla madre. Un ragazzo, solo accanto al letto d'ospedale del padre. E ora io ero quella che lo stava abbandonando.

«Mateo, io—» Toccai la sua schiena e, quando sobbalzò, ritirai la mano di scatto.

Determinazione fredda. Con quella ero venuta qui. Ma la curva della sua schiena la sciolse.

Qualcosa spuntava da sotto la manica della sua T-shirt. Una fasciatura? Si era fatto male? Senza toccarlo, gli sollevai la manica. Una toppa quadrata gli aderiva alla pelle dell'interno braccio, più chiara della sua abbronzatura.

«Un cerotto alla nicotina? Stai smettendo?»

Le sue spalle scesero di un soffio. «Ci sto provando. Davvero stavolta.»

Inghiottii. «Per me?»

«No.» Si voltò verso di me. «Per me. Per la mia salute. Ma anche… anche per te.» Un lato della bocca gli si piegò in un mezzo sorriso triste.

Stava smettendo di fumare, qualcosa che faceva da anni, qualcosa che lo legava a suo padre, solo perché io lo detestavo. Nessuno aveva mai fatto un cambiamento di vita del genere per me. Le parole mi si seccarono in gola. Gli riabbassai la manica e lasciai indugiare per un momento i polpastrelli sulla superficie liscia del cerotto.

Non aveva fatto altro che cercare di aiutarmi. Dalla notte al bar, quando mi aveva salvato il culo ubriaco da potenziali predatori sessuali, alla riunione della fondazione, quando aveva ammorbidito Larissa, ai pasti che cercava sempre di farmi mangiare, aveva sempre lavorato per me. Mai contro di me. Non come Byron. Non era colpa sua se Larissa provava ad approfittare del modo evidente in cui teneva a me.

Feci scivolare la mano sul suo pettorale duro e la posai sullo sterno, dove batteva il suo cuore gentile. Roger avvicinò la minuscola testolina al lato della mia mano, lottando per stare più vicino a quel simbolo pulsante della dolce bontà di Mateo.

«Mi dispiace», dissi. «Mi perdoni?»

«Certo. Anche se non c'è niente da perdonare. Io cap—»

«No.» Feci un passo avanti finché non fummo punta contro punta. «Per quello che ho detto. Non lo pensavo. Non davvero.»

«Tu—tu non vuoi lasciarci?»

«No.» Merda, avevo infranto il suo cuore fragile. Non meritavo il suo perdono. «Non a meno che non lo voglia tu.»

Fermò le mie parole con un bacio, duro ed esigente. Io mi aprii e lo lasciai entrare. Lasciai che facesse ciò che voleva. Potevo concedergli quello, dopo le mie parole crudeli di stamattina e di poco fa.

Roger si raccolse e saltò a terra con un miagolio infastidito. Con le mani libere, Mateo mi cinse con le braccia e mi strinse al petto. Il suo cuore batteva all'impazzata, diversamente dal ritmo lento e facile su cui mi ero addormentata la notte precedente.

«Ho pensato di averti persa.»

«Mi dispiace», mormorai contro il cotone morbido che si tendeva sul suo cuore impazzito. «Mi dispiace.»

«Prima il cibo, o…?»

«O.» Gli graffiai la schiena con le unghie nel modo che gli piaceva. «Decisamente o.»

«Camera da letto.» Mi afferrò la mano e mi ci condusse. Lungo la strada, lanciai la borsa sul divano.

Dentro la camera, qualcosa ronzava, come se avesse lasciato accesa la ventola del bagno. Mateo non le degnò neppure un'occhiata, tutto concentrato su di me. Camminò all'indietro finché le ginocchia non gli urtarono il letto, poi mi tirò a sé. «Miriam,» sospirò all'orecchio mentre mi tirava su il dolcevita oltre la testa.

Dopo una breve, affannosa lotta, me ne liberai. Lui lo buttò a terra, dove atterrò accanto a qualcosa di azzurro brillante che tintinnò contro il pavimento.

Prima che scendesse sul mio collo, socchiusi gli occhi. «Che cos'è quello?»

Mi prese i seni a piene mani sopra il reggiseno. «Cosa?»

«Quello. Per terra.» Era di plastica o silicone, meno di trenta centimetri e un paio di centimetri di diametro. Un'estremità si assottigliava e l'altra si allargava. Sembrava quasi un—

Sussultò e ci saltò sopra. «Niente.» Lo infilò nel cassetto aperto del comodino e lo chiuse di colpo.

«Sei sicuro?» Una risata mi ribollì nel petto. «Perché sembrava proprio un—»

«Roger deve aver pensato che fosse un gioco. Cioè, uno dei suoi giochi. E—e—l'ha acceso.» Rimise la mano nel cassetto e il ronzio cessò.

Non mi toccò. Si era irrigidito, freddo.

«Sai che mio fratello è gay, vero? Non che la tua sessualità abbia bisogno del mio timbro d'approvazione. Ma perché non me l'hai detto dei tuoi giocattoli? Io avrei potuto...» Anche se aveva smesso di annunciare la sua presenza, il dildo nel cassetto attirava la mia attenzione.

«No, no, non lo farei.»

«Non cosa?» Misi le mani sui fianchi. «Non vorresti chiedere ciò che desideri?»

«No, io...»

«Mateo.» Allungai la mano oltre lui e tirai fuori il dildo. Era pesante nella mia mano, ma mi piaceva come la base curva si annidava nel palmo. «Spogliati.»

Gli si spalancarono gli occhi e si inumidì le labbra con la lingua. Poi, piano, si portò le mani dietro al collo e si tolse la maglietta. La lasciò cadere a terra accanto alla mia. Poi esitò.

Mi presi un momento per ammirargli il petto, muscoloso e

asciutto. Gli passai un dito tra i ricci elastici fra i pettorali. La pelle gli si increspò di brividi. Le dita gli si contrassero ai fianchi, ma non si mosse per toccarmi.

«Bravo ragazzo.» Mi sporsi e gli leccai il capezzolo, poi lo succhiai in bocca e lo morsicai piano. Lasciandolo andare, lo guardai da sotto le ciglia, con gli occhi a metà. «Ti farò stare così bene. Ora, togliti i pantaloni.»

Mentre si dimenava per sfilarsi i jeans, sbirciai nel cassetto e trovai una boccetta di lubrificante. La scoperchiai e ne versai un po' nel palmo per scaldarlo. I giochi anali non erano proprio la mia cosa, o almeno non avevo mai trovato un partner che me li facesse in modo da farmi impazzire, ma avevo parlato a lungo con Ben e conoscevo le basi.

Quando Mateo fu nudo, in piedi accanto al letto, spalmati il lubrificante sulla sua erezione, che si indurì ancora di più mentre la accarezzavo. Massaggiandolo lentamente dalla base alla punta con una mano, allungai l'altra dietro e inzaccherai per bene anche le sue palle.

Gemette. «È bello.» Le sue mani atterrarono sui miei seni e seguirono il tessuto del reggiseno fino alle chiusure dietro.

«Ah-ah», dissi, stringendo la base del suo cazzo. «Mani lungo i fianchi. Ti faccio venire per primo.»

Gli si spalancarono gli occhi. «Però io—»

«Shh.» Lo zittii con un bacio mentre continuavo il lento scorrere delle mani sulla sua lunghezza. A letto era sempre stato così altruista. Ero così in rosso nel conteggio degli orgasmi che avrebbe dovuto pignorarmi la figa. «Stasera è per te. Sdraiati.»

Scostò le coperte e poi si sdraiò sul lenzuolo, l'erezione che gli curvava sulla pancia. Versai altro lubrificante nella mano. «Dimmi se qualcosa non ti piace, okay?»

Sapeva bene di non protestare di nuovo, soprattutto mentre gli accarezzavo le palle. «Okay.»

Mi inginocchiai tra le sue gambe, e lui piegò le ginocchia. Feci scivolare un dito lungo il perineo fino all'ano e lo pressai con la parte piatta del pollice. Gemette. Okay, suonava come un buon segno.

Incoraggiata, mi lubrificai il pollice e lo feci scivolare dentro l'anello stretto. Lui ansimò.

Mi fermai. «Ti ho fatto male?»

«No, mi vida. È fottutamente fantastico.»

Si rilassò attorno al mio pollice, e io lo sfilai per far scivolare dentro due dita. Era diverso dalla mia vagina, ovviamente, ma provai una tecnica simile a quella che piace a me, aprendo e chiudendo le dita a forbice e tastando in cerca della protuberanza della sua prostata, come Ben aveva descritto.

Si irrigidì, e alzai lo sguardo per trovare i tendini del suo collo tesi come corde. «Continua—continua,» ansimò, prima di lasciar andare una serie di imprecazioni.

Feci come chiedeva, aggiungendo il pollice accanto al lento entrare e uscire delle dita. Si contorse, spingendo indietro contro la mia mano, cercando di prenderne di più, ma non avevo altra lunghezza da dargli.

«Il—il giocattolo. Per favore.»

Lo presi dal comodino e lo inzaccherai di lubrificante. Lo accesi e glielo posai contro l'ano.

Gemette. «Sììì.»

Con delicatezza, glielo infilai dentro a piccoli tratti, mentre lui ansimava e tremava. «Sempre bene?»

«Così bene.»

La pelle mi formicolò in un'ondata di calore. Ero quasi eccitata quanto lui. Il polso mi martellava tra le gambe, in cerca del cazzo duro che avevo in mano. Dopo. Me lo sarei preso dopo. Ora dovevo mostrargli che si meritava la mia attenzione, il mio desiderio. Quanto tenevo a lui.

Guidai la punta del dildo verso il punto che ricordavo da prima. Quando il suo petto smise di sobbalzare e le palle gli si strinsero, seppi di averlo trovato. Vibrai su quel punto per qualche secondo, poi allentai. Ci tornai ancora e ancora finché ansimò: «Mimi, io—»

Il suo cazzo si indurì sotto l'altra mia mano. Sapere di averlo soddisfatto, eccitato, di averlo fatto perdere il controllo, mi fece canticchiare, e il cuore mi prese un ritmo più veloce. La pelle mi vibrava per il potere di rendere felice quest'uomo, quello a cui tenevo.

Mantenendo la vibrazione dentro di lui, lo masturbai piano, all'eco del pulsare nella mia figa. Premetti il tallone contro la cucitura dei jeans, cercando di attenuare il mio piacere in crescita.

Alla fine lui urlò, e lo sperma gli schizzò sul petto. Tenni la punta del giocattolo dov'era, e lui continuò a venire. Più a lungo di quanto pensassi possibile. Le ginocchia gli tremarono ai lati di me.

L'avevo fatto io, per lui. Le guance mi si allargarono in un sorriso. Ero una dea del sesso. Ammettere con compiacimento il suo corpo sconvolto dal piacere era quasi come gongolare per una delle mie formule di foglio di calcolo perfette.

Alla fine, il suo urlo roca scese di marcia in un lungo gemito, e io spensi il vibro. Il suo cazzo ebbe un ultimo sussulto e le gambe gli caddero molli ai lati. Lentamente, gli sfilai il dildo.

«Non muoverti. Torno subito.» Gli diedi un bacio dolce, prolungato, poi andai in bagno a lavarmi le mani e il giocattolo. Tornai con l'asciugamano umido e gli pulii il petto.

«Vieni qui», mormorò, con la voce impastata di sesso.

Lanciai l'asciugamano sul pavimento e mi accoccolai accanto a lui, ancora in jeans e reggiseno. Gli baciai il collo, poi il mento appena ispido. «Bene?»

Le sue braccia mi serrarono, tirandomi tutta contro il suo petto caldo. «Perfetto. Lasciami riposare un minuto e poi—»

«Poi mangiamo. E poi tocca a me col giocattolo. Riposa.»

Era il minimo che potessi fare. Restituire un po' della cura che lui aveva dato a me.

25

MATEO

AVEVO PROGRAMMATO di svegliarla prima di uscire per il mio turno delle sette da tía, ma quando suonò la sveglia, Mimi si bloccò, in stile Scooby-Doo, mentre si dirigeva in punta di piedi verso i suoi jeans sul pavimento.

«Giorno,» borbottai, girandomi per accendere la lampada. Sbattemmo entrambi le palpebre nella luce improvvisa. «Hai una riunione presto oggi?»

«No, ci vediamo stasera.» Si infilò i jeans. «Ora che mancano due settimane al gala, ci vediamo tutti i giorni. Devo finire le dichiarazioni della fondazione a cui stavo lavorando ieri sera, prima di andare al lavoro.»

«E fai tutto questo gratis.» Avevo inteso che suonasse leggero e scherzoso, ma le mie parole uscirono piatte. Mimi meritava molto di più che correre dal suo lavoro a tempo pieno a un secondo lavoro part-time. Meritava più della patina di dolcezza da bulla di Larissa, che nascondeva un vile disprezzo. Meritava di essere amata e apprezzata. E pagata per il suo lavoro.

«Lo faccio per i bambini. E per la posizione di vicedirettrice.»

Non potei farne a meno. Le parole mi esplosero fuori. «Perché vorresti fare da assistente a Larissa?»

Non disse nulla per un minuto, afferrando il suo dolcevita e infilandoselo dalla testa. «Voglio essere pagata per fare ciò che amo.»

«Ami lavorare per Larissa? Onestamente?»

Il suo labbro inferiore si sporse, sexy e testardo. «Larissa è determinata, come me. Vorrei avere una carriera come la sua. Ma la cosa più importante è che amo aiutare i bambini, specialmente quelli con la Tourette e altre differenze neurologiche. Sostengo la missione della fondazione.»

«Ci sono un sacco di fondazioni che aiutano i bambini. Cooper fa donazioni a diverse di esse. Potrebbe trovarti un lavoro, pagato, in una qualsiasi di quelle.»

«Vuoi dire che *tu* potresti.» Incrociò le braccia.

Avrei voluto non essere nudo, così da poter... Fanculo. Saltai giù dal letto e ci girai intorno finché non fui di fronte a lei. Non mi ci misi faccia a faccia, non volevo intimidirla, ma mi misi le mani sui fianchi per mostrarle che ero serio. «Potrei.»

Il suo sguardo scese dal mio viso al mio inguine. Rapidamente, distolse gli occhi e uscì a passo di carica dalla camera da letto, una valchiria non meno temibile per la sua piccola statura.

La seguii. «Mimi, aspetta.»

Lei afferrò la borsetta dal divano. «Mateo, voglio farlo da sola. Ho ottenuto questa posizione di volontariato e voglio guadagnarmi il ruolo di vicedirettrice. Non voglio che mi venga dato nulla.»

«Ah.» L'orgoglio mi scaldò il petto. La mia Mimi poteva fare qualsiasi cosa si mettesse in testa, e voleva dimostrarlo al mondo. Chi non avrebbe ammirato questa donna fantastica?

Larissa. Ecco chi.

«Mimi, tu sei un tesoro. Lo vedono tutti. Ma Larissa vuole prendere il tuo splendore dorato e offuscarlo. Non ti darà mai quel lavoro. Non lo capisci?»

Si fermò, la borsetta a tracolla. «Larissa ha raggiunto risultati che io potrei solo sognare. Sarà anche fredda, ma è giusta. È difficile da accontentare, ma mi prenderà in considerazione insieme agli altri candidati e, se sarò la più forte, mi assumerà.»

«Anche se lo facesse, ti terrà sotto. Si prenderà il merito del tuo lavoro. Non puoi volerlo, vero?»

«Oh, questa è bella.» La sua risata secca non aveva nulla di divertente. «Detto da te, sempre all'ombra di tuo cugino. Che vivi nella sua dépendance. Che lavori nella sicurezza.» Le sue labbra si torsero come se volesse rimangiarselo.

Era troppo tardi. Aveva detto la sua verità. Trafiggendomi con essa, come il trinciatabacco affilato come un rasoio di mio padre.

Non mi rispettava. Non era diversa dalle persone sull'isola a cui piacevo per il mio bel viso e per come facevo i pompini. E io non ero diverso dai tipi a caso per cui teneva quella ciotola piena di preservativi.

Le mie parole uscirono sommesse attraverso un'apertura grande quanto la cruna di un ago nella mia gola. «Ecco cosa pensi di me.»

Lei fece una smorfia. «Non… Mateo, io…»

«Quindi venire al gala con me, tutto questo…» feci un gesto verso il mio corpo nudo, «era una messinscena. Per farti ottenere il lavoro di vicedirettrice. Cosa sarebbe successo dopo il gala?»

Le sue labbra si serrarono, e capii.

«Mi avresti scaricato. Dopo avermi sfoggiato come un pony in smoking per Larissa, mi avresti ghostato.»

Non disse nulla.

Le girai intorno furioso fino alla porta d'ingresso e la spalancai, noncurante del fatto che l'anello d'oro di mio padre fosse l'unica cosa che indossavo. Mi aveva strappato il cuore dal petto, lo aveva fatto a pezzi e poi aveva calpestato i frammenti. Se fossi stato intelligente come Cooper, l'avrei previsto. Mimi era brillante, preziosa, vivace. Troppo raffinata perché uno come me potesse tenersela.

Tenni la porta aperta, la mia rabbia bruciava così tanto che non sentivo il freddo invernale. «Considerami già scaricato. Di' a

Larissa quello che vuoi, ma io non posso...» la mia voce si spezzò, e dovetti schiarirmi la gola, «non posso più farlo. Vuoi cavartela da sola. Non hai bisogno di me. Non mi vuoi.»

Alzò lo sguardo verso di me attraverso le ciglia, stando così vicina che avrei potuto avvolgere uno dei suoi ricci ribelli attorno al dito, che avrei potuto chinarmi e baciare quelle labbra testarde e imbronciate.

«Mi dispiace,» sussurrò.

Avrei potuto rimangiarmi tutto allora, dire che sarei andato con lei al gala. Ma amavo questa donna, e ora dovevo smettere. Vederla splendida in quell'abito oro rosa, sapendo che non sarebbe mai stata mia, avrebbe incenerito la poltiglia rovinata che aveva lasciato del mio cuore.

Avrei dovuto impararlo settimane fa, quando l'alcol e i suoi postumi le avevano cancellato il ricordo di me e della nostra connessione al bar quella notte. Ero insignificante, e non sarei mai stato abbastanza per lei.

«Vai,» dissi.

Se ne andò.

Stolto come ero, la guardai attraversare il cortile verso la strada.

Cazzo.

«Mimi!» la chiamai.

Si voltò.

«Non sei venuta in macchina, vero?»

«No, ho preso l'autobus. Lo prenderò per tornare a casa.»

L'autobus? Quella donna orgogliosa sarebbe stata la mia morte. Lo era già stata. «No, non lo farai. Dammi un minuto per mettermi dei vestiti e tiaccompagno.»

«No, io...»

«Trenta secondi.» Se avesse continuato a camminare testardamente, l'avrei raggiunta prima che arrivasse alla fermata dell'autobus. Dove cazzo c'era una fermata dell'autobus a Pacific Heights? Per quanto tempo aveva camminato per arrivare qui ieri sera al buio?

Corsi in camera mia e mi infilai jeans e una maglietta. Senza perdere tempo a lavarmi i denti, afferrai lo spazzolino così da potermene occupare da mia tía e corsi fuori verso la mia Jeep. Mimi ebbe il buon senso di aspettare accanto ad essa.

In silenzio, aprii la portiera, e altrettanto silenziosamente, lei salì.

Potevo anche essere gelato dalla rabbia, ma non ero un mostro. Persino la donna che mi aveva usato per fare carriera e poi mi aveva spezzato il cuore meritava un passaggio a casa sicuro e caldo.

Chi volevo prendere in giro? Meritava molto più di un passaggio sicuro a casa. Più del cazzo di lavoro da assistente sotto Larissa.

Meritava molto più di me.

26

MIMI

> Ti va di bere qualcosa stasera?

TRASALII MENTRE PREMEVO INVIO, poi misi il telefono a faccia in giù sulla scrivania come se quel gesto potesse cancellare la mia patetica richiesta d'aiuto.

Bree probabilmente era impegnata a fare cose da coppiette con Josh, quella sera. E io non avrei dovuto aver bisogno del suo supporto. Avevo messo fine a una relazione finta. Non c'erano sentimenti reali in una relazione finta. Stavo bene.

Era una bugia. Anzi, due bugie.

Il senso di colpa mi strinse il cuore. Non avevo mai avuto intenzione che Mateo sviluppasse sentimenti reali. Ma il dolore nei suoi occhi, il modo in cui la sua voce si era spezzata quando mi aveva detto che non poteva continuare a fingere, mi aveva spaccata in due come un fulmine e aperto il mio cuore nero e avvizzito.

Anche se il senso di colpa non era mai stato così, tanto schiacciante, come il pugno di Thanos.

Era solo senso di colpa? Insomma, certo, tenevo a Mateo, ma

non lo amavo davvero.

O sì?

Il mio monitor diventò nero e mi affrettai a muovere il mouse per riattivarlo. Dovevo lavorare. Non c'era spazio per le emozioni al lavoro.

Senza dubbio, quella era la parte migliore del lavoro. Essere impegnata. Spuntare le cose dalla mia lista. Concentrarmi sulle cifre nere del mio foglio di calcolo bianco.

Fissai con occhi annebbiati lo schermo. Cosa stavo facendo, di nuovo?

Un formicolio di sollievo mi percorse quando il telefono vibrò.

BREE

Sì! Da Raisa alle 18?

A dopo

«Mimi». La voce di Monique alle mie spalle mi fece cadere il telefono.

Mi voltai sulla sedia per guardare la mia capa. «Ehi. Che succede?».

«Ha finito quelle registrazioni contabili?».

Le mie guance avvamparono. Ero rimasta a fissare il vuoto per almeno dieci minuti prima di scrivere a Bree. Non potevo permettermelo così vicino alla chiusura del mese.

«Mi scusi. Ancora una ventina di minuti. Le manderò un messaggio quando saranno pronte».

Aggrottò la fronte. «Sta bene, Mimi? Sembra… strana».

«Sto bene». Cercai di farle un sorriso rassicurante, ma la mia faccia non sembrava collaborare.

«Ho parlato con Jackson. Ha detto che sta tirando troppo la corda per aiutarlo con la fondazione».

Aveva parlato di me a Jackson Jones? Merda, significava che era delusa dal mio rendimento? Stavo per perdere il mio noioso ma stabile lavoro?

«Va tutto bene. Ce la sto facendo».

«Mimi». Si inoltrò nel mio cubicolo e abbassò la voce. «So che ce la sta facendo. Lei è una star in questo dipartimento. Ma mi preoccupo che stia cercando di fare troppo, tra la Synergy e la fondazione. Finirà per esaurirsi».

Il cuore mi balzò in petto. «No. Sto bene. La Synergy è la mia massima priorità e la chiusura del mese è nei tempi previsti. Il gala è tra due settimane e dopo, le prometto che avrò più tempo da dedicare al lavoro».

«Non è questo che sto dicendo, Mimi. Sto dicendo che deve prendersi cura di se stessa. O trovare qualcuno che lo faccia per lei. Come quella bella guardia di sicurezza con cui parlava l'altro giorno». Mi fece l'occhiolino.

Sapevo che la sua intenzione era essere amichevole, ma le sue parole si conficcarono come una matita appuntita nella parte più viva e aperta di me che si era spalancata quando Mateo aveva rabbrividito, nudo sulla soglia della sua dépendance, e mi aveva detto di andarmene.

«So prendermi cura di me stessa. E completerò quelle registrazioni e gliele manderò tra quindici minuti. D'accordo?».

Stinse le labbra. Il suo rossetto oggi era blu. Come gli occhi di Mateo.

Merda. Dovevo eliminare dalla mia mente quei dettagli stupidi su Mateo. La tequila mi avrebbe aiutata.

«D'accordo. Ma non voglio vederla qui dopo le cinque stasera. Mi ha sentito?».

«Ho capito. Grazie, capo».

Annuì e lasciò il mio cubicolo.

———

«NE VUOI UN ALTRO?». Bree scolò le ultime gocce del suo margarita e si guardò alle spalle in cerca della nostra cameriera.

Altroché. Dopo aver scaricato tutta l'umiliante storia della mia finta relazione e della rottura molto reale sulla mia migliore amica, tutto ciò che volevo era bere tequila fino a non sentire più il vuoto.

Ma domani era un giorno lavorativo e non avevo Mateo seduto di fronte a me al bar, pronto a intervenire e a salvarmi quando ne avevo bisogno.

«No. Grazie». Gli occhi mi pizzicarono e li alzai al soffitto. Una fila di cuori di carta cremisi si estendeva dalla lampada a sospensione sopra di noi a quella del separé successivo.

Bree si voltò giusto in tempo per vedermi passare una mano sotto l'occhio.

«Oh, no, tesoro. Non lasciare che ti faccia piangere».

«Non sto piangendo». Merda, ora stavo mentendo a Bree. E piangendo. Io non piangevo. Nemmeno quando Byron mi aveva spezzato il cuore e distrutto la carriera con una singola mossa da stronzo. Che diavolo mi prendeva?

Mi diede una pacca sulla mano. «Ci sono un sacco di ragazzi là fuori, e uno di loro sarà il tipo di cui hai bisogno».

«È proprio questo il punto». La indicai col dito. Merda, ero già ubriaca? Indicavo le persone solo quando ero brilla. Sbattei la mano sul tavolo. «Non ho bisogno di un ragazzo. Tutto ciò di cui ho bisogno sono me stessa e il mio lavoro».

«Certo, certo». Leccò qualche granello di sale dal bordo del suo bicchiere. «Sei tipo una supereroina. Un'Amazzone. Come Wonder Woman. Anzi, aspetta. Wonder Woman si struggeva per Steve Trevor. Non farlo. Sii come… come Valchiria. A lei bastava un po' di birra. Ho ragione?».

La cameriera posò un altro margarita per lei e un bicchiere d'acqua per me. Le sorrisi e poi sollevai il bicchiere d'acqua. «All'indipendenza».

Bree lo fece tintinnare con il suo bicchiere da margarita. «Anche se Valchiria non ha avuto una storia d'amore in uno di quei film?».

«Sì. A quanto pare, Hollywood non trova sexy le donne a cui non interessa l'amore».

«Ma tu» agitò il bicchiere e del margarita schizzò sul tavolo «tu sei sexy. E va bene non volere relazioni. Le avventure di una notte sono sexy».

«Le avventure di una notte sono fantastiche. Tutto il piacere, zero complicazioni». Anche se nessuna delle mie avventure mi aveva dato tanto piacere quanto Mateo. Avrei dovuto solo impegnarmi di più la prossima volta. Il che non sarebbe successo per molto tempo. Molto, molto, molto tempo. Gli occhi mi pizzicarono di nuovo.

«Ehi, ehi». Bree mi strinse la mano sul tavolo appiccicoso. «Va tutto bene. Vieni da me questo fine settimana, stai con me e Josh. Faremo una maratona di film degli Avengers e berremo ogni volta che esplode qualcosa. Ok?».

«Che ne dici di sabato sera? Devo occuparmi di cose per il gala per gran parte del fine settimana, ma dovrei avere una pausa per allora».

«Sì! Sarà proprio come quando eravamo al college. Ci sbronzeremo da far schifo e ci addormenteremo sul divano».

Uh. Non sembrava divertente come una volta. Supposi che molte cose fossero diverse ora che avevamo trent'anni. Essere un'adulta responsabile faceva schifo.

«Andiamo. Chiamiamo Josh che ti venga a prendere».

«E tu?».

«Prenderò un passaggio». Tornando al mio appartamento solitario.

Se non fossi così allergica, prenderei un gatto.

Forse avrei preso un gatto comunque. I farmaci per l'allergia mi avrebbero fatto venire sonno, e quando dormivo non sentivo il dolore al petto.

IL MESSAGGIO ARRIVÒ mentre aspettavo Natalie dopo il lavoro al country club, dove avremmo dovuto fare un sopralluogo con la decoratrice, una settimana prima del gala.

BEN

Quando posso vederti?

Aprii il calendario sul telefono. Non c'erano spazi vuoti da lì al gala.

Dopo il gala?

Manca una settimana. Ho bisogno di vederti prima.

Perché? C'è qualcosa che non va?

Mentre aspettavo che scrivesse la sua risposta, la mia mente correva a mille. Era successo qualcosa a lui o a Cooper? O a mamma e papà? Dopo quella serata miserabile al bar con Bree, mi ero tenuta così impegnata — era la mia prima settimana senza Mateo da dicembre — che non avevo chiamato né scritto a nessuno di loro.

Non lo so. Dimmelo tu.

Strinsi i denti. Classico del mio fratellino, sempre a ficcare il naso nei miei affari. Alzai lo sguardo e vidi Natalie che si avvicinava dal parcheggio. In fretta, conclusi la conversazione.

Sto bene.

E perché non dovrei? Il gala era quasi arrivato, e poco dopo avrei saputo se avessi ottenuto il posto di vicedirettrice. Tutto ciò che volevo era a portata di mano. Dovevo solo farmi il culo per assicurarmi che il gala filasse liscio come l'olio.

Il crogiolarmi nella tristezza da Raisa con Bree la settimana scorsa era stato un caso isolato. Sindrome premestruale. Mercurio retrogrado.

«Ehi, amica!». Natalie entrò con passo deciso, perfetta come sempre in un immacolato cappotto di lana color rosa ostrica, un abito a tubino grigio antracite e stivali al ginocchio che la facevano torreggiare su di me mentre si chinava per abbracciarmi.

«Ehi». Ricambiai l'abbraccio. Prima dell'organizzazione del gala, non avrei mai pensato che una persona così elegante e piena di contatti come Natalie mi avrebbe chiamata amica.

Suo fratello Andrew le arrivò alle spalle con passo ciondolante, una sacca da golf sulla spalla. «Ehi, Mimi. Piacere di rivederti».

«Ciao, Andrew». Gli strinsi la mano. Natalie sembrava trascinarselo ovunque. Era una cosa da ricchi? Voglio dire, sì, Ben aveva vissuto con me per un po', e facevamo cose insieme, ma non era mai venuto con me a un'attività di pianificazione della fondazione.

«Mateo è qui?» chiese.

Una fitta di dolore mi trafisse il petto. «No, non oggi».

«Peccato. Mi è piaciuto uscire con lui la sera in cui siamo andati a ballare».

Gli feci un debole sorriso. Anche a me.

«Vi lascio al vostro lavoro, signore. Nat, vieni a cercarmi al campo quando hai finito». Andrew indicò con il pollice dietro di sé il corridoio che ricordavo dalla sera in cui ero venuta qui con Mateo.

Aveva raccontato quella storia ridicola su di me che ero la sua kryptonite. Mi aveva messo le mani addosso, aggiustando la mia presa sulla mazza, e io ero quasi svenuta.

«Vai a giocare», disse Natalie. Quando lui si fu allontanato, si rivolse a me. «Gail è subito dietro di me. Doveva solo prendere delle cose dalla macchina. Larissa è in ritardo e dice di iniziare senza di lei. Dov'è Mateo?».

«Non viene. Ma io sono pronta a iniziare». Mi voltai verso la sala da ballo.

Natalie mi trattenne per un braccio. «Oh, no. Avete litigato?».

«Qualcosa del genere». Durante l'organizzazione del gala, ci eravamo avvicinate. Non mi sarebbe dispiaciuto dirglielo, ma la gola mi si strinse e se il suo nome avesse attraversato le mie labbra, le lacrime sarebbero sgorgate.

Non c'erano lacrime quando c'era un lavoro in ballo. Mamma me lo aveva insegnato.

«Passiamo agli affari». Feci perno verso la sala da ballo e feci un respiro profondo.

«Mimi, aspetta».

Mi fermai e mi voltai.

Gli occhi di Natalie erano corrugati dalla preoccupazione. «Stai bene?».

«Certo. Sto bene». La mia voce si incrinò solo un po'.

«Sai che puoi parlare con me, vero? Siamo amiche».

Quando arricciai le labbra in un sorriso, sentii il viso arrugginito come quello dell'Uomo di Latta ne *Il Mago di Oz*. Da quanto tempo non sorridevo?

Direi da circa una settimana.

Ma avevo affari di cui occuparmi. Il lavoro della fondazione, come il mio vero lavoro, era tranquillamente privo di emozioni. «Ehi, in realtà, ho una domanda per te. Ho mandato un'email alla nostra sede originale per vedere se potevamo riavere la caparra — ho pensato che non sarebbe costato nulla chiedere — e hanno detto di non aver mai ricevuto la nostra caparra. Ho controllato il libretto delle ricevute e ho trovato una copia della ricevuta in contanti che ho scritto a Larissa. Ti ha detto qualcosa a riguardo?».

Gli occhi di Natalie si strinsero. «No. Sembra sospetto».

«Aspetta, no, non stavo dicendo che sospetto che Larissa abbia fatto qualcosa di male. È nota per perdere le ricevute. Ma non mi risulta che abbia mai perso dei contanti. Forse li ha dati al catering? O al fiorista?».

«Non che io sappia. Non hai dato loro degli assegni?».

«Sì. Ma speravo…». Speravo di non doverlo chiedere a Larissa. L'avrebbe sicuramente presa come un'accusa e allora non avrei mai ottenuto quel lavoro. Mi morsi il labbro e distolsi lo sguardo da Natalie. Una familiare figura alta e bionda che passeggiava nella hall catturò il mio sguardo.

«Flavio?».

Si voltò e piegò la testa come se stesse cercando il mio nome nei suoi archivi mentali.

«Miriam Levy-Walters», dissi. «Lavoro con Larissa alla fondazione. Ci siamo conosciuti qualche settimana fa sul campo da golf».

«Ah, piacere di rivederti». Il suo sguardo pigro si staccò da me e si fece più acuto quando si agganciò alla collana e agli orecchini di perle di Natalie e scese fino alle sue scarpe firmate. «Lavori anche tu alla fondazione?».

«Natalie Jones». Gli porse la mano. «E no, sto solo aiutando con il gala».

«Natalie Jones della famiglia di Jasper Jones?».

Ricordavo che suo padre era morto anni prima. Doveva essere giovane quando lo aveva perso.

Il suo sorriso si tese. «Proprio lei».

Non le lasciò la mano. «Mi piacerebbe parlare con te più tardi. Penso che le nostre famiglie possano aiutarsi a vicenda. Vieni al bistrot quando hai finito? Offro io».

Natalie si sfilò la mano dalla sua presa. «Mi dispiace, ho un impegno. Forse un'altra volta».

Tirò fuori una carta dalla tasca. Sembrava un biglietto da visita personale, solo con il suo nome e numero di telefono. Glielo porse. «Chiamami. O vieni a cercarmi qui. Quando vuoi».

Lei prese il biglietto e gli rivolse un sorriso tirato. «Piacere di averti conosciuto, Flavio. Dobbiamo andare a lavorare».

«Certo, certo». Lanciò un'occhiata a Gail, la decoratrice, che si affrettava verso di noi con le sue enormi borse. «Se avete bisogno di qualcosa, fatemelo sapere». Fece un cenno al biglietto.

Quando si fu allontanato pavoneggiandosi verso il corridoio che portava al campo da golf, dissi: «È strano, vero? Che voglia che lo chiamiamo se abbiamo bisogno di qualcosa?».

Natalie gettò il biglietto nel portaombrelli. Il suo viso era più rigido di quanto l'avessi mai visto. «È il nome Jones. Succede sempre».

Mi sembrava comunque strano. Dopotutto, cosa poteva fare un golfista come Flavio se avessimo incontrato problemi? Forse era più ricco e potente di quanto pensassi, e lo staff sarebbe scattato a eseguire i suoi ordini. Proveniva da una famiglia come quella di Natalie?

Non ebbi più tempo per pensarci, perché Gail ci condusse nella sala da ballo per parlare di rose, palme in vaso e lucine.

Mentre lei indicava dove intendeva posizionare le decorazioni — quelle che Mateo aveva suggerito per abbinarsi al nostro tema — mentre Natalie e Gail mi guardavano come se potessi parlare per Mateo e dare loro la sua opinione, la crepa che avevo aperto nel mio stesso cuore quando lo avevo respinto quella mattina a casa sua si allargò fino a diventare un baratro.

Nell'ultima settimana, mi ero tenuta impegnata con il lavoro e il gala per non dover pensare a lui. Per non avere tempo per il rimpianto.

Il rimpianto era una distrazione, proprio come Mateo. Non potevo permettermi quelle sciocchezze. Non solo avevo del lavoro da fare per la Synergy, per Monique, che aveva notato il mio calo di rendimento, ma avevo un gala da organizzare. E un lavoro a tempo pieno e retribuito da guadagnare. Dovevo concentrarmi su ciò che contava.

Aiutare i bambini neurodivergenti contava. La mia carriera contava.

I miei sentimenti erano irrilevanti.

Dovevo solo convincere il mio cuore spaccato.

27

MATEO

«OH.» Mi fermai sulla porta della sala pesi di Miguelito, di solito vuota. Oggi non lo era.

Mio cugino grugnì verso di me dalla leg press. Il sudore gli scuriva lo scollo e le ascelle della canottiera grigia e gli gocciolava lungo la mascella squadrata. I muscoli delle sue braccia e delle sue gambe non erano grandi o definiti come i miei, ma io passavo il doppio del tempo in palestra, dato che il mio lavoro consisteva nell'apparire intimidatorio. Al suo lavoro, lui intimidiva i suoi avversari con la sua intelligenza superiore.

La mattina presto, si allenava sempre nella palestra dell'ufficio. Anche se a casa ne aveva una migliore.

Sapevo perché gli piaceva allenarsi in ufficio. Cooper Fallon, il boy scout, voleva dare un esempio positivo di forma fisica ai suoi dipendenti. Non pretendeva che facessero esercizio; no, semplicemente ci andava ogni giorno feriale, faceva il suo allenamento, si complimentava con loro per la forma e poi continuava la sua giornata al sesto piano.

Non avevo bisogno di quelle stronzate da modello da seguire. Non da lui. Non oggi.

Oggi era il decimo giorno della mia vita post-Mimi, e mi piaceva ancora essere incazzato, scontroso e solo.

Lasciai cadere la borsa sul pavimento, poi mi sfilai la felpa e la gettai sopra. Mi diressi a grandi passi verso il tappetino e iniziai una serie di burpee.

Mentre mi riscaldavo, non pensai a come Mimi, con fare riconoscente, era solita tracciare i contorni dei miei muscoli. Non pensai a come avevo usato la forza della parte superiore del mio corpo per sostenere il mio peso mentre mi spingevo sopra di lei, penetrandola nel modo che le piaceva. E di certo non pensai a come lei aveva apprezzato il mio corpo fino al momento in cui aveva deciso che voleva qualcuno con un cervello, qualcuno che potesse capire le sue complicate regole per raggiungere i suoi obiettivi da sola, quando tutto ciò che volevo fare era aiutarla.

Quel qualcuno non ero decisamente io.

Quando finii la serie, camminai in cerchio per rallentare il battito cardiaco. Mi asciugai il sudore dalla fronte.

Fare esercizio era più facile da quando avevo smesso di fumare. La mia frequenza cardiaca era più bassa. Respiravo più a fondo. Tutto ciò mi irritava. Non abbastanza da ricominciare a fumare, ma avrei voluto che Mimi non mi avesse cambiato la vita. Passavo già troppo tempo a tormentarmi sulla foto di noi due sul mio telefono, quella in cui lei indossava il vestito di paillettes e io le baciavo il collo, con un'espressione di beata contentezza sul viso. Non avevo bisogno di un altro promemoria che lampeggiasse sul mio smartwatch.

«C'è qualcosa di cui vuoi parlare?»

Non mi ero reso conto che l'attrezzo di Miguelito si era fermato finché non parlò. Si sporse in avanti, con i gomiti sulle cosce.

«No, sono a posto.» I muscoli erano caldi e pronti, e diedi un'occhiata alla rastrelliera dei pesi.

«Fai pure. Carica. Ti faccio da spotter.»

«Ma tu... devi andare al lavoro. Userò semplicemente la macchina.» Indicai la sua lussuosa chest press.

«Oggi vado un po' più tardi. Non c'è problema.» Si alzò e si diresse verso la rastrelliera dei pesi.

Odiavo sprecare il suo prezioso tempo di allenamento a discutere, quindi feci come mi aveva chiesto. Caricai i pesi sul bilanciere, poi mi misi di fronte, afferrai la sbarra e la sollevai dal supporto mentre mio cugino stava al mio fianco, a braccia conserte.

Iniziando le mie ripetizioni, piegai le ginocchia e spinsi il peso verso l'alto finché le mie braccia non furono dritte. Lo abbassai finché non fluttuò sopra il mio cuore dolente.

«Primo» — quasi lasciai cadere il peso; non mi chiamava così da quando eravamo ragazzi — «sei, uhm, felice?»

«Che cazzo vuoi, Lito? Non parliamo di queste stronzate.» Spinsi di nuovo verso l'alto.

«Una volta lo facevamo. Parlavamo di un sacco di cazzate quando eravamo adolescenti e Mamá e io venivamo in visita sull'isola. Ragazzi. Ragazze. Speranze e sogni.»

Sbuffai. «Già. Tu le tue speranze e i tuoi sogni li hai realizzati. E io sono qui, a lavorare come...» Mi bloccai, con le braccia tese, finché non tremarono. Appoggiai il bilanciere sul supporto e fissai il suo viso impietrito. «Voglio dire, mi piace lavorare per te. Non intendevo...»

«Davvero? Ti piace lavorare per me?»

«Sì.» Scossi le braccia tremanti. «Adoro prendermi cura di tía. Assicurarmi che sia al sicuro. Mi sento... utile.»

«Non vuoi di più?» Inclinò la testa. «Un titolo più importante? O più istruzione per poter ottenere un lavoro d'ufficio?»

«Un lavoro d'ufficio?» Rabbrividii. La scuola era stata già abbastanza dura. Non potevo immaginare di stare seduto a una scrivania, chino su una tastiera di computer ogni giorno. «Perché dovrei volerlo?»

«Per...» i suoi occhi saettarono verso la porta aperta della sala pesi, «per fare colpo su Mimi?»

«Oh. È questo che Ben dice che vuole? Un tizio che faccia un sacco di soldi e stia bene in giacca e cravatta? Uno che non sia un idiota?» Sapevo che era vero, ma il fatto che ne avesse parlato con suo fratello mi mandava in bestia. E che suo fratello lo avesse detto a mio cugino.

Miguelito alzò gli occhi al cielo. «Ti pago abbastanza bene, e sai di stare benissimo in abito. In più, sei intelligente.»

«Vaffanculo a te e alla tua carità. Sai benissimo che mi hai assunto solo perché te l'ha fatto fare tua madre.» Per non dover guardare la sua faccia beffarda, mi diressi verso la mia borsa e tirai fuori la borraccia. Bevvi una lunga sorsata.

Mi diede una spinta sulla spalla e la mia acqua schizzò ovunque. Negli occhi, giù per la maglietta, sul pavimento immacolato. Quel fottuto ninja mi aveva colto di sorpresa. Mi asciugai l'acqua dal viso. «Che diavolo fai, Lito?»

«Di che cazzo stai parlando? Se non fossi intelligente, pensi che ti avrei messo a capo della mia sicurezza? Di mia madre?»

«Beh, io…»

«No, Mateo, non l'avrei fatto. Non ti ho assunto perché me l'ha detto Mamá. Non l'ha fatto. Preferirebbe non avere affatto una scorta. Non ti ho assunto perché sei mio cugino. Ti ho assunto perché sei competente e perché io… perché mi fido di te.»

Fissai mio cugino a bocca aperta. «Ti fidi di me? Ma mi hai fatto controllare i precedenti!»

«Devi ammettere che non eri la persona più affidabile quando eravamo ragazzi. Mi rubavi le ragazze. E all'inizio, non mi fidavo che non ci provassi con Ben. Ma ora sì. Hai sviluppato un po' di integrità da allora.»

«Sviluppato un po' di integrità?» strillai. «Ho sempre avuto una cazzo di integrità. Erano le tue ragazze a non averla. Nessuna di loro era abbastanza per te. Se lo fossero state, mi avrebbero respinto quando flirtavo con loro. Nessuna l'ha fatto. Fino a Ben.»

Mise le mani sui fianchi. «Comunque sia, hai dimostrato più e più volte che meriti il mio rispetto. Ed è per questo che ti ho assunto. Ma se preferisci un lavoro diverso, possiamo trovare una soluzione. Voglio che tu sia felice, primo.»

Ed eravamo tornati al punto di partenza. Almeno ora sapevo

di cosa stava parlando. «Sono felice di lavorare per te. Di proteggere tua madre. Ti farò sapere se le cose cambieranno, okay?»

«Okay.»

Rimase lì, con le mani sui fianchi, come se non avessimo avuto una svolta epocale. Mio cugino aveva un cervello brillante, ma a volte il suo cuore era lento a capire.

«Vieni qui, primo.»

Arricciò il naso. «Siamo entrambi sudati e tu sei fradicio.»

«Esatto.» Così lo strinsi in un abbraccio da orso, che era esattamente ciò di cui entrambi avevamo bisogno dopo un momento del genere.

«Basta!» Ma quando fece un passo indietro, un sorriso gli aleggiava agli angoli della bocca. Il suo sguardo si spostò sulla porta aperta dietro di me e abbassò la voce. «Allora cosa hai intenzione di fare per Mimi?»

Il raggio di sole che avevo inghiottito quando Lito mi aveva detto che mi rispettava svanì in un nero denso come la nebbia che cala di notte.

«Niente. Non farò assolutamente niente per Mimi. Ha espresso chiaramente la sua scelta. Vuole quel lavoro alla fondazione e uscire con me era solo una farsa. Non mi vuole nella sua vita.»

«Ma...»

«No, Lito. Non è una cosa che puoi risolvere con una parola gentile e nemmeno con una barca di soldi. Io e Mimi ci siamo lasciati, ed è la cosa migliore per lei.»

«E per te qual è la cosa migliore?»

«Ciò che è meglio per Mimi è meglio anche per me. La amo, e sapere che è più felice senza di me...» Dovrà bastare a far battere il mio stupido e sanissimo cuore per il resto della mia vita. «È la cosa migliore.»

«Okay.» Si accigliò. «Ma anche tu meriti amore e felicità. Forse Mimi non è la persona giusta per te. Ma questo non significa che la persona giusta non sia là fuori, da qualche parte.»

Si schiarì la gola. «Pensavo che una persona che amavo fosse quella definitiva per me. E se non potevo avere lui, non volevo nessun altro. Sono contento che Ben sia riuscito a superare tutto questo. Perché ora con Ben sono più felice di quanto non sia mai stato. Più di quanto sarei stato anche se... anche se quell'altra persona avesse potuto ricambiare il mio amore.»

Non riuscivo a immaginarlo amare qualcuno che non fosse Ben. Anche se quando era venuto sull'isola, prima che Ben lo inseguisse fin lì, era stato un disastro. Quell'altra persona gli aveva spezzato il cuore? Il bastardo.

«Qualcuno ti amerà così, un giorno.» Mi mise una mano sul braccio. «So che succederà.»

Mormorai guardando le mie scarpe da ginnastica: «Forse non ne vale la pena.»

«Certo che ne vale la pena. È proprio quello che ti sto dicendo.»

«Capisco...» Deglutii per lubrificare la gola secca, «capisco che la parte dell'amore sia fantastica. Amavo Mimi, e pensavo che a lei importasse di me. Ed era perfetto. Ma poi mi ha lasciato. La gente mi lascia sempre.» Mi fermai quando la mia voce si spezzò.

«Ah, cazzo, Mateo.» E questa volta, fu lui a stringermi in un forte abbraccio. «Non sono tutti come tua madre. E tuo papi sarebbe rimasto, se avesse potuto. Non sto dicendo che puoi avere la tua persona per sempre. Ma l'amore, anche se per poco, non ne vale la pena?»

Annuii. Per quanto breve fosse stato il nostro tempo insieme, Mimi era la cosa migliore che mi fosse mai capitata. I ricordi delle nostre settimane insieme avrebbero illuminato per sempre la mia memoria di un oro rosato, come il tramonto sulla spiaggia.

Delicatamente, mi districai dal suo abbraccio. «Grazie, amico.»

«Quando vuoi. Anche se, uhm, se vuoi dei veri consigli d'amore, probabilmente Ben è l'uomo più adatto.»

Sorrisi per nascondere il dolore che pungeva dal mio cuore martoriato. Non potevo parlare con Ben. Non di sua sorella. Probabilmente di niente, dato che mi ricordava troppo lei.

«Credo di aver bisogno di un po' di tempo prima di pensare di innamorarmi di qualcun altro.»

«Capito. Starai bene, però?»

Il mio sorriso fu più stabile, questa volta. «Sì. Credo di sì.»

«Bene. Devo andare a farmi una doccia. Sono in ritardo.» Uscì dalla porta in un lampo.

In ritardo? Aveva detto che non aveva fretta di arrivare in ufficio.

Maledizione. Mi asciugai il bagnato che non era sudore dalle guance. Il mio fottuto cugino mi aveva teso un'imboscata con il suo incoraggiamento e si era ritrovato in ritardo al lavoro.

Diedi un'occhiata all'orologio. Se non mi fossi sbrigato, sarei arrivato in ritardo al mio turno. E lui non aveva detto una parola.

Amavo quello stronzo del cazzo.

28

MIMI

PARTECIPARE alla serata del country club senza Mateo la settimana prima non era stato niente in confronto all'entrare da sola al gala il giorno di San Valentino.

Non avevo un gigante buono dietro cui nascondermi mentre mettevo piede nella sala da ballo del country club sui tacchi troppo alti che Ben mi aveva aiutato a scegliere, avvolta in pailettes oro rosa troppo scintillanti, con il mio seno troppo generoso troppo sul punto di strabordare dall'abito a portafoglio.

E avrei avuto bisogno del suo solido sostegno stasera, soprattutto con le stampe nella mia pochette. Strinsi i fogli, desiderando di non dover chiedere a Larissa del fondo per le emergenze della fondazione che era stato svuotato la sera prima.

La maggior parte della gente non sarebbe nemmeno stata a conoscenza di quel fondo. Io ne controllavo il saldo una volta al mese, quando aggiornavo lo stato patrimoniale. Ma dopo alcune strane transazioni che avevo dovuto chiedere a Larissa di spiegarmi, avevo impostato un avviso.

La cosa più strana era il deposito sul mio conto PayMo che corrispondeva esattamente alla somma. Avevo stornato il versamento, ma c'era qualcosa che non andava. Dovevo trovare il coraggio di chiedere a Larissa stasera. E il tatto per non farla suonare come un'accusa. Non un bel biglietto da visita da parte di qualcuno che voleva farsi assumere da lei.

Ma se non avessi chiarito la faccenda, sarebbe sembrato che fossi io ad aver sottratto fondi alla fondazione. Sarebbe stato difficile da spiegare all'albo di stato quando sarei andata a rinnovare la mia licenza di dottore commercialista.

Con tutto questo che mi pendeva sulla testa, avevo considerato di corazzarmi con un tailleur pantalone o persino di chiedere a Ben di aiutarmi a trovare un abito diverso, sicuramente di un nero che mi facesse passare inosservata. Ma le pailettes luccicanti mi davano un coraggio tale che era come se avessi ancora la forza di Mateo al mio fianco. E, nonostante quello che gli avevo detto, ne avevo bisogno.

Natalie adorava il vestito. Le avevo mandato una foto, quella adatta a tutti, non quella che Mateo aveva scattato con le mani aperte sul mio seno e sui miei fianchi e le labbra sul mio collo. Mi aveva scritto ogni giorno facendomi domande sul gala, anche se avrebbe potuto organizzare l'evento a occhi chiusi. Capii il suo trucchetto e la adorai per questo. Si preoccupava per me, pensando che io e Mateo avessimo litigato. Se solo avesse saputo.

Tutti i miei tentativi di cancellarlo dalla mia vita erano falliti. Sebbene le avessi lavate quattro volte, le mie lenzuola avevano ancora il suo profumo. Ogni volta che sentivo odore di fumo di sigaretta, pensavo a lui e mi chiedevo se fosse riuscito a smettere per sempre.

Ed eccomi qui, a indossare l'abito che aveva scelto per me. Quando l'avevo provato, non era riuscito a tenere le mani lontane dalla mia pelle, dai miei fianchi, persino dalla curva della mia pancia.

Nonostante le maniche lunghe dell'abito, rabbrividii.

Forse mi stava venendo qualcosa.

«Mimi!» Natalie si diresse verso di me, così sofisticata con le sue gambe lunghe e l'abito color vino rosso che le scendeva elegantemente. Anche se lo scollo a cappuccio arrivava quasi all'ombelico, il suo seno più disciplinato rimaneva nascosto sotto la seta. «Sei favolosa!» Mi afferrò le spalle in un mezzo abbraccio, attenta a non sgualcire il drappeggio accuratamente sistemato, e mi diede un bacio a vuoto per non rovinarci il rossetto.

«Grazie. Tu sei meravigliosa, come sempre.»

«Grazie.» Si spostò i capelli biondi di lato e guardò oltre le mie spalle. «Dov'è Mateo?»

Non volevo dare a Larissa un altro motivo per criticarmi, quindi ero stata attenta a non menzionare la nostra rottura durante le riunioni per il gala. Le avrei dimostrato di potermela cavare da sola, anche indossando un abito che rivelava il seno a un gala dove mi sentivo come se mi fossi tolta la pelle per lasciare che tutti sbirciassero i muscoli e i tendini sottostanti.

«Non è potuto venire.» Rivolsi a Natalie un sorriso tirato.

Il suo sorriso si afflosciò. «Oh, no. Speravo che aveste risolto.»

Non aveva più senso mentirle. «Onestamente? Non siamo mai stati insieme. Era tutta una finta. Anche se preferirei che non lo dicessi a Larissa. Non ha bisogno di un'altra cosa per cui criticarmi.»

«Aspetta, cosa?» Arricciò il naso. «Una finta?»

Rivelare la bugia fu come essermi tolta uno zaino da venti chili dalle spalle. Presi un respiro profondo, per quanto il mio indumento modellante me lo permettesse.

«Eravamo solo amici. Be', nemmeno quello.» Gli amici si sarebbero chiamati nelle due settimane trascorse dal nostro litigio a casa sua. «Mi stava aiutando perché Larissa aveva detto che dovevo portare un accompagnatore al gala. E poi le cose sono sfuggite di mano quando è entrato a far parte del comitato.»

Lei fece una smorfia. «Scusa, forse è stata colpa mia. Però non sembrava una finta. Specialmente quella sera che siamo andate a ballare.» Mi lanciò uno sguardo penetrante che ricordava stranamente quello che suo fratello Jackson aveva rivolto al mio portatile rotto. Come se potesse aggiustare anche me.

«Be', lo era. Una finta. All'inizio. Poi è diventata meno finta e...» E i dieci giorni in cui era stata vera erano stati i migliori della mia vita. Odiavo ammetterlo, ma mi mancava quello che avevamo. Anche se non potevo dirlo. Stasera dovevo essere Wonder Woman, una tipa tosta che stava spaccando nel suo lavoro di volontariato. Non un sacco triste e innamorato come Barbara Minerva prima di trasformarsi in Cheetah.

Innamorata? No, non ero innamorata.

O sì?

Raddrizzai le spalle. Dopo una rapida occhiata per assicurarmi che le ragazze si comportassero bene, dissi: «Non stiamo più insieme, e non ho intenzione di vederlo di nuovo se non quando dovrò per questioni di famiglia.»

I suoi gentili occhi castani si addolcirono a tal punto che i miei si inumidirono. «Mi dispiace tanto. Stai bene?»

«Sto bene.» Quella bugia mi scivolò facilmente dalle labbra. Erano due settimane che mentivo a me stessa a riguardo.

Mi strinse il braccio. «Andiamo a prenderci un drink e a rilassarci. Puoi raccontarmi tutto. O no, come ti senti più a tuo agio.»

«Preferirei... non parlarne, credo.»

«Va bene. In ogni caso, ci siamo fatte un mazzo tanto. Ci meritiamo un drink.»

Ci voltammo verso la folla dei primi arrivati, che si radunavano intorno ai tavoli alti di fronte al gruppo di bachata, che si stava preparando sul palco. Quale di quegli uomini era il collega di Mateo? Se Mateo fosse stato qui, avrebbe potuto indicarmelo. Presentarceli durante una pausa musicale.

Ma non era qui. Né per proteggermi, né per facilitare la conversazione.

Mi mancava. Non per le cento piccole cose che aveva fatto per me. Mi mancava lui. Mi mancava voltarmi verso di lui quando pensavo a qualcosa di divertente per vedere se anche lui rideva. Toccarlo e sentirlo rabbrividire di piacere. Ondeggiare insieme a ritmo di musica, fidandomi del fatto che non ci avrebbe lasciati vacillare finché avessi continuato a muovere i piedi.

Merda. Mi ero innamorata di quel pezzo d'uomo?

Natalie mi strinse la mano. «Che succede? Sei diventata pallida all'improvviso.»

«Niente, io...» Ma ebbi una scusa per non finire. Feci un cenno verso la versione più matura di Natalie che si avvicinava a noi. Indossava un abito di perline rosso mirtillo e si trascinava dietro un uomo di colore in smoking con i capelli corti e brizzolati alle tempie.

«Natalie.»

«Madre.» Natalie si raddrizzò. La sua espressione premurosa e preoccupata si spense, e un sorriso sardonico le sollevò un angolo della bocca. Si voltò e diede un bacio a vuoto a sua madre.

«Presentaci la tua amica,» ordinò la donna.

«Madre, Charles, lei è Miriam Levy-Walters, la tesoriera volontaria della fondazione. Suo fratello è Ben Levy-Walters, che avreste incontrato alla festa di fidanzamento di Ben e Cooper a dicembre. Mimi, loro sono mia madre, Audrey Jones Hayes, e il mio patrigno, Charles Hayes.»

«Piacere di conoscerla,» dissi. Tutto in la signora Hayes urlava *costoso*. La sua sicurezza regale mi fece chiedere se dovessi fare una riverenza. O un inchino? Allungai la mano.

Mrs. Hayes la prese, la sua pelle era incredibilmente morbida. Poi il signor Hayes mi strinse la mano. «Natalie ci ha parlato così tanto di lei.»

«Davvero?» Lanciai un'occhiata a Natalie, le cui guance si tinsero di rosa proprio sulla sommità.

«Non l'ho mai vista così felice come da quando lavora a questo gala,» disse lui. I suoi occhi castani scintillarono e non potei fare a meno di sorridere.

«Il che è davvero ridicolo,» disse sua madre. «Ne ha gestiti a dozzine con me. Dov'è il tuo accompagnatore, Natalie? Non vedo Daniel da un'eternità.»

Lei fece un gesto noncurante con la mano. «È qui da qualche parte. Probabilmente sta concludendo un affare in fila per i drink.»

«Non smette mai di lavorare.» Mrs. Hayes annuì in approvazione, ricordandomi mia madre. All'improvviso, un lavoro senza fine mi sembrò estenuante. Avevo bisogno di un drink. E di una sedia.

«Non smettere mai di lavorare? Non sembra molto divertente.» Jackson Jones si avvicinò a noi, con due bicchieri di champagne in mano. Me ne porse uno. «Mimi, si è fatta un mazzo tanto per questo gala, ed è ora di rilassarsi e goderselo.»

«Grazie.» Il viso e il collo mi si scaldarono, fino al punto in cui il seno spariva nella profonda scollatura.

«Ho sentito che hai lavorato sodo anche tu, Nat.» Una donna amazzonica, dalla pelle scura, magra e di una bellezza mozzafiato, si affiancò a Jackson e porse il suo secondo bicchiere a Natalie.

«Jamila!» disse Mrs. Hayes. «Che piacere vederla. Natalie, di' grazie.»

«Grazie,» gracchiò Natalie. Deglutì. I suoi occhi erano diventati enormi e rotondi. Non l'avevo mai vista così scossa. Che stava succedendo?

«Bell'abito,» disse Jamila, con lo sguardo che scendeva lungo la profonda scollatura. «Non posso credere che tu sia cresciuta così all'improvviso. Ricordo quando venivi a trovare Jackson al college. Indossavi sempre i più graziosi vestitini a balze, e avevi i capelli raccolti in due codini.»

Natalie si attorcigliò un lungo ricciolo intorno al dito. «È passato tanto tempo.»

Jamila scoppiò in una risata. «E come lo so. Ricordi quella volta in cui…»

Non mi resi conto di aver smesso di ascoltare per guardare la folla che si radunava, alla ricerca di un paio di spalle forti e di onde bionde e disinvolte, finché la voce di Mr. Hayes non mi arrivò bassa all'orecchio.

«Miriam, se posso, credo che questo gala non faccia per lei più di quanto non faccia per me. Il segreto del successo a questi eventi è trovarsi un partner che le spiani la strada come fa Audrey per me.» Allungò una mano e Mrs. Hayes la prese.

«Charles.» Mrs. Hayes si avvicinò, appoggiandosi alla sua spalla. «Se solo facessi uno sforzo...»

«Perché dovrei fare uno sforzo?» Sorrise. «Fai tutto il lavoro tu per me. Anzi, sono sicuro che c'è qualcuno con cui dovrei parlare proprio adesso.»

«In effetti, devi trovare il signor van der Poel per scoprire cosa sa della nuova legislazione sulla privacy dei dati.»

«Vede cosa intendo?» I suoi profondi occhi castani scintillarono. «Jackson, Jamila, andiamo. Abbiamo un po' di networking da fare. E queste due meritano di bere champagne in pace. Se ci scusate, signore. Godetevi la festa.» Fece l'occhiolino alla figliastra, mi rivolse un cenno del capo e offrì il gomito a sua moglie. Lei lo prese e scomparvero tra la folla, insieme a Jackson e Jamila.

«Già.» Il sorriso di Natalie era fragile come il vetro. «Sareste stati così anche tu e Mateo.»

Portai alla bocca le ultime gocce di champagne. Me ne serviva un altro se avesse continuato a rinfacciarmelo. «Andiamo. Anche noi dobbiamo fare networking. Ordini di Larissa.» Inoltre, dovevo trovare la direttrice e chiederle del prelievo e dello strano deposito.

«Fanculo Larissa. Stare con te è molto più divertente che fare networking. Ma se vuoi socializzare, posso essere la Audrey per il tuo Charles.» Lanciò i lunghi capelli oltre la spalla. Sapeva esattamente come muoversi a queste feste, in un modo che io non avrei mai potuto.

«Non sarò mai come tua madre o Charles. Io non c'entro niente qui.» Guardai il mio abito scintillante come se lo stessi proiettando con la magia di Loki, e da un momento all'altro l'illusione sarebbe crollata, lasciandomi nei miei soliti abiti neri e informi.

«Certo che c'entri. Hai solo bisogno del partner giusto.» Piegò il gomito come un duca in un film in costume.

«Grazie, Natalie. Sei una vera amica.» Infilai la mano sotto il suo braccio. «Ora, dove dovremmo andare per pri...»

Larissa fluttuò verso di noi, facendo scoppiare la delicata bolla di normalità che Natalie mi aveva costruito intorno. Indossava un abito a sirena nero senza spalline, coperto da un intricato lavoro di perline che si estendeva fino al tulle frusciante sul fondo. Attorno al collo portava una vistosa collana statement di cristalli rossi scintillanti con un enorme rubino finto sospeso appena sopra il corpetto del vestito.

«Larissa, quell'abito è meraviglioso,» disse Natalie. Guardò più da vicino. «Ricamato a mano?»

«Non è vero?» Larissa si passò una mano sul fianco.

«E quella collana.» Natalie nominò un gioielliere di lusso che avevo sentito menzionare dalle celebrità sul tappeto rosso prima delle premiazioni.

Larissa annuì. «È il pezzo più incredibile che abbia mai indossato.»

Era vera? Deglutii, e quella fitta in fondo al cervello, come la risposta a un problema di matematica che avevo quasi risolto, tornò. Non conoscevo lo stipendio netto di Larissa, dato che, contro il mio consiglio, Jackson la pagava direttamente dai suoi fondi personali. Secondo i siti di comparazione salariale che avevo controllato, non era abbastanza per permettersi rubini enormi e autentici. Era possibile noleggiare gioielli del genere? La mia mente si mise in moto, cercando di capire il modello di business del gioielliere e come assicurassero i pezzi.

Larissa mi risvegliò dai miei calcoli dicendo: «Le presento Flavio, il mio accompagnatore.»

Lui era stato in piedi dietro di lei, parlando con un membro dello staff in uniforme nera del club, ma si fece avanti quando lei gli tirò la manica. Le due volte che l'avevo incontrato qui prima indossava abiti da golf, ma stasera il suo smoking si modellava sulla sua corporatura, dalle spalle larghe ai fianchi stretti. Non stava dritto come faceva sempre Mateo, ma se ne stava un po' curvo, con le mani in tasca, a suo agio nel suo smoking e nella sua pelle, come se fosse il padrone del posto.

«Oh, ci siamo già conosciuti,» disse Natalie. «Quando siamo venute qui con la decoratrice la settimana scorsa.»

«Sì.» Agitò un dito. «Le ho dato il mio biglietto da visita, signorina Jones, ma non mi ha ancora chiamato.»

«Parli con Larissa. È lei che ci ha tenute impegnate con l'organizzazione della festa.»

«Ah. Ma ora l'organizzazione della festa è finita, e ho una proposta d'affari...»

«Non ora, Flavio.» Il sorriso di Larissa si trasformò in una smorfia. «Dov'è Mateo? Voglio chiedergli perché la band non indossa sombreri e quei pantaloni da mariachi attillati.»

Natalie alzò gli occhi al cielo con una tale forza che pensai che le sue ciglia finte potessero volare via.

«Non è qui stasera,» dissi.

«Guai in paradiso?» Le sopracciglia biondo cenere di Larissa si inarcarono.

Avrei voluto dirle di no, ma la bugia mi si bloccò in gola.

«Oh, no.» La sua voce scese di un'ottava. «Vi siete lasciati?»

Natalie si avvicinò e mi strinse la mano, improvvisamente gelida. «Non parliamone stasera. Stasera è per celebrare il nostro duro lavoro.» Ma mi lanciò uno sguardo così pieno di compassione che mi pizzicarono i seni nasali.

Tirai su col naso. Non ero sicura che le mie ciglia finte avrebbero retto alle lacrime. Inoltre, ne avevo già versate abbastanza sul mio cuscino profumato di Mateo. Serrai la bocca per trattenere il singhiozzo.

Natalie doveva aver visto il tremito della mia mascella. «Con permesso. Stavamo andando a prendere un secondo giro.»

«Ricordi che stasera rappresenta la fondazione,» sibilò Larissa. «Solo due drink, Miriam. Nessun errore.»

Mi raddrizzai. Dovevo chiederle del fondo per le emergenze. Ma non di fronte a Flavio e Natalie. «Larissa, potrei...»

«Non c'è tempo.» Natalie mi afferrò il braccio e mi trascinò attraverso la folla fino al bar più vicino.

«Ma dovevo chiederle una cosa sulla fondazione...»

«Fanculo la fondazione,» sbottò Natalie. «Siamo in missione. Le rotture richiedono champagne e cioccolato.»

Con Ben, era vino rosso e pizza unta. Ma questo non aveva sollevato la pesantezza che avevo nello stomaco. Forse il rimedio di Natalie avrebbe funzionato. Avrei trovato Larissa quando i miei occhi non fossero stati così umidi.

Feci un sorriso di scusa. «Sono allergica.»

«Allo champagne?»

«No. Al cioccolato.»

I suoi occhi si addolcirono di compassione. «Povera te. Il cioccolato è il miglior rimedio per le rotture che conosca. Dovremo affogare il tuo dolore nei… carboidrati. Non sei allergica a quelli, vero?»

«Solo a quelli al cioccolato.»

Due bicchieri di champagne in un angolo della sala da ballo più tardi, la stanza aveva assunto una qualità velata, come se fosse spalmata di strutto.

«Credo di aver bisogno di mangiare qualcosa di più che salmone su tartine,» dissi. *Non* avevo bisogno di una ripetizione della festa di addio al nubilato di Bree, o delle sue conseguenze.

«Buona idea.» Natalie fermò un cameriere con un gesto disinvolto della mano. «Mi scusi, può chiedere al responsabile di cucina se possono iniziare il servizio della cena?»

«Io… credo di sì? Dobbiamo chiedere al signor Flavio.»

Arricciai il naso. L'alcol non aveva diminuito la stretta al petto, ma mi aveva sciolto la lingua. «Perché a lui?»

Inclinò la testa di lato. «Stasera, tutto passa da lui.»

Tutto sarebbe dovuto passare da Larissa. O da una di noi. «Perché?»

Il cameriere si strinse nelle spalle. «Dice che è lui a comandare stasera. *È* il proprietario.»

«Flavio *è il proprietario* del country club?» Quella rivelazione perforò il mio cervello annebbiato.

«Sì?»

«Quel Flavio» — Dio, come avrei voluto sapere il suo cognome — «laggiù?» Indicai il centro della pista da ballo, dove Larissa era in piedi accanto a lui.

«Sì. Chiederò al direttore di chiederglielo.» Si girò sulla sua scarpa nera e mi lasciò lì, a bocca aperta.

«Flavio è il proprietario del country club,» dissi.

«Non lo sapevi?» chiese Natalie.

«No, tu sì?»

«No, ma perché hai quella faccia?»

«È il fidanzato di Larissa. La fondazione sta pagando al country club una cifra a cinque zeri. All'ora. Sono un sacco di soldi, ed è un conflitto di interessi.» Avevo compilato gli assegni e Larissa li aveva firmati. Non avevo pensato di indagare sulla proprietà della location, ma ora che lo sapevo, avrei dovuto segnalarlo. Aggiunto al pasticcio con i conti, era troppo da ignorare. Mi strofinai le mani. Le sentivo sporche.

Avevo partecipato alla formazione obbligatoria sulla conformità di Synergy una volta all'anno da quando ero entrata in azienda, quindi potevo recitare a memoria la politica sui conflitti di interesse, ma la fondazione era troppo piccola per un programma di formazione del genere. Poteva essere stato un errore in buona fede?

«Sapevo che c'era qualcosa che non andava,» disse Natalie. «La fondazione non sembrava mai avere tanti soldi quanti avrebbe dovuto. Ecco perché ho accettato di aiutare con il gala. Io, uhm...» — strinse il suo calice di champagne — «all'inizio pensavo che potessi essere tu a sottrarre fondi dalla fondazione, ma dopo averti conosciuta, non riuscivo a crederlo. Ho chiesto a Jackson se pensava che Larissa potesse essere losca, ma è arrivata con referenze così alte che credo che lui abbia un po' paura di lei.»

Sentii un mattone nello stomaco. Non avevo notato nulla di sbagliato nei conti fino allo strano prelievo della notte precedente. Ero stata così concentrata sui miei obiettivi di carriera da essermi persa qualcosa di enorme come una appropriazione indebita?

«Io... ho trovato qualcosa. Ieri sera. Uno dei conti della fondazione è stato svuotato. Da Larissa.» Aprii la mia pochette e le porsi la stampa. «Oggi, c'è stato uno strano deposito sul mio PayMo.

L'ho stornato, ma la cifra corrispondeva al saldo del fondo per le emergenze.»

«La settimana scorsa, quando eravamo qui con la decoratrice, hai detto che mancava un versamento. Cosa ha detto Larissa a riguardo?»

«Ha detto di aver dato i contanti alla decoratrice.»

Natalie scosse la testa. «Gail è un'amica. Ha accettato di ricevere il pagamento dopo l'evento. Ha rinunciato al suo solito acconto.»

La testa mi girava. Era troppo irregolare. Non avremmo mai superato una revisione contabile. C'era decisamente qualcosa che non andava. Ma Larissa aveva vinto quel premio l'anno scorso. Non potevo credere che avesse intenzionalmente frodato la fondazione. Chi poteva fare una cosa del genere ai bambini?

«Dovremmo dirlo a Jackson,» disse Natalie. «So che ha un approccio distaccato alla gestione della fondazione, ma non sarà felice di sentire questa cosa.»

«Preferirei parlare prima con Larissa. Vedere cosa ha da dire in sua difesa.»

«Ok, ma...» Si morse il labbro. «C'è di più. Non volevo dire niente finché non fossi stata sicura, ma penso che si sia intascata i soldi che avrebbe dovuto usare per l'affitto. Jackson ha detto che sta pagando per uno spazio ufficio, ma io e lei ci incontriamo sempre da Starbucks.»

Spalancai gli occhi. «Jackson le ha dato i soldi per uno spazio ufficio? I conti della fondazione dovrebbero pagare per quello. Inoltre, lei lavora dal suo appartamento.»

Natalie scosse la testa. «Dobbiamo dirlo a Jackson. Questa...» — agitò i fogli che teneva in mano — «...è la prova.»

Scese dalla sua sedia e attese, con le sopracciglia alzate.

Aveva ragione. Era troppo per essere un errore. Ma addio al posto di vicedirettrice. Jackson Jones non mi avrebbe mai perdonato per aver permesso che questo accadesse sotto la mia supervisione.

Scivolai giù dall'alto sgabello. «Okay. Parliamogli.»

Lei scrutò la pista da ballo in cerca di suo fratello, e io guardai nella direzione opposta, verso l'ingresso.

Il mio sguardo si fissò su un paio di spalle forti e una testa bionda che svettava sulla folla. Mi si mozzò il fiato in petto.

Mateo?

Ogni pensiero evaporò dal mio cervello. La fondazione, la frode di Larissa, persino la mia amica in piedi accanto a me. Un'ondata di speranza mi travolse. Speranza che mi avesse perdonata. Che fosse venuto qui per vedermi. Che — deglutii — volesse di nuovo far parte della mia vita.

Perché io lo volevo.

Ma quando girò la testa, mi resi conto che era solo Cooper Fallon, in piedi accanto a mio fratello all'ingresso della sala da ballo.

Quando lo stomaco mi sprofondò, smisi di negarlo.

Ero sempre stata innamorata di Mateo.

29

MATEO
Un'ora prima

AVEVO tutto ciò di cui un ragazzo single aveva bisogno a San Valentino: una birra in mano, una confezione da sei in frigorifero e un'altra confezione da sei dietro la prima. In più, il calcio su un televisore gigante. No, non era la stagione del calcio, nemmeno quella del football americano, ma anche se Miguelito non guardava mai nient'altro che il telegiornale finanziario, aveva un pacchetto televisivo via cavo incredibile. Il canale della MLS stava trasmettendo una maratona delle partite dei Mondiali dell'anno precedente.

E avevo il miglior amico di sempre, anche se doveva nascondersi sotto una coperta. Strappai un minuscolo triangolo da una striscia di carne secca e lo diedi a Roger, che fece le fusa soddisfatto sotto il plaid di cachemire sul divano componibile nella sala TV di Miguelito. Poi lanciai un pezzo più grande a Coco, sdraiato sul pavimento ai miei piedi.

Il ticchettio delle scarpe eleganti sulle piastrelle mi diede tutto il tempo di coprire Roger con la coperta prima che Ben entrasse.

«Ehi, Mateo, puoi aiutarmi con il farfallino? Non ho ancora preso la mano.»

Posai la birra e aggirai il divano per mettermi di fronte a lui. Aveva una radiosità fresca che lo rendeva ancora più stupendo dello smoking sartoriale bordato di raso. Mi pulii le dita sporche di carne secca sui pantaloni della tuta per non rovinare il lucido farfallino.

«Capo?»

«No.» Sospirò in estasi, alzando gli occhi al soffitto. «Quel fottuto Tom Ford. Guarda i polsini.» Sollevò un avambraccio per mostrare il polsino di raso e i bottoni ricoperti.

Fischiai. «Deve amarti davvero.»

«Lo so, eh?»

Un sorriso mi si aprì sul volto. Ero geloso che mio cugino avesse agguantato l'amore della sua vita mentre il mio cuore era in frantumi? Assolutamente. Eppure, non riuscivo a essere arrabbiato di fronte all'incandescente felicità di Ben.

«Lito non è riuscito a legartelo?» Raddrizzai le estremità e lasciai che la memoria muscolare prendesse il sopravvento. A mio padre piaceva indossare il farfallino per la messa della domenica.

«Ci ha provato» —il collo di Ben arrossì sotto il colletto, di una sfumatura che mi ricordava troppo la pelle di sua sorella— «ma continuava, ehm, a distrarsi. Ecco perché siamo in ritardo. Adesso si sta facendo la doccia.»

Mi sforzai di ridacchiare.

Sempre troppo perspicace, Ben chiese: «Andrà tutto bene?»

«Cosa?» Strinsi il fiocco. «Certo. Ho birra e calcio. Più tardi ordinerò una pizza. La vita è bella.»

«Mateo.» Ben mi posò una mano sulla maglietta, proprio sopra il buco spalancato che avevo nel petto. «Mi dispiace che tra te e Mimi non abbia funzionato. Facevo il tifo per voi.»

«Tanto vale fare il tifo per il San Marino,» borbottai, sistemandogli il farfallino.

«Non sono un esperto di sport. Cos'è il San Marino?»

«San Marino?» Miguelito entrò, con il suo farfallino che gli pendeva dal collo. «Soltanto la peggior squadra di calcio europea di sempre. Non vorrai mica vedere una partita lì, vero?»

«Ma dove si tro... lascia perdere. Mateo si stava paragonando a loro, e ho capito subito che non mi piaceva.» Scambiò un'occhiata con il suo fidanzato.

«Dicevo sul serio l'altro giorno,» disse lui burbero. «Sei mio cugino e ti voglio bene. Ti stimo. Vai più che bene.»

Avevo bisogno di quelle parole. Le assorbii attraverso la pelle come vitamina D alla luce del sole. Si raccolsero nel mio stomaco, scaldandomi dall'interno.

«Oh, Mateo,» disse Ben. «Certo che vai bene. Mimi sarà anche mia sorella, ma è una stupida se non se ne rende conto.»

I seni nasali mi pizzicarono. Agganciai Ben con il braccio destro e Lito con il sinistro e li strinsi in un abbraccio soffocante. Ricacciai indietro le lacrime, non volendo che cadessero sulle loro giacche da smoking. «Grazie,» sussurrai con la gola stretta.

Ben mi abbracciò forte mentre Lito mi diede qualche goffa pacca sulla schiena.

«Ti vogliamo bene entrambi, Mateo,» mormorò Ben contro la mia spalla.

«Però.» Miguelito si districò dolcemente dal mio abbraccio e tirò Ben al suo fianco. «Non posso approvare questo tuo struggimento.» Fece un gesto verso la mia maglietta sbiadita e sfilacciata e i miei pantaloni della tuta cascanti. «Perché non sei vestito?»

Mi tirai giù la maglietta rimpicciolita per coprire lo stomaco. «Sono vestito. Sono prontissimo per una serata con le mie squadre preferite.»

Miguelito lanciò un'occhiata al televisore. «Lipsia-Chelsea? Le odi entrambe.»

Cazzo, ero stato troppo impegnato a struggermi per prestare attenzione a chi stesse giocando. «Forse possono perdere entrambe?»

«Fanculo a queste cazzate.» Mio cugino fendette l'aria con una mano. «Tu vieni con noi al gala. Andrai a tentare il tutto per tutto con Mimi.»

«Cosa?» I brividi mi corsero lungo la spina dorsale. «No, non lo farò. Lei non mi vuole.»

«Certo che ti vuole.» Ben mi passò una mano conciliante sul bicipite. «Se l'è solo dimenticato.»

Mostrai i denti e mi allontanai dal suo tocco. «Perché sono uno che si dimentica facilmente.»

La bocca di Ben si spalancò in una O inorridita. Stavolta, Miguelito mi afferrò la spalla, scandendo le parole a denti stretti. «Tu. Non sei. Dimenticabile. Chiunque ti incontri ti adora. Tua madre? Aveva i suoi problemi, non legati a te. E Mimi è stata una stupida a lasciarti andare. Probabilmente sta rimpiangendo quella decisione proprio adesso.»

Sbuffai. «Certo che lo sta facendo. Si è presentata a quel gala da sola, e Larissa... dannazione, Larissa la sta facendo a pezzi, non è vero?»

«C'è solo un modo per scoprirlo. Vieni con noi. Riconquistala.»

Mi voltai verso Ben. Insomma, volevo bene a mio cugino, ma la sua esperienza in fatto di appuntamenti faceva schifo.

«Dalle un'altra possibilità,» disse Ben. «Se fa di nuovo cazzate, non mi interessa se è mia sorella. La metto in punizione.»

«Non potrei mai mettermi tra te e Mimi. Devi stare dalla sua parte. Ma io mi tengo Lito.» Misi un braccio intorno alle spalle di mio cugino.

Lui si allontanò, spazzando via pieghe invisibili dal suo smoking. «Andiamo. Ti aiuto a scegliere uno smoking di sopra.»

«Quello di broccato di Versace, tesoro,» disse Ben. «Tu non riesci mai a portarlo bene, ma su di lui starà da dio.»

Le labbra di Miguelito si incurvarono all'ingiù, ma poi scrollò le spalle. «È un po' troppo appariscente per me. Ma perfetto per mio cugino.»

Mentre mi giravo per seguire mio cugino di sopra, Ben mi afferrò il polso. Alzando le sopracciglia, disse con una voce troppo bassa perché il suo fidanzato potesse sentirla: «Riporto a casa io il tuo ospite. Non ti consiglierei di riportarlo qui. Cooper non sarà così amichevole come Coco, e potrebbe rimangiarsi le belle cose che ha detto su di te.»

Allungai la mano oltre lo schienale del divano, scoprii Roger e lo porsi a Ben. «Grazie, amico. Ti devo un favore.»

«Ma no. Fai sorridere di nuovo mia sorella, e sarà tutto perdonato.» Mi diede una pacca sulla spalla e si allontanò ticchettando, Roger quasi invisibile contro la sua giacca da smoking nera.

«Vieni?» chiamò Miguelito dal pianerottolo.

Corsi di sopra per raggiungerlo. Anche se non l'avessi riconquistata, avrei salvato Mimi dalla gelida gelosia di Larissa e l'avrei aiutata a rimanere in corsa per il lavoro che desiderava così disperatamente.

Quindici minuti dopo, seguii mio cugino al piano di sotto. Ero vestito e acconciato, e lui mi aveva spruzzato addosso un'acqua di colonia dall'odore incredibile che disse non gli era mai piaciuta. Mi ricordava i fiori notturni e le calde brezze oceaniche di casa.

Ben si alzò dallo sgabello della cucina dove stava aspettando. Finse di schermarsi gli occhi. «O-M-G, non ce la faccio con tutto questo splendore. Mateo, se Mimi non ti riprende, non sarà un problema trovare qualcuno che ti aiuti a dimenticarla. Diamine, ti aiuterei io.»

Miguelito ringhiò dal profondo della gola.

«Scherzo! Scherzo, ovviamente. Ma entrando con voi due, mi sentirò come Rossella O'Hara al picnic alle Dodici Querce.» Ben afferrò la mano del suo fidanzato e lo condusse verso la porta del garage. «Andiamo, bello. Siamo in ritardo.»

Miguelito spazzolò via qualcosa dalla spalla di Ben. «Sono peli di gatto?»

«Non potrebbe essere, tesoro. Dove potrei trovare peli di gatto nella nostra casa immacolata?» Mi fece l'occhiolino da sopra la spalla. «Forza, Mateo. Abbiamo fatto la magia della fata madrina. Ora non resta che riconquistare la tua principessa.»

In silenzio, li seguii fino al garage. E se Mimi non avesse voluto essere riconquistata?

Raddrizzai le spalle. Non l'avrei mai saputo se non ci avessi provato.»

Raddrizzai le spalle. Non l'avrei mai saputo se non ci avessi provato.»

30

MIMI

MI VOLTAI DALL'INGRESSO. Non potevo guardare Ben fare gli occhi dolci a qualcuno che assomigliava così tanto all'uomo che avevo gettato via e perso.

«Scusa, cosa stavi dicendo?» chiesi a Natalie.

Ma anche lei era distratta. Suo fratello Jackson si avvicinò a noi con passo baldanzoso. I suoi occhi castani erano brillanti come champagne.

«Dov'è andato Andrew? Non mi ha ancora dato la sua donazione. Ma questa vi piacerà. Ho appena accettato un assegno da diecimila dollari da quello stronzo di van der Poel. Voleva darlo a te, Nat, non è il tuo accompagnatore? Ma gli ho detto che era la mia fottuta fondazione e che diecimila dollari non gli sarebbero bastati per portarti a letto.

Comunque, volevo ringraziarvi di nuovo per aver messo su tutto questo. Qualunque cosa vi paghi, non è abbastanza per quello che avete fatto qui stasera.» Fece un gesto verso i tavoli da pranzo che scintillavano di cristalli e argenteria, verso la band e le coppie che ballavano, verso le persone che erano venute nei loro abiti migliori il giorno di San Valentino per sostenere i bambini neurodivergenti.

Natalie sbuffò. «Non ci paghi niente, Jackson. Ti ho aiutato perché sei mio fratello e non volevo che facessi fiasco con il tuo primo grande evento. Mimi ha aiutato per la bontà del suo cuore. Perché ama sostenere i bambini.»

In realtà, quella posizione da vicedirettrice la volevo. «Beh, non è del tutto...»

«Aspetta.» Jackson si accigliò. «Non vi pago?»

«No.» Aggrottai la fronte come lui. «Beh, cioè, mi sta pagando per il mio lavoro alla Synergy, ma il mio lavoro per la fondazione è pro bono.»

«Ma ho trasferito denaro sul conto per gli stipendi ogni due settimane. Larissa ha detto che l'avrebbe distribuito tra il personale.»

Natalie sussultò.

Mi si gelò il sangue. La fondazione non aveva un conto per gli stipendi. Larissa aveva detto che Jackson pagava lei direttamente e che non dovevo preoccuparmene. Avevo pianificato di parlare con Jackson di come gestire meglio i fondi della fondazione e il loro impatto sulle sue imposte personali, ma avevo voluto aspettare che Larissa decidesse in merito alla posizione di vicedirettrice. La bile mi risalì nello stomaco.

Deglutii. Era un'accusa pesante. Ma non c'era altra spiegazione per tutto ciò che io e Natalie avevamo visto. «Credo che Larissa si sia arricchita tramite la fondazione. Si è tenuta l'intero libro paga. E ci sono state altre spese discutibili. Conflitti di interesse. Ho la documentazione di aver dato a Larissa del denaro in contanti per una caparra, ma lei non l'ha consegnato al fornitore. È sparito. E ho questo», tirai fuori dalla pochette i fogli piegati, «la prova che Larissa ha prosciugato il fondo per le emergenze della fondazione ieri sera. Mi dispiace non essermene resa conto prima d'ora.»

«Oh, cazzo.» Jackson scorse i documenti. «Porca puttana, che mossa da dilettante non mascherare nemmeno il suo indirizzo IP. Mi ci vorranno due secondi per confermare che è stata lei.»

Si passò una mano sul viso. «Faccio schifo con gli affari. Avrei dovuto chiedere a Cooper di aiutarmi. Ma aveva ottime referenze. E, francamente, mi fa un po' paura.» Si raddrizzò. «Avrò bisogno di copie del resto della documentazione per il mio avvocato.»

«Certo. Posso dargliela domani mattina.»

«Mandamela lunedì. Non dovrebbe lavorare nel fine settimana. Speriamo che se ne vada senza fare storie e che i soldi possano sistemare questo casino.» Tirò fuori il telefono, compose un numero e ci mormorò dentro.

«Non avrei mai pensato…» sussurrai.

«Io sì», disse Natalie. «Quel tipo, Flavio, è il suo complice, non il suo fidanzato.»

«In effetti emanava una certa atmosfera.»

Jackson allontanò il telefono dall'orecchio. «La sicurezza la troverà e eviterà di fare una scenata.» Si tirò le radici dei capelli. «Ora, dove troverò un nuovo direttore della fondazione che rimetta a posto questo casino?» Scrutò la folla come se avesse davanti una fila di candidati.

«Jackson, cretino che non sei altro», disse Natalie. «La tua nuova direttrice è proprio qui di fronte a te.» Mi afferrò per le spalle e mi spinse davanti a sé.

«Mimi?» Il suo viso si rasserenò. «Certo! Mimi, vuole assumere l'incarico?» e indicò uno stipendio nella fascia di cui mi ero informata.

«Io…» Oh, merda. L'idea del ruolo di assistente mi andava bene, seguire la guida di qualcun altro. Ma essere io stessa il capo? «Sono qualificata?»

Natalie, che aveva ancora le mani sulle mie spalle, si chinò e mi parlò all'orecchio. «Ti aiuterò, promesso.»

«Aiuto.» Mi aggrappai a quella parola come a un'ancora di salvezza. «Avrò bisogno di molto aiuto.»

«Chiunque voglia», disse lui. «Può assumere del personale. E un revisore dei conti.»

Le mie guance avvamparono. Come avevo fatto a non accorgermi dell'appropriazione indebita di Larissa? «È sicuro di volere me?»

«Non riesco a pensare a una candidata migliore. Ho visto il suo ottimo lavoro. E poi, Nat si fa garante per Lei.»

«Posso pensarci e farLe sapere lunedì?»

«Certo.» Abbassò lo sguardo sul telefono. «Pare che abbiano trovato Larissa. Devo andare a occuparmi di lei.»

«Cosa hai intenzione di fare?» Natalie si sfregò le mani. «La farai ammanettare dalla polizia?»

«Hai guardato troppi polizieschi, Nat. Per ora, vedrò cosa ha da dire a sua discolpa.»

«Io e Mimi veniamo con te.»

«Davvero?» sbattei le palpebre. Volevo davvero vedere Larissa messa al tappeto?

Aveva rubato soldi ai bambini che avremmo dovuto aiutare. Certo che sì, dannazione.

La squadra di sicurezza di Jackson aveva trattenuto Larissa in una piccola sala conferenze vicino all'atrio. Jackson parlò con la capo squadra, una donna alta e muscolosa con i capelli corti. «Dov'è Flavio?»

«Non l'ho trovato. Ma ha lasciato qui la sua accompagnatrice.» Fece un cenno verso Larissa, che sollevò il naso con aria di superiorità.

«Questo è ridicolo, Jackson. Non so cosa pensi che Miriam abbia fatto...»

«Lei non pensa che abbia fatto niente. Lo penso io. Penso che Lei abbia rubato soldi che dovevano servire ad aiutare dei bambini.»

Mi nascosi dietro Natalie, ma lo sguardo gelido e azzurro di Larissa mi trovò. «Miriam non sa nulla di come si gestiscono le organizzazioni non profit. Non capisce. Le mostrerò esattamente...»

Uscii dall'ombra di Natalie. «Forse non so come gestire un'organizzazione non profit, ma capisco di contabilità. E di tasse.

Penso che anche Lei lo capisca. Quello che ha fatto non è giusto. Ho le ricevute, o la loro mancanza, per dimostrarlo.»

«Davvero?» Sollevò le sopracciglia, e un sorriso le aleggiò sulle labbra. «Jackson, credo che se controllasse i conti personali di Miriam, vedrebbe che è lei quella che ha preso i soldi dal fondo di emergenza.»

Una fredda consapevolezza mi attraversò le vene. «Stava cercando di incastrarmi? Di farmi prendere la colpa del suo furto? Sapevo che quei soldi non erano miei. Ho fatto stornare l'addebito da PayMo.»

«E poi», disse Jackson, «posso rintracciare l'IP. Sono abbastanza sicuro di sapere dove porterà.»

Per la prima volta, la paura attraversò il suo viso liscio. «Non può farmi questo. Ho delle conoscenze. Persone che si assicureranno che Lei non possa provare nulla.»

Jackson scrollò le spalle. «Io non devo provare nulla. Il suo impiego è a discrezione e non ho più bisogno dei suoi servizi. Mi fido di Mimi. Ha le prove di quello che Lei ha fatto. Probabilmente possiamo trovarne altre presso le precedenti organizzazioni non profit con cui è stata associata. Quindi sia intelligente, Larissa. Vada via dalla città e si trovi un lavoro onesto nel settore privato. Se vengo a sapere che sta cercando di rubare da un'altra organizzazione non profit, la rovinerò.»

Il petto di Larissa si sollevò, ma rimase in silenzio. La sua espressione si chiuse. «Non credo di voler rimanere qui, comunque. Me ne vado.»

Con uno sguardo cauto alla capo della sicurezza, sgusciò verso la porta ma si fermò accanto a me. «Stai attenta, Miriam. Vedo come vuoi far parte di questo mondo.» Lanciò un'occhiata ai Jones. «Sei come me, ambiziosa. Metti in scena uno spettacolo per loro. Vuoi i riflettori puntati addosso. Beh, quei riflettori possono bruciarti.»

«Non siamo uguali.» Aveva più ragione di quanto volessi ammettere. Avevo desiderato essere come lei, spiccare il volo come aveva fatto lei. Ma ora vedevo che non aveva volato affatto.

Aveva usato fili invisibili per creare l'illusione del volo. E avrei preferito faticare nell'oscurità per sempre piuttosto che fare quello che aveva fatto lei. «Io non ruberei mai.»

Socchiuse gli occhi. «Ne saresti sicura? Le donne come te e me non hanno la rete di sicurezza che hanno *loro*. Dobbiamo farci strada con le unghie e con i denti per arrivare in cima. Costa soldi sembrare di appartenere a questo mondo. E a volte devi fingere finché non ce la fai.»

In superficie, quello che aveva detto suonava molto simile al mantra di mia madre: *intelligenza, determinazione e fiducia in se stessi*. Ma lei l'aveva distorto in un modo che io non avrei mai fatto. «Preferirei essere povera e disoccupata piuttosto che prendere soldi donati per aiutare dei bambini.»

Inarcò un sopracciglio. «Buona fortuna. Solo i ricchi possono permettersi un senso di superiorità morale.» Con uno sbuffo, uscì dalla stanza con passo regale. Nessuno la fermò, e il ticchettio dei suoi tacchi si allontanò veloce lungo il corridoio.

Jackson ringraziò la squadra di sicurezza, che uscì chiudendo la porta.

«La stai lasciando andare così?» Natalie si mise le mani sui fianchi.

«Nat, le sto dando una seconda possibilità. Anche io ho fatto degli errori.»

«Errori?» La sua voce si alzò indignata. «L'appropriazione indebita non è affatto un errore!»

«Jackson, devo essere d'accordo. È un reato», dissi.

«Era sbagliato, e le darò l'opportunità di rimediare. Altre persone mi hanno dato questa possibilità, molte possibilità, quando ho fatto cazzate.» Si massaggiò un punto tra le sopracciglia. «Ma vi prometto che la terremo d'occhio. Se ci riprova da qualche altra parte, le daremo la caccia. Coprirò tutto quello che ha preso dalla fondazione con i miei fondi personali.»

Aveva rubato all'organizzazione per cui avevo lavorato così duramente. Ai bambini. «Ma...»

«Metterà in atto delle misure perché non accada mai più, vero?» chiese lui.

«Certo.» Era una promessa.

«Ora, là fuori abbiamo ancora un galà in corso e donatori da spremere.» Si sfregò le mani. «Larissa doveva fare un breve discorso e poi presentarmi. Può farlo Lei, Mimi?»

«Un discorso?» I discorsi non erano il mio forte. Era per questo che ero diventata una contabile.

«Semplicemente dia il benvenuto a tutti, li ringrazi per i loro contributi e poi dica: "Ecco a voi Jackson". Niente di complicato.»

«Hai preparato un discorso?» chiese Natalie.

Lui ridacchiò. «Mi conosci. Ho intenzione di improvvisare.» Uscì a grandi passi dalla porta.

Natalie mi abbracciò. «Mi dispiace per il furto di Larissa, ma sono così entusiasta per te. Avresti dovuto essere tu al comando fin dall'inizio.»

«Ma non so nulla su come dirigere un'organizzazione non profit. Forse dovresti...»

«Ti prometto che ti aiuterò. Hai le capacità necessarie. Sei organizzata, determinata e, soprattutto, tieni ai bambini come Larissa non ha mai fatto.»

La fiducia di Natalie sostenne la mia. «Okay, se pensi che io possa...»

«So che puoi.» Mi abbracciò di nuovo. «Pronta a salire sul palco?»

Il mio sorriso era incerto. Certo, avevo raggiunto, superato, il mio obiettivo. Ma ora dovevo farmi avanti e mettermi al lavoro. Senza la rete di sicurezza della guida di qualcun altro. Ma Natalie credeva in me. Con il suo aiuto, avrei potuto farcela.

«Okay.» Uscimmo insieme.

Ma non appena entrai nella sala da ballo, il mio sguardo si posò sulla persona che avevo cercato per tutta la serata. Qualcuno di alto e biondo che indossava uno smoking. E questa volta, non era Cooper Fallon.

31

MIMI

«ANDIAMO, MIMI» disse Natalie. «Oh.»

Più che altro *Ohhhh.*

Cosa ci faceva Mateo al gala? Se ne stava in disparte, da solo, scrutando la folla. Erano spariti i jeans e la T-shirt attillata che indossava di solito. Quella sera, era stupendo ed elegante in uno smoking broccato che gli fasciava le spalle e il torso muscoloso, sfiorando le sue cosce possenti. Il papillon era impeccabile e aderente sotto il mento.

Sembrava perfettamente a suo agio in quella scintillante sala da ballo.

Merda, era venuto con un'accompagnatrice? Non era così crudele. Anche se me lo sarei meritata, dopo quello che gli avevo fatto. Una morsa mi strinse il cuore.

«Ho bisogno di un minuto.»

«Un minuto?» Natalie emise un mormorio di apprezzamento mentre lo squadrava da capo a piedi. «A me ne servirebbero venti. Come minimo. Vai. Vado a preparare i tecnici del suono per te.»

Natalie sparì con un ticchettio dei tacchi. Ma il mio sguardo rimase incollato su Mateo.

Feci un passo verso di lui, e fu in quel momento che mi notò. La sua espressione si bloccò, gli occhi si spalancarono. Poi mi scrutò dall'acconciatura raccolta alla curva dei miei seni, al punto in cui l'abito avvolgeva i miei fianchi fasciati dallo spandex, seguendo il lungo spacco della gonna fino alle dita dei piedi nei tacchi beige.

Il suo sguardo schizzò di nuovo sul mio viso, e desiderai di poter cancellare l'incertezza che si era depositata nella ruga tra le sue sopracciglia.

Mi affrettai verso di lui, più veloce che potevo su quei tacchi troppo alti, finché non fui in piedi di fronte a lui.

«Mateo, io…»

«Mimi.» Il mio nome era un sospiro, una speranza, un ritrovarsi. Allungò una mano come per toccarmi, ma la ritrasse di scatto.

Io? Dovevo essere in lizza per il premio "momento più imbarazzante della serata". Inorridita e incapace di fermarmi, guardai la mia mano tesa verso di lui per una stretta.

Lui abbassò lo sguardo, e i suoi occhi si incresparono per il dolore, come se lo avessi preso a calci. Eppure, da persona migliore quale era, avvolse la mia mano con la sua e la strinse.

«Mimi.» Questa volta, quando lo disse, il mio nome uscì strozzato e rigido.

Allentò la presa sulla mia mano, ma io mi ci aggrappai come Roger al tiragraffi in sisal.

«Mateo, mi dispiace. Non avrei mai dovuto dirti quelle cose. Non avrei dovuto farti sentire come se fossi un trampolino di lancio per la mia carriera. Tutto quello che hai fatto è stato aiutarmi, e io te l'ho rinfacciato. Non ho mai voluto ferirti.»

Serrò la bocca finché le sue labbra carnose non impallidirono. «Va tutto bene.»

«No.» Doveva capirlo, che nessuno doveva approfittarsi di lui. Che nessuno poteva insultarlo e metterlo da parte come avevo fatto io. «No, non va bene. Ho preso tutto quello che mi hai dato.

E mi hai dato così tanto. L'aiuto con il gala. Questo vestito. E molto altro ancora. Eppure sono stata un'ingrata.»

La sua bocca era una linea sottile. «Non fa niente. Sono felice che per te sia andato tutto bene.»

Stavo sbagliando tutto, ma non sapevo come fermarmi. Così peggiorai la situazione. «È andata bene. Davvero. Jackson mi ha appena offerto la posizione di direttrice. Non vicedirettrice. Direttrice. E penso che accetterò.»

Il suo viso rigido si aprì, gli angoli della bocca si piegarono all'insù. «È fantastico, Mimi. Sono felice per te.»

«Ma io...» Perché era così difficile per me? Perché ero bloccata su tutto ciò che non era importante? Perché non riuscivo a dirgli cosa provavo per lui?

Alzai lo sguardo verso i suoi occhi, gentili, dolci e caldi come un cielo estivo. E capii perché non riuscivo a parlare. Era tutto sbagliato. Non era abbastanza dirlo solo a lui. Il mondo, o almeno tutti in quella sala da ballo, dovevano sapere quanto fosse meraviglioso. Meritava non solo la mia gratitudine, ma quella di un'intera sala.

Mi sollevai sulla punta dei piedi e gli diedi un bacetto sulle labbra. «Rimani qui, okay? Non muoverti.»

Girandomi verso il palco, mi feci largo tra le persone che aspettavano che la band riprendesse a suonare finché non raggiunsi i gradini e li salii.

«Pronta?» chiesi, prendendo il microfono da Natalie.

«Non vedo ancora Jackson.»

«Non importa. Devo dire una cosa prima.»

«Davvero?»

Accesi il microfono e mi voltai verso la sala da ballo. «Buonasera a tutti. Buonasera.»

Aspettai che la sala si quietasse e di aver catturato l'attenzione della maggior parte degli ospiti.

«Benvenuti alla prima Celebrazione Annuale delle Differenze Cerebrali di San Valentino. Sono Miriam Levy-Walters, la consulente finanziaria della fondazione. Voglio ringraziarvi tutti per la vostra generosità stasera.»

Scrutai la folla. La maggior parte di loro sembrava annoiata. O irritata perché non avevano ancora mangiato nulla. Le ginocchia mi tremavano al pensiero di ciò che volevo dire.

E fu in quel momento che feci qualcosa di cui mi sarei vergognata per il resto della mia vita.

«Sapete qual è il problema con le battute sulla matematica?» Inarcai le sopracciglia e sorrisi.

Ben la conosceva. «No, qual è il problema con le battute sulla matematica?» gridò.

Sogghignai. «Le battute sul calcolo sono tutte derivate, quelle sulla trigonometria sono troppo esplicite, quelle sull'algebra sono sempre formulate male e quelle sull'aritmetica sono piuttosto elementari.» Feci una pausa. «Ma suppongo che una battuta occasionale sulla statistica sia un'eccezione.»

Il silenzio si protrasse per due secondi. Tre. Poi, dal lato del palco, Natalie urlò: «Ah!»

Le mie guance avvamparono. Immaginai che i ricchi non apprezzassero le battute sulla matematica. Feci un respiro profondo e dissi: «Prima di presentarvi Jackson, vorrei ringraziare alcune persone che hanno reso possibile l'evento di stasera.

«Per prima, Natalie Jones. Natalie ha portato una visione a questo gala e l'ha realizzata in modo impeccabile. Grazie, Natalie, per il tuo contributo e per la tua amicizia.»

Le sorrisi mentre gli ospiti applaudivano. Lei raddrizzò le spalle e sorrise raggiante prima a me e poi alle persone riunite sotto di noi sulla pista da ballo.

Quando l'applauso si placò, continuai. «Vorrei anche ringraziare Mateo Rivera, che non solo ha contribuito a portarvi il cibo e l'intrattenimento di stasera, ma mi ha anche aiutata in così tanti modi.»

Feci una pausa, aggrottando la fronte. Non era quello. Non tutto, almeno. Alcune persone applaudirono, pensando che avessi finito, ma alzai una mano e trovai Mateo tra la folla. Quando mi rivolse un sorriso timido, continuai.

«Mateo mi ha dato molto più che un aiuto. Mi ha dato lealtà. Incoraggiamento. Sostegno. Incondizionatamente. Non importava cosa gli lanciassi contro, lui c'era sempre per me. Non sarei qui su questo palco stasera senza di lui.

«Non sapevo assolutamente nulla di come organizzare un gala come questo. Ma lui mi ha dato la fiducia per andare avanti di fronte alle avversità. Per raggiungere ciò che volevo. E anche quando era difficile, Mateo mi ha reso le cose più facili. Mi ha sorretta e sostenuta in ogni sfida.»

Ero vicina. Avevo quasi raggiunto ciò che volevo, che dovevo dire.

«Si è preso cura di me. E ho scoperto di tenere a lui, anch'io. Mateo, ti amo. Voglio essere la tua partner in questo e in tutto il resto.»

Natalie squittì e applaudì, e alcune delle persone riunite sulla pista da ballo si unirono. Non avevano idea che per me fosse un passo da gigante.

Ma Mateo sì. Il suo sorriso timido si era trasformato in un sorriso a trentadue denti, e si diresse dritto verso di me come una freccia attraverso la folla.

Gli avevo appena professato il mio amore davanti a mille persone, ma non volevo essere sul palco con un microfono in mano quando mi avrebbe raggiunta. Volevo trascinarlo da qualche parte in privato per sostenere le mie parole con i baci.

Dissi nel microfono: «E ora, per favore, date il benvenuto alla persona che ha dato inizio alla fondazione, le cui idee, filantropia e impegno per i ragazzi neurodivergenti sono il motivo per cui siamo qui stasera. Jackson Jones.»

Cacciai il microfono in mano a Natalie, senza preoccuparmi se Jackson fosse pronto o meno.

Io ero pronta. Scesi di corsa i gradini verso Mateo e gli gettai le braccia al collo. Mi sollevò da terra e mi baciò una volta, con forza, prima di sussurrarmi all'orecchio: «Ti amo, Miriam Levy-Walters.

Quanto tempo devo aspettare prima di poterti portare da qualche parte e dimostrartelo?»

Sussurrai di rimando: «Devo rimanere fino alla fine, ma...»

«Ma?» Sentii il suo sorriso contro la mia guancia.

«Ma so dov'è il camerino. Potrei, uhm, mostrartelo?»

«Apri la strada, mi amor.»

32

MATEO

AVREI DOVUTO SAPERE che sperare di mettere le mani su Mimi nel camerino era inutile. Fummo fermati non appena mettemmo piede fuori dalla pista da ballo.

«Mimi! Mateo!» sussurrò concitata Marlee, l'assistente di Jackson, per non disturbare il discorso di lui. «È stato incredibilmente romantico. Adesso state insieme?» Si portò le mani giunte sotto il mento, sorridendo ampiamente.

Tirai la mano di Mimi e la strinsi al mio fianco. «Sì.»

Mimi mi guardò, i suoi bellissimi occhi castani che sprizzavano impazienza di restare sola con me. Ma ancora non riuscivo a credere che la riservata Mimi, un esercito di una sola donna, avesse dichiarato il suo amore per me su quel palco. Avevo bisogno di sentirmelo dire un'altra dozzina di volte prima di poterci credere davvero.

Marlee strillò di gioia. «Sono così felice per voi!»

«Tesoro.» Un tipo alto e dinoccolato con gli occhiali le cinse la vita con un braccio. «Io, ehm, credo che abbiano bisogno di un po' di tempo da soli.»

«Oh.» Sbatté le palpebre. «Certo che hai ragione, Tyler. Ti trovo dopo, Mimi. Voglio sapere tutto!»

Mentre Mimi mi trascinava via, borbottò: «Marlee adora l'amore. Non la smetterà più.»

Eravamo quasi usciti dalla sala da ballo quando Ben si parò davanti a Mimi, con Miguelito al suo fianco. Ben allargò le braccia e non avemmo altra scelta che finire nel suo abbraccio. Ci strinse l'uno contro l'altra.

Lo sentii sussurrare all'orecchio di Mimi: «Sono così felice per te.»

La lasciò andare, ma trattenne me. «Ti adoro, Mateo, ma se mai la farai soffrire, chiederò a Cooper di farti sparire.»

Mi divincolai dalla sua presa. I suoi occhi brillavano, ma di umorismo o di malizia?

«Amo tua sorella» dissi.

«Lo so. Anch'io le voglio bene.»

Mimi si mise davanti a me, irritata. «Smettila, Benny. Sono una ragazza grande e so cosa voglio. E voglio Mateo.»

Mi avvolse la vita con un braccio, e per me fu naturale cingerla con il mio. Per sostegno. Perché mi aveva appena tagliato le gambe.

«Dillo di nuovo, Mimi» mormorai.

«Ti amo, Mateo. Voglio stare con te.» Mi strinse più forte.

Le sue parole mi diedero abbastanza forza da lanciare a Ben uno sguardo trionfante. Lui incrociò le braccia e si appoggiò a Miguelito.

Osavo a malapena guardare mio cugino, ma non potei farne a meno. Avevo bisogno della sua approvazione. E di assicurarmi che non mi avrebbe fatto "sparire", qualunque cosa intendesse Ben con quella parola.

Miguelito fece un cenno del capo a entrambi. «State bene insieme. Prendetevi cura l'uno dell'altra.»

Non sembrava tanto un ordine quanto la constatazione di un fatto. Diedi un bacio leggero sulle labbra di Mimi, sollevate verso di me. «Lo facciamo. Lo faremo.»

Il discorso di Jackson doveva essere finito, perché l'orchestra ricominciò a suonare. E per quanto desiderassi qualche minuto da solo con Mimi, quella era la migliore occasione per sfuggire a chi voleva congratularsi mentre le mettevo le mani addosso.

«Vieni, Mimi. Facciamogli vedere i nostri passi di danza.» Le afferrai la mano e la trascinai al centro della pista, dove posai delicatamente le mie mani sotto le sue.

«Ti ricordi?» le chiesi.

Lei mi sorrise, e tutto in lei scintillava, da quel vestito incredibile ai suoi occhi color quarzo fumé. «Ricordo tutto.»

«Bene.» Contai il tempo e cominciammo a muoverci.

Iniziammo con i piedi, i passi semplici che risvegliarono le memorie muscolari che avevamo formato al locale e poi di nuovo a casa mia. Poi mossi i fianchi. Quando anche Mimi lo fece, per poco non mi ingoiai la lingua. Lo spacco le saliva alto sulla gamba, e tutto quello che volevo era toccare la pelle liscia della sua coscia e guardarla rabbrividire.

No, Mateo. Mantieniti sul VM14. O almeno per tutti.

Cambiai la presa sulla sua mano per segnalare una giravolta, e lei si mosse con me come se avessimo ballato insieme per tutta la vita.

«Bellissima» dissi.

Le sue guance si tinsero di rosa. «Solo perché stai facendo tutto tu.»

«No, mi amor. Lo stai facendo anche tu. E con i tacchi.»

«Cosa?» L'incertezza le corrugò la fronte.

«Non guardare in basso. Stai andando alla grande. Adesso piroetta.»

Spostai la presa e la guidai nella giravolta, poi girai io. La feci roteare di nuovo, portandola di schiena contro il mio petto, e le gemetti all'orecchio. «Mimi, sto per morire. Qui, sulla pista da ballo.»

«Oh, no! Ti ho pestato un piede?» I suoi passi vacillarono.

«No.» La feci girare di nuovo verso di me. «Il culo di Miguelito è più piccolo del mio. In questi pantaloni c'è a malapena spazio per me, e nessuno spazio extra per l'erezione che mi stai facendo venire.»

«Amo il tuo culo in quei pantaloni.» Il suo sorriso era malizioso. «Lo amerò ancora di più senza.»

«Mimi» gemetti. «Mi stai uccidendo.»

«Davvero?» Mi sfiorò la gamba nuda contro i pantaloni. «Pensavo di essere la tua *vida*. La tua vita.»

«Sei tutto. La mia vita, il mio cuore, il mio amore.»

Si avvicinò a me. «Non credo che mi ci abituerò mai.»

«Ti ci abituerai.» Le portai le mani unite dietro il collo e ci stringemmo. «Te lo dirò ogni giorno.»

«Immagino di avere la fama di una a cui bisogna ricordare le cose.»

Risi piano. «Immagino di sì.»

«Mateo.» Piantò i piedi a terra, interrompendo il nostro ballo. «Non ti dimenticherò mai più. Non dimenticherò mai questa notte.»

Ero già accaldato sotto lo smoking per via del ballo, ma le sue parole fecero ribollire la felicità nel mio petto, calda come la cioccolata della *tía*.

«Andiamocene da qui.» Le calai la mano sul fianco e la guidai fuori dalla pista da ballo verso l'uscita.

«Stiamo finalmente andando nel camerino?» Le sue labbra si incurvarono in un sorrisetto sexy.

Ricambiai la sua espressione, già pianificando i baci che avrei posato su quelle labbra. Dopo.

«Andiamo a casa così potrò farti passare una notte davvero indimenticabile.»

«No.» Puntò i tacchi sul tappeto. «Devo restare fino alla fine.»

«Mimi, hai messo anima e corpo in questo evento. Tutti capiranno se ti prendi una serata libera. Te la meriti. E vorrei che la passassi con me.»

La sua bocca carnosa si fece seria. «Non solo una notte, Mateo. Tutte le notti.»

«Assolutamente, *mi sol*. E anche tutti i giorni.»

«Allora capisci perché devo restare, vero? Questo gala è un impegno, proprio come quello che sto prendendo con te.»

Gemetti. «Perché devi avere sempre ragione?»

«Non è vero. Mi sbagliavo di grosso su di te.» Posò una mano rassicurante sul mio cuore, dove si stava ancora ricomponendo. «Me lo dirai la prossima volta che sarò troppo cocciuta per vedere quello che ho davanti agli occhi?»

Le sollevai la mano alle labbra. «Certo.»

«E metterai in discussione le mie supposizioni?»

«Se vuoi.»

«E una notte indosserai gli occhiali a letto?»

«Cosa?»

«Sono così sexy. Per favore?»

Sorrisi alla mia irresistibile ragazza. «Tutto per te, *mi vida.*» La riportai sulla pista da ballo, contai il tempo e la feci girare di nuovo.

Ore dopo, dopo che Mimi ebbe supervisionato l'asta silenziosa e diretto la squadra delle pulizie, dopo che ebbe aiutato l'ultimo donatore felicemente brillo a scivolare sul sedile posteriore della sua auto per essere riaccompagnato a casa, uscimmo insieme dal country club, mano nella mano. Amanti. Compagni. E tutto reale.

EPILOGO

MIMI
Sei mesi dopo

ERO IN RITARDO.

Un ritardo impossibile, inammissibile, terrificante. Il tipo di ritardo per cui la cena si serve a notte fonda. Il tipo di ritardo per cui è meglio ordinare una pizza. Il tipo di ritardo per cui tanto vale arrendersi e nascondersi sotto le coperte.

Corsi su per le scale verso il mio appartamento, con il sacchetto della challah che mi sbatteva contro la gamba. Sul pianerottolo, qualcuno stava cucinando qualcosa di delizioso. Avrei dovuto chiedere se ne avanzava un po' per altri sette ospiti.

Sette! Ma che diavolo mi era saltato in mente di organizzare la cena del venerdì sera nel mio minuscolo appartamento?

Perché era il mio turno. Mamma e papà l'avevano ospitata da sempre. Persino Ben e Cooper l'avevano fatto una volta.

E io? Io avevo sempre una scusa.

Va bene, la scusa era sempre il lavoro.

Rimediare al disastro che Larissa aveva lasciato alla fondazione richiedeva più sforzi di quanto avessi mai immaginato. Almeno una volta alla settimana, uno dei suoi ex soci si presentava, in cerca di una mazzetta o di un pagamento per qualcosa... non mi dicevano mai esattamente per cosa.

Dicevo sempre loro che di questi tempi gestivamo la fondazione in modo diverso. Poi raccontavo loro la nostra missione finché non si annoiavano e se ne andavano.

A volte lasciavano un po' di contanti per i bambini. E questo mi faceva sorridere.

Anche se non quanto la grande donazione di oggi. Non vedevo l'ora di parlarne a tutti. Quando fossero arrivati, tra... controllai il telefono... mezz'ora. Merda!

Aprii la serratura e spalancai la porta.

Fu allora che scoprii che l'odore delizioso proveniva dal mio appartamento.

Mi precipitai in cucina, dove trovai Mateo e sua zia Rosa chini sul forno. L'aroma saporito e appetitoso si sprigionava dal mio forno. Quello che non cuoceva nient'altro che biscotti pronti da settimane.

«Ehm, ciao», dissi abbastanza forte da farmi sentire sopra la cappa della cucina.

Mateo si girò di scatto verso di me. Lui e sua zia indossavano grembiuli bianchi. Ma io li avevo dei grembiuli bianchi? Diamine, dei grembiuli in generale? Non credevo.

«Mi vida». Mi tese le braccia e io mi rifugiai nel suo abbraccio. Profumava di arrosto, patate e pimento.

«Io... che sta succedendo?»

«Siamo venuti presto per aiutare, ma non c'eri, quindi abbiamo iniziato senza di te».

«Sei il migliore». Inclinai il viso per un bacio. «Ti amo».

Il suo fu un bacio a labbra chiuse, casto per via di sua zia, ma portava con sé calore, affetto e la promessa di un *dopo*. Le sue mani enormi si posarono sulla parte bassa della mia schiena, tenendomi ferma. Aveva bisogno di un momento per riconnettersi, e io fui felice di condividerlo con lui.

Mi strofinò la guancia. «Ti amo anch'io».

La sua voce, che rimbombava nel suo petto, mi provocò brividi in un punto che mi fece desiderare che sua zia non fosse lì accanto a noi.

Mi voltai tra le sue braccia, non ancora pronta a rompere la nostra connessione. «Grazie, Rosa. Ha un profumo delizioso».

«Prego, cariño». Si chinò e mi baciò la guancia destra. «Mateo ha detto che avevi intenzione di preparare punta di petto e patate. Spero non ti dispiaccia se gli ho dato un po' di sapore».

Il pimento. E... peperoncini piccanti. Cosa avrebbe detto la mamma?

A chi importava? «Ha un profumo fantastico».

«Grazie. Lavori così tanto. Per los niños. Sono felice di aiutarti».

Rosa sapeva. Lavorava sodo per la sua causa, le vittime di abusi domestici. «Grazie».

«A proposito di lavoro...». Avrei dovuto posare le borse della spesa, lavarmi le mani e aiutarli, ma non riuscivo a staccarmi da Mateo. «Ho delle buone notizie».

«Una grossa donazione?», Mateo mi strinse più forte.

«Non vale indovinare. Ma sì. Aspetterò che ci siano tutti gli altri per dirvi da chi arriva».

«Cosa ci guadagno se indovino per primo?». La sua mano scivolò sotto il mio impermeabile fino al sedere e lo strizzò in un modo che rasentava il vietato ai minori.

Mi allontanai, con le guance in fiamme. «Niente. Quindi non provarci nemmeno. Non te lo dirò».

Mi voltai verso il tavolo per posare le borse della spesa, ma lui era lì, che premeva il suo corpo duro contro la mia schiena e mi cingeva la vita con le braccia.

«Ecco cosa voglio per *non* indovinare». E mi sussurrò qualcosa di così sconcio all'orecchio che avrei sicuramente dovuto cambiarmi le mutandine prima che arrivassero gli altri ospiti.

«Va bene. Mi hai convinta». Wow, si era fatto caldo in cucina.

Rosa si schiarì la gola. «Io comincio a preparare le patate. Mateo, va' ad aiutare Mimi a prepararsi per i suoi ospiti».

La mia faccia bruciava. «Datemi solo un minuto per lavarmi e pelerò le patate».

«Già fatto». Mateo mi afferrò la mano e tre secondi dopo mi premette contro la porta della mia camera da letto, sfilandomi l'impermeabile dalle spalle mentre mi baciava, caldo e bisognoso.

«Ma...» ansimai in cerca d'aria. «La mia famiglia sarà qui tra...» controllai il telefono «ventitré minuti».

Mi sfilò il telefono di mano e lo posò sul comò. «Allora non abbiamo tempo per parlare».

Mi sbottonò i pantaloni e infilò una mano dentro. «Ah, Mimi, così bagnata per me».

Gli palmai la parte anteriore del... grembiule? Un commento sarcastico mi salì alle labbra, ma non appena mi sfregò il clitoride, lo dimenticai. Anzi, dimenticai come si respirava. Divenni un concentrato di puro piacere. Le orecchie mi ronzavano.

Ronzavano?

«Mateo, fermo. Credo che ci sia qualcuno alla porta».

«Possono aspettare», ringhiò lui. «Posso farti venire in tre minuti. Due se...» Infilò una seconda mano nei miei pantaloni, questa volta da dietro.

«No, Mateo». Gli afferrai le spalle. Tutto ciò che volevo era tenermi stretta e lasciare che mi guidasse verso l'orgasmo, ma non potevo. Non mentre i miei ospiti, i miei maledetti ospiti *in anticipo*, aspettavano fuori sotto la pioggia. «Fermo».

Si fermò, ma quando tirò fuori la mano dalle mie mutandine, si leccò le dita in un modo decisamente osceno.

«Mi stai uccidendo». Mi sistemai la biancheria e mi abbottonai i pantaloni.

«Due minuti?». Sollevò le sopracciglia.

Mi alzai in punta di piedi e lo baciai. «No. Non importa quanto tu sia bello e quanto tu sia bravo a farlo, abbiamo ospiti». A quel pensiero una tempesta di ghiaccio mi attraversò. *Noi* non avevamo ospiti; *io* li avevo. Ma quella parolina, *noi*, continuava a insinuarsi nel mio modo di parlare.

Non mi dispiaceva.

Agitando le mani sulla camicetta, corsi nella stanza principale e premetti il pulsante del citofono. «Ehi».

«Stavo per tirar fuori la mia chiave per assicurarmi che non fossi rimasta vittima delle fiamme che escono dal tuo forno».

«Ah, ah, Benny. Dovrei farti aspettare là fuori». Ma poi mi ricordai che portava Cooper. Sebbene non fosse più il mio capo, avevo intenzione di spillargli un'altra donazione per la fondazione di Jackson prima della fine dell'anno. Premei il pulsante per farli entrare.

Aprii la porta di uno spiraglio e tornai di corsa in camera da letto, nel mio bagno, dove Mateo si stava lavando le mani.

Incrociò il mio sguardo nello specchio. «Vuoi fare un salto in doccia?»

«Non c'è tempo». Diedi un'occhiata ai miei vestiti stropicciati dal lavoro. Dovevano andare bene.

Mi sollevò i capelli, li avvolse intorno alla mano e mi baciò la nuca. «Potremmo essere veloci».

Ecco di nuovo quel *noi* . Mi voltai tra le sue braccia e gli baciai la guancia. Volevo rimanere lì, annusando il suo dopobarba ed esplorando tutti i miei posti preferiti del suo corpo. «Abbiamo ospiti. Va' a salutare Ben e tuo cugino mentre io mi lavo le mani e metto il rossetto, okay?»

«Okay». Si strofinò sul mio collo, lasciandoci un bacio, ma un secondo dopo era sparito.

Fissai nello specchio le mie pupille dilatate, le mie labbra gonfie di baci. Al diavolo. Che la mia famiglia vedesse quanto Mateo mi rendeva felice.

Mi lavai le mani e mi spennellai una tinta per labbra a lunga durata che avrebbe dovuto resistere a qualche altro bacio rubato. Sostituii i tacchi bassi con le pantofole e mi chiusi la porta della camera alle spalle.

Erano tutti stipati nella mia minuscola cucina intorno a Rosa. Ben sistemava un mazzo di crisantemi in un vaso mentre Cooper parlava a bassa voce con sua madre. Mateo era ai fornelli, a controllare le patate.

«Ciao, ragazzi», dissi.

«Ehi, sorellina». Ben diede un'ultima sistemata ai fiori e si fece strada tra gli altri per abbracciarmi.

«Mimi», disse Cooper. «Ha tutto un profumo delizioso».

«Grazie a sua madre e a Mateo».

«Giornata dura al lavoro?», chiese Ben.

«Giornata fantastica. Non crederai mai alla donazione che ho accettato».

«L'importo o il donatore?», chiese lui.

«Entrambi. E anche la persona onorata».

«Ooh. Racconta».

«Allora, Jamila Jallow è entrata in ufficio oggi...»

«Mila?», Cooper scattò con la testa in su. «Quanto?»

«Non essere geloso. Mi ha detto che è esattamente quanto ha dato alla sua fondazione. Un milione».

Ben fischiò.

«Ma aspetta. Ecco la parte strana. Ha detto che era in onore di... sentite un po'... Natalie Jones». Natalie mi stava aiutando a pianificare il gala dell'anno prossimo. Non lo stavamo lasciando all'ultimo minuto come aveva fatto Larissa. Mi stava mostrando alcune brochure di location quando Jamila era entrata di gran carriera. E Natalie aveva sussultato come se Jamila portasse in mano un'ascia insanguinata e non una minuscola borsetta firmata con dentro un assegno incredibilmente generoso.

Rosa schioccò la lingua. «Quella Natalie Jones si illumina come un'insegna al neon ogni volta che Jamila è nella stanza».

«Davvero?». Arricciai il naso. Natalie era così naturalmente vivace che non avevo notato nulla di diverso di fronte a Jamila. «Hai ragione. È diventata rossa come il mantello di Thor. E poi, dopo che Jamila ha detto che stava onorando *lei* con il dono, è semplicemente scappata via. E Jamila le è corsa dietro. Beh, non ha corso. È stato più come una scivolata veloce. Si muove come se fosse sui pattini da ghiaccio».

«Interessante». Ben scambiò un'occhiata con Cooper.

«Cosa? C'è sotto qualcosa?»

Cooper si strinse nelle spalle. «Forse hai ragione tu, tesoro».

«Cosa?», mi lamentai. «Non mi ha mai detto niente, e siamo *amiche*».

«Non prenderla sul personale», disse Ben. «Quella nasconde molto sotto tutta quella moda e quel contegno. Con sua madre, e quello che direbbe Jackson...». Scosse la testa.

«Potrai chiederglielo lunedì, mi amor».

Le parole gentili di Mateo mi ricordarono che stavamo spettegolando sulla mia amica. «Lo farò. È stato così strano. E non ho mai accettato una donazione così grande. Jackson era al settimo cielo quando l'ho chiamato. Anche se *non* ho menzionato l'omaggio. Ho pensato che gliel'avrebbe detto Natalie».

«La famiglia è strana», disse Ben.

Come a comando, il citofono suonò.

«Perché sono tutti così dannatamente puntuali?», borbottai, voltandomi verso il citofono.

In un altro momento da *noi*, Mateo si mise al mio fianco per accogliere i miei genitori. Per un istante, immaginai di averlo qui sempre. Passavamo già ogni notte insieme quando non era di turno di notte. L'ultima notte della sua più recente serie di turni, ero andata a casa sua anche se stava lavorando, solo per dormire in lenzuola che profumavano di lui. Per averlo accoccolato dietro di me per un'ora al mattino presto prima che mi alzassi per andare al lavoro.

Ma prima che potessi dire qualcosa o anche solo stringergli la mano, i miei genitori apparvero sulla porta. Abbracciai mio padre mentre Mateo baciava la guancia di mia madre. Poi si mise dietro di me per stringere la mano a papà mentre io abbracciavo mamma.

«Sento odore di qualcosa di speziato», disse lei.

«La punta di petto ha un tocco caraibico stasera. L'hanno preparata Rosa e Mateo».

Papà annusò l'aria. «Se è buona quanto profuma, potrei dover rubare la ricetta».

«Ne sono sicura», dissi. «Rosa e Mateo sono una squadra da sogno in cucina».

«Ho portato la torta al limone». Papà sollevò il contenitore della torta.

Mugugnai. Le torte di papà erano le migliori.

«Lasciate che vi prenda i cappotti», disse Mateo.

«No, faccio io», dissi. «Devo comunque prendere le candele dall'armadio».

«Facciamo entrambi». Aiutò mamma a togliersi l'impermeabile, poi prese quello di papà. Mi seguì fino all'armadio del corridoio, ma invece di aspettare fuori e passarmi i cappotti, si infilò dentro con me e li lasciò cadere a terra. Tirò la cordicella per accendere la lampadina. Nella luce fioca, i suoi occhi erano diventati scuri, con solo un sottilissimo anello di blu.

«Che stai facendo?»

«Mi godo un amuse-bouche». Evitando il mio rossetto, scese a baciarmi lungo il collo fino alla clavicola. «Il suono che hai fatto quando tuo padre ha menzionato la torta al limone...»

«Tu e i tuoi amuse-bouches». Ma affondai le mani nei suoi capelli e mi tenni stretta, lasciando che il desiderio si accendesse come una fiamma dentro di me. Il tocco di Mateo era molto meglio persino dei dolci di mio padre.

La sua mano scivolò sul mio seno, disegnando cerchi pigri sul mio capezzolo. Non poteva sentirlo attraverso il mio reggiseno da lavoro ultra-resistente, ma i miei capezzoli si indurirono per il desiderio.

«Due minuti?», mormorò nell'incavo tra i miei seni.

«Mimi?», la voce di mia madre arrivò attraverso la sottile porta dell'armadio. «Hai bisogno di aiuto?»

Strinsi le dita nei suoi capelli e lo allontanai con riluttanza.

«No, mamma, Mateo mi sta aiutando». Gli lanciai un'occhiata feroce.

«Okay. Vuoi che apra il vino che abbiamo portato?»

«Sì, per favore. Usciamo tra un minuto».

Le diedi qualche secondo per allontanarsi e poi dissi: «Prendimi quella scatola di candele sullo scaffale, per favore».

«Ah, la mia Mimi». Mateo schioccò la lingua. «Così seria. Così professionale».

«Ami questo di me».

Lui sorrise. «È vero. Ma quello che mi piace ancora di più è trasformarti da seria a ubriaca di sesso».

«Io non divento ubriaca di sesso», mentii.

«Ah no?». Si voltò e i suoi muscoli si tesero sotto la maglietta nera quando si allungò per prendere la scatola dallo scaffale. Dio, il suo sedere era incredibile. Ed era tutto mio.

«Visto?». Mi fece l'occhiolino da sopra la spalla.

Merda. L'avevo detto ad alta voce. «E allora, se anche fosse incredibile? E mio?». Glielo strizzai per buona misura.

«Attenta, o mi renderai indecente». Infilò la scatola sotto il braccio e si sistemò i jeans.

«Non possiamo permettercelo, vero?». Inarcai un angolo della bocca. «Preparo le candele mentre tu ti prendi un minuto».

Prima che potesse baciarmi fino a farmi perdere la testa di nuovo, afferrai la scatola e uscii dall'armadio.

Mamma aveva trovato i miei portacandele e li aveva messi sul tavolo. Sistemai le candele all'interno e feci un respiro profondo, lasciando andare i pensieri su Mateo, sul lavoro e sui miei stressanti ospiti a cena. Sfregai il fiammifero sul lato della scatola e guardai la fiamma sibilare e prendere vita. Lo tenni vicino alle candele finché la fiamma non attecchì, poi posai il fiammifero sul vassoio, dove si consumò.

Seguendo le tradizioni che mamma mi aveva insegnato, agitai le mani sopra le candele per accogliere lo Shabbat e poi mi coprii gli occhi per recitare la preghiera. Le candele ardevano brillantemente quando ebbi finito, e il loro calore sembrò depositarsi nel mio centro.

Mamma mi abbracciò. «Grazie per averci invitato stasera. Pensi che manterrai le tradizioni quando...?». Fece un cenno verso

Mateo mentre emergeva dal corridoio, un sorriso che si allargava sul suo bel viso quando i nostri sguardi si incrociarono.

«Quando io...?»

«Sembra che voi due...» guardò Mateo in cucina e scelse attentamente le parole «stiate facendo sul serio. E lui sembra più religioso di Cooper». La croce d'oro brillava al suo collo.

«Oh, ma noi non...» Ma sembrava una bugia. *Eravamo* seri. Lo stesso calore pacifico di quando accendevo le candele dello Shabbat mi riempiva quando lo vedevo alla fine della giornata. Il mio cervello aveva iniziato ad associarlo alla felicità. Alla sicurezza. A casa.

Uh.

«Lui ama le tradizioni dello Shabbat. E io potrei andare a Messa con lui». Anche se odierei rinunciare a una domenica mattina intrecciata a lui a letto.

«Tuo padre e io ce l'abbiamo fatta. Potete farcela anche voi».

«Mimi, dov'è una ciotola da portata per queste patate?», gridò Ben.

«Un secondo», gridai. Poi cinsi mamma con un braccio. «Hai ragione. Mateo è la mia persona. Non sto rinunciando a chi sono. Lo sto aggiungendo alla mia vita. Troveremo un modo. Insieme».

La luce delle candele scintillava negli occhi lucidi e castani di mamma. «Un lavoro che ami e un brav'uomo. Sono così felice per te, tesoro».

Mateo uscì dalla cucina con il vino e incrociò il mio sguardo. Il calore si diffuse nel mio centro come burro sul pane caldo. «Sono felice anch'io».

EPILOGO EXTRA
PORNO AL PARCO GIOCHI

MIMI
Sei anni dopo

«È come guardare l'inizio di un porno.» Bree mise le mani sulle orecchie di suo figlio.

Per fortuna mamma e Lia stavano cantando la canzone dell'alfabeto sul divano da esterno a pochi passi di distanza. La mia bambina di tre anni era nella *fase dei perché*, e il porno non era una cosa che ero pronta a spiegarle.

Ma potevo godermelo.

Mi appoggiai allo schienale della sedia e ammirai mio marito mentre sollevava la struttura che avevano costruito dalla catasta di legname che ci avevano consegnato la settimana scorsa. Tyler, il marito di Marlee, era lì per tenerla ferma, e Josh, il marito di Bree, avvitava le viti. Lì vicino, Jackson era chino su una sega da banco, a tagliare le tavole a misura.

«Josh» lo chiamò Bree.

Lui interruppe il lavoro. «Sì?»

«Ho un'altra cosa che ha bisogno di essere trapanata.»

Mi coprii gli occhi con una mano. «Asher non ha ancora un anno. Non sei sfinita?»

«Sempre. Ma posso far fare a Josh la maggior parte del lavoro, se capisci cosa intendo.»

Tolsi la mano dagli occhi e trovai il mio uomo che sosteneva l'intelaiatura di quella che sarebbe stata la struttura da gioco di Lia. Avrebbe occupato la maggior parte del minuscolo giardino del bungalow che avevamo comprato dall'altra parte della baia rispetto al mio lavoro in città, ma Mateo mi aveva convinta.

Se avessi saputo del porno bonus degli operai edili, avrei accettato settimane fa.

Mateo si assumeva quasi tutte le responsabilità della cura dei figli, e voleva un posto sicuro dove Lia potesse arrampicarsi e giocare. Dopo la nascita di Lia, Mateo aveva ridotto le sue responsabilità come capo della sicurezza di Cooper, mentre io continuavo a essere la direttrice della fondazione di Jackson.

Ora Mateo si occupava dei compiti amministrativi come la programmazione e le paghe mentre Lia faceva il pisolino. Lavorava solo occasionalmente un fine settimana o un turno di notte da Rosa. La maggior parte dei fine settimana erano per noi tre, per ritrovarci e giocare. Andavamo allo zoo, al parco, in spiaggia. La sua dolce pazienza con Lia mi faceva sciogliere ogni volta che li guardavo insieme.

Anche altre cose che faceva mi facevano sciogliere. Sapevo esattamente di cosa stava parlando Bree.

«Sono tornata, sono tornata.» Marlee porse una mimosa a Bree e un bicchiere d'acqua frizzante a me, poi si accomodò sulla sedia accanto alla mia con la sua mimosa. «Cosa mi sono persa?»

«Beh» disse Bree «Mateo si è asciugato la faccia con la maglietta e ti sei persa un'occhiata a degli addominali di prima scelta.»

«Santo cielo! Magari lo fa di nuovo.»

«Dovresti proprio squadrare mio marito?» Inarcai le sopracciglia.

Mi ignorarono. «Oggi dovremmo arrivare a ventisette gradi» disse Bree. «Credo che si toglieranno le magliette.»

Ci appoggiammo tutte agli schienali delle sedie per guardare lo spettacolo. I muscoli di Mateo si contrassero sotto la maglietta mentre si allungava sopra la testa per fissare la tavola, mentre Tyler ne sistemava un altro pezzo contro di essa. La maglietta gli si sollevò sul fondo, mostrando il triangolo di muscoli sulla parte bassa della schiena. Immaginai di massaggiarglieli più tardi, per poi far scendere le mani fino al suo bel sedere rotondo—

«Mimi, sei tutta rossa. Hai troppo caldo?»

Distolsi lo sguardo da mio marito per rivolgerlo ad Alicia, che aveva parlato. Teneva per mano la figlia di Bree, Ayla, e portava sul fianco il figlio piccolo di Marlee, Will. Durante la settimana lavorativa, era un'imprenditrice motivata, ma dedicava i fine settimana alla sua famiglia, sia biologica che acquisita. Con suo marito, Jackson, come mio capo, ora facevo parte della sua cerchia, e la ammiravo ancora di più di quanto ammirassi Jackson. Avevo cercato di modellare il mio equilibrio tra lavoro e vita privata sul suo. Era un esempio molto migliore di quanto non fosse stata Larissa.

Mi sventolai il viso. «No, sto bene.»

«Forse dovresti andare dentro, con l'aria condizionata.» Lanciò un'occhiata ai ragazzi. «Mateo ci ucciderebbe se svenissi.»

«Che succede?» Ecco di nuovo il radar da nonna di mia madre. Sollevò Lia tra le braccia e si fermò sopra di me. «Mimi, stai bene?»

«Sto bene. Guarda, sto bevendo la mia acqua.» La trangugiai, sperando che raffreddasse il mio rossore da lussuria. «Lia, vuoi che ti legga qualcosa?»

«No. Bubbe.» Si aggrappò al collo della nonna.

No era una parola molto in voga per Lia in questi giorni. Cercai di non prenderla troppo sul personale. Non diceva quasi mai di no a un libro e a una coccola prima di dormire, solo noi due. Con Mateo come suo principale caregiver, non era una sorpresa che fosse diventata la cocca di papà.

E a quanto pare anche la cocca della Bubbe.

«Esatto» tubò mia madre, con un sorriso indulgente sulle labbra. «Andremo dentro a controllare Zadie e zia Rosa in cucina, e poi leggeremo una storia.» Si chinò per mettere Lia in piedi, poi entrarono in casa insieme.

Coco corse fuori, abbaiando, seguito da Ben e Cooper. Ben era raggiante, e mi raddrizzai sulla sedia. Gli porsi una mano, e lui l'afferrò, sembrando sul punto di scoppiare dalla gioia.

«È andata bene?» chiesi.

«È stato fantastico. Lei è fantastica. Ha persino abbracciato questo vecchio brontolone.» Indicò Cooper con il pollice.

Il viso di Cooper sembrava più rilassato di quanto non lo vedessi da un po'. Il processo di adozione era stato una fonte di stress per lui. Sospettavo avesse sentimenti ambivalenti riguardo al diventare genitore, dato il padre violento. Ma oggi, sorrideva. «È adorabile. Anche se penso che sia stato Coco il tocco finale.»

«Tutti lo amano. Persino tu, tesoro.» Ben cinse il marito con un braccio.

«Quanto presto pensi di poterla portare a casa?» chiesi.

«Ci sono ancora un sacco di scartoffie da fare, ma forse il mese prossimo?» Il sorriso di Ben era incandescente.

«E ha più o meno l'età di Ayla, giusto?» chiese Bree. «Organizzeremo degli incontri per farle giocare.»

«Non vedo l'ora.» Mi strinse la mano. «Come ti senti, Mimi?»

Oh, Dio. Eravamo di nuovo a quel punto. «Bene.»

«Perché Mateo—»

«Lo so, lo so. Sto solo seduta qui, a bere acqua come una brava bambina. È lui che fa tutto il lavoro.»

«Eccellente. Posso portarti un panino?»

«Oh, mio Dio, Benny. Sono le dieci del mattino.»

«Non vorrei che ti venisse fame e diventassi nervosa.» Mi fece l'occhiolino.

«Non cominciare neanche» lo avvertii. «Sarai anche più alto di me, ma sei sempre il mio fratellino, e io ti—»

Alicia si schiarì la gola, e mi ricordai delle piccole orecchie in ascolto.

«Ti vorrò bene per sempre» dissi dolcemente, fulminandolo con lo sguardo.

«Vado a vedere se posso dare una mano» disse Cooper, dirigendosi verso il suo migliore amico che lavorava alla sega da banco.

«Ne sei sicuro?» chiese Bree.

«Non riesco a tenerlo lontano. È affascinato dalle costruzioni» disse Ben. «Inoltre, ha bisogno di scaricare un po' di energia nervosa. Il processo di adozione è stato pesante. Saremo così felici quando potremo portare a casa la nostra piccolina.» Tese le braccia verso il piccolo Asher, che andò volentieri tra le braccia di Ben.

Stavano bene insieme, le loro teste scure e ricce quasi si toccavano. Ben non vedeva l'ora di diventare padre, e anche Cooper si stava convincendo. Lia sarebbe stata entusiasta di avere una cugina, e il suo nuovo fratellino o sorellina... Mi accarezzai la pancia, che non era mai stata piatta, specialmente dopo la mia prima gravidanza, e ora si era arrotondata con un'altra vita.

«Mi vida.»

Accidenti, mi aveva beccata. Strizzai gli occhi guardando mio marito, il suo viso in controluce contro il sole estivo. «Sì, amore?»

«Tutto a posto?»

«Sto bene» ringhiai.

«Non hai troppo caldo?»

«Sei tu quello che fatica sotto il sole.» Feci un gesto verso la sua maglietta deliziosamente sudata, i suoi jeans coperti di segatura e i suoi stivali con la punta d'acciaio rovinati. «Io sto solo seduta qui all'ombra. Vuoi un po' d'acqua?»

Alzò il palmo della mano. «No, tu bevi la tua acqua. Prendo la mia. Hai fame?»

Mi leccai le labbra e fissai la striscia di pelle abbronzata visibile tra la sua maglietta e i suoi jeans a vita bassa, appesantiti dalla cintura degli attrezzi. «Un po'.»

«Io... oh.» Il suo sorriso mi disse che aveva colto il mio significato. Quando si chinò e mi baciò, sentii il sapore di sale e sole. Proprio mentre mi aprivo a lui, non curandomi del fatto che i nostri amici e i loro figli stessero guardando, si allontanò per sussurrarmi all'orecchio: «Ecco il tuo amuse-bouche, mi amor. Ti servirò il pasto più tardi.»

Gli presi la mascella tra le mani. «Promesso?»

«Promesso.» Si raddrizzò. «Per ora, devo tornare al lavoro prima che il mio cugino si faccia male a quelle mani d'oro. Sei sicura di stare bene? Non ti senti svenire?»

«È successo *una volta sola*» brontolai. Non sapevo nemmeno di essere incinta quando ero svenuta qualche mese fa nel mio ufficio al lavoro. Ma nessuno me l'avrebbe mai lasciato dimenticare. «Sto bene. E ho un sacco di gente che si prende cura di me.»

Lanciò un'occhiata a Ben. «Assicurati che mangi qualcosa entro la prossima ora. Qualcosa di proteico. Le piacciono i cracker con il burro d'arachidi.»

«Ricevuto.» Mio fratello fece il saluto militare. «Ora torna al lavoro. Ti può squadrare meglio da lì.»

Con un occhiolino malizioso, mio marito tornò di corsa al cantiere, il martello che oscillava dalla sua cintura.

Quella sera, con il sole estivo basso all'orizzonte, esaminammo insieme la struttura completata. Mateo e la sua squadra si erano superati. Il parco giochi aveva una torre alta con un tetto, una rampa da arrampicata costellata di appigli colorati, uno scivolo a spirale e un paio di altalene.

Ora che Coco era tornato a casa, Roger si avvicinò furtivamente alla struttura e annusò la base dello scivolo. Si raccolse e balzò agilmente sulla torre, la sua pelliccia nera che scompariva nel crepuscolo.

Feci tintinnare la mia bottiglia d'acqua frizzante contro la bottiglia di birra di Mateo. «Ben fatto, amore.»

«Grazie. È venuta bene.»

Lia, Ayla, Will e persino la figlia di sette anni di Jackson, Valentine, ne erano rimaste affascinate, e solo la promessa di tornare il giorno dopo aveva permesso ai loro genitori esausti di portarle a casa. Zadie e Bubbe avevano convinto Lia a fermarsi a dormire da loro, lasciando finalmente me e Mateo da soli.

«Devi essere stanco» dissi, massaggiandogli la spalla.

«È stato un bell'allenamento, questo è certo.»

«Vuoi che ti massaggi la schiena?» Mi morsi il labbro, immaginando di far scorrere le mani sulla sua pelle.

«Quello che voglio davvero è una doccia. Che probabilità ci sono che ti unisca a me?»

«Mmh.» Alzai gli occhi al cielo come se ci stessi pensando. «Novantotto per cento.»

Mi passò un braccio intorno alla vita e mi condusse di nuovo dentro. «Solo novantotto?»

«C'è un due per cento di possibilità che non ci arriviamo.» Poggiai le dita sul suo sedere e lo strinsi.

«Prometto che ne varrà la pena» disse, guidandomi attraverso la casa fino al bagno. «Puoi sederti sulla panca mentre io do spettacolo.»

L'idea della panca era allettante. Aveva sventrato il bagno originale con le piastrelle rosa e parte di un armadio per costruire una doccia tipo spa con una panca, più una mezza dozzina di soffioni e persino un minuscolo appiglio per depilarmi le gambe.

«Non ho bisogno di uno spettacolo per eccitarmi. Mi hai stuzzicata tutto il giorno con quella cintura degli attrezzi. Quando ti sei tolto la maglietta, avrei voluto trascinarti in camera da letto.» Bree aveva avuto ragione sullo spogliarello. Feci scorrere le dita lungo il suo fianco fino alla parte anteriore dei suoi jeans.

«Ah-ah. Prima la doccia.» Si chinò e aprì l'acqua. Poi sollevò l'orlo del mio prendisole. Alzai le braccia per aiutarlo a sfilarlo dalla testa. Fece un passo indietro per ammirare il mio robusto reggiseno bianco e le mutandine di pizzo, tracciando con un dito indurito dal lavoro un percorso dalla coppa del reggiseno fino a cerchiare il mio ombelico.

«E come sta la mia niñita oggi?»

«Come fai a essere così sicuro che sia una femmina?»

«È solo una sensazione» disse, sfilandosi la maglietta.

«E se fosse un maschio?» Mi portai le mani dietro la schiena per slacciare il reggiseno.

«Allora lo amerò altrettanto. Ma è una femmina.»

«Così sicuro» dissi.

«Eh.» Fece spallucce. Poi si abbassò i pantaloni, e dimenticai di cosa stavamo parlando.

Non era ancora duro, ma si irrigidì non appena lo toccai.

«Pronto a servire quel pasto?» Lo accarezzai.

Delicatamente, mi tolse la mano dal suo membro. «Lasciami prima sciacquare via la segatura. Un minuto.»

Mentre lui entrava nella doccia e si insaponava, io mi sfilai le mutandine e mi raccolsi i ricci in cima alla testa con una molletta. Poi lo raggiunsi nella doccia fumante.

Ci fece girare finché l'acqua non mi massaggiò la schiena. Insaponandosi le mani con il mio bagnoschiuma, fece lunghe passate sulla mia pelle. Poi si avvicinò e, con la punta delle dita, fece dei cerchi intorno ai miei seni pesanti.

«Tutto bene?» chiese.

«Sì» gemetti. Il mio seno era sempre sensibile in gravidanza, ma lui aveva imparato a toccarlo in modo da farmi fluttuare al giusto livello di piacere.

Fece scivolare una mano tra le mie gambe. «Sì?»

«Sì, sì.» Disperatamente, gli afferrai il cazzo e feci scivolare i pollici sulla cappella.

Sibilò tra i denti. «Attenta, mi vida, o...»

«O cosa?» Feci scivolare una mano sulle sue palle.

La sua voce uscì strozzata. «O ti giro e ti prendo proprio qui.»

Nonostante la doccia calda, rabbrividii. «Oh, no, Signor Mastro-costruttore. Non farlo.» Lo accarezzai più forte.

«Tentatrice.» Mi fece girare di scatto e diresse il getto a parete sul mio inguine. «Volevo prenderti con calma nel letto, e ora...»

Poggiai le mani sulle piastrelle e allargai le gambe per lasciare che l'acqua mi massaggiasse. Guardando oltre la spalla, chiesi: «Ora?»

Una mano massiccia mi afferrò il sedere, e lui mi morse il collo nel punto in cui si univa alla spalla. «Ora ti darò tutto quello che vuoi.»

«Sì, per favore.» Scossi il sedere.

Non dovetti chiederlo un'altra volta. Piegando le ginocchia, si immerse dentro di me. Gememmo entrambi quando fummo uniti. Si fermò per un momento, baciandomi il collo e accarezzandomi il seno e la pancia.

Lo assaporai, il caldo spruzzo d'acqua e le sue mani calde e irrequiete che cercavano i punti che mi davano più piacere. Quando mi sfiorò il clitoride col pollice, ansimai.

Circondandomi le costole con un braccio e pizzicandomi come la corda di un violino, affondò in me, scatenando scintille di piacere che mi sferzarono la spina dorsale e mi fecero tremare le gambe.

«Ti tengo io. Rilassati» disse.

Lo feci. Mi sorresse mentre premevo i palmi contro il muro, lasciando che la beatitudine crescesse. Mi strinsi intorno a lui, esercitandomi con i miei Kegel.

Lui gemette. «Proprio così.»

Continuai, stringendolo mentre lui mi faceva vibrare finché il mio orgasmo non esplose e i miei muscoli presero il sopravvento, fremendo.

La sua imprecazione echeggiò sulle piastrelle mentre il suo corpo si irrigidiva e si contraeva dentro di me. La sua mano si fermò e mantenne una pressione costante su di me finché non venni di nuovo, lanciando un grido che di solito dovevo trattenere quando Lia dormiva nella stanza accanto.

Appoggiò la testa sulla mia spalla mentre i nostri respiri si regolarizzavano. Infine, quando la sensibilità tornò nelle mie gambe, gli baciai la guancia.

Sorreggendomi, si sfilò e ci lavò di nuovo delicatamente. Poi chiuse la doccia e mi avvolse in un soffice asciugamano. Ne usai un altro per asciugarlo, finendo con una scompigliata ai suoi capelli.

Mi strappò l'asciugamano e si passò una mano tra le onde umide. «Se non fossi così stanco, io...»

«Faresti cosa?» Appesi il mio asciugamano alla parete della

doccia e misi i piedi sul pavimento riscaldato, un'altra delle migliorie di Mateo.

«Ti metterei sulle mie ginocchia e...» I suoi occhi blu lampeggiarono.

«Sembra divertente. Magari domani mattina prima che i miei genitori riportino Lia?»

«Dio, sì.»

«Oppure» — guardai il suo cazzo che si stava indurendo — «magari prima?»

«Ignoralo. Non è stato lui a lavorare fuori tutto il giorno.»

«Povero marito mio. Ma credo di conoscere il modo giusto per farti addormentare rilassato.»

«Davvero?» Inarcò un sopracciglio.

A quanto pare, sì. Nel nostro letto, lo cavalcai fino a un altro orgasmo travolgente. Si inarcò sul materasso, afferrandomi i fianchi e gridando il mio nome.

Sazia e rilassata, mi accasciai su di lui e gli baciai le labbra. «Grazie per aver costruito quel parco giochi oggi.»

«Certo. Qualsiasi cosa per le mie ragazze. Qualsiasi cosa per te.»

«Ti amo.»

«Anche io ti amo.» Non ero nemmeno scesa da lui che chiuse gli occhi, i suoi respiri affannosi che rallentavano in un sonno profondo.

Dopo una visita al bagno, mi rannicchiai accanto a mio marito e posai il braccio sul suo ampio petto.

Roger saltò sul letto e si raggomitolò contro l'altro suo fianco. Gli accarezzai la pelliccia liscia, poi baciai la guancia di mio marito.

Nel sonno, Mateo si girò verso di me e mi strinse a sé. Mentre mi addormentavo, ringraziai Dio e mio marito per la vita gioiosa che avevamo costruito insieme.

———

Grazie mille per aver letto *Ricordami!* Per favore, considera di lasciare una recensione sul tuo rivenditore preferito, BookBub, o Goodreads. Le recensioni aiutano altri lettori a scoprire nuove autrici come me.

Curioso di sapere cosa succede tra Jamila e Natalie? Il loro libro è *Tentami*, una commedia romantica saffica del genere migliore amica del fratello e capo/dipendente, ed è disponibile presso il tuo rivenditore preferito. Continua a leggere per un'anteprima.

TENTAMI, SYNERGY LIBRO 6
CAPITOLO 1

GLI OCCHIETTI A SPILLO di Larry erano come gli orecchini di perle nere di mia madre: tondi, lucidi e critici.

«Non guardarmi così» sussurrai, tornando a rivolgere la mia attenzione allo Chef Guillaume.

Con un genio per il multitasking affinato nei migliori ristoranti di Francia, l'insegnante mi fulminò con uno sguardo minaccioso senza interrompere il flusso della sua lezione sui crostacei.

Larry sbatté le palpebre, il che era strano perché ero abbastanza sicura che gli astici non le avessero. Se le avessero avute, lo Chef Guillaume ci avrebbe insegnato come sfilettarle.

Mi mossi sui miei piedi, indolenziti per essere rimasta in piedi in quegli zoccoli tremendi che mi sfregavano senza pietà il collo del piede. Sfilando lo strofinaccio da cucina dalla cintura del grembiule, lo gettai su Larry, dove riposava sul tagliere della mia postazione. Ora potevo concentrarmi sullo Chef Guillaume, che aveva iniziato una parentesi sulle allergie ai crostacei.

Molto meglio.

Lo strofinaccio si mosse e una chela legata si agitò debolmente verso di me. Mi si strinse il petto. Lo Chef spiegò che le nostre aragoste spinose locali della California venivano spedite in Cina a prezzi esorbitanti.

Povero Larry.

Un paio di giorni prima, se ne stava con i suoi amici astici nell'Atlantico del Nord. Oggi, soffocava lentamente qui, nel mio corso di cucina in un community college di San Francisco, impallidendo sotto le spietate luci al neon, in attesa di finire nella pentola d'acqua che aveva quasi raggiunto l'ebollizione.

Fissai la sua chela immobilizzata. *Siamo in due, amico mio.*

Tirandogli via lo strofinaccio dalla testa, lo infilai sotto il suo corpo bruno-rossastro in modo che non fosse sdraiato sul tagliere scivoloso. Doveva puzzare come le altre povere creature che avevo spedito all'altro mondo nel corso di macelleria.

Gli astici avevano il naso?

Probabilmente no, grazie a Dio. Se lo avesse avuto, avrebbe sentito l'odore della mia paura.

Avevamo iniziato il semestre con il pollame. Ce li avevano dati già morti e con la testa staccata, a differenza di Larry. Avevo quasi vomitato alla vista dei corpi pallidi e senza piume, ma invece avevo immaginato cosa avrebbe detto mia madre se avessi abbandonato anche questa scuola. Mi ero fatta forza e avevo continuato, sezionando le parti abbastanza bene da ottenere un giudizio sufficiente dallo Chef Guillaume.

L'unità successiva era stata quella della carne di manzo, ma anche quella ci era arrivata senza volto. Avevo imparato a separare le costole dal lombo e avevo creato un arrosto arrotolato in piedi davanti al quale lo Chef non aveva ringhiato. Lo aveva definito «non male», che in qualsiasi altro corso equivaleva a un'ottima valutazione. Anche se non avevo molta esperienza con le ottime valutazioni a scuola, culinaria o di altro tipo.

Eravamo passati al pesce, e sebbene avessero una faccia, almeno erano già morti all'arrivo.

Fino a Larry.

«Signorina Natalie Jones, sta prestando attenzione?» Come aveva fatto lo Chef Guillaume ad avvicinarsi di soppiatto in quel modo? Mi guardò accigliato dall'altro lato del mio tavolo di lavoro con le mani sui fianchi.

«Sì, Chef» squittii. Non osai guardare Larry.

«Allora perché il suo astice è avvolto in fasce come un bebè e non sta cuocendo nella pentola?»

Oh-oh. Lanciai un'occhiata alla mia destra, dove il mio vicino Gregory stava pulendo la sua postazione. Del vapore si levava dal coperchio della sua pentola.

«Sto aspettando il bollore pieno, Chef» dissi, guardando la mia pentola, dove le bolle cominciavano a increspare la superficie.

«Mi faccia vedere.» Arricciò il labbro mentre fissava l'astice. «Tolga quello strofinaccio.»

«Mi scusi.» Delicatamente, liberai lo strofinaccio da Larry. Poveretto, non aveva un bell'aspetto.

Le narici dello Chef si dilatarono. «Mostri alla classe come uccidere umanamente l'astice.»

«Io… uh.» *Uccidere umanamente* mi suonava come un ossimoro. «Potrebbe mostrarmi di nuovo la tecnica?»

Allungò la mano verso Larry.

Balzai per coprire il crostaceo con il mio corpo. «Non lui!» Mi bloccai. «Voglio dire, lo farò io.» Era il minimo che dovessi a Larry.

Lo Chef inarcò un sopracciglio. «Bon. Io darò la dimostrazione, poi lei ripeterà.»

Si girò e prese l'astice dal tavolo di Chantal. Lo sbatté sul tagliere accanto a Larry. Con un unico movimento fluido, afferrò il mio coltello e affondò la punta nel cervello dell'astice. Quando questo si contrasse, Larry raspò debolmente sul tagliere.

«Vede? Rapido e umano.» Lasciò cadere l'astice morto nella pentola di Chantal. Lei mormorò i suoi ringraziamenti e mise il coperchio sulla pentola.

«Ora lei.» Mi porse il mio coltello, con il manico rivolto verso di me.

Diedi un'occhiata alla mia pentola. Maledetti quei fornelli a gas così efficienti. Aveva raggiunto il bollore pieno. Accettai il manico e rivolsi la mia attenzione a Larry. Rassegnato al suo destino, lasciò cadere le antenne.

Mi si spezzò il cuore per lui.

Sarebbe finito mescolato con i suoi amici in una bisque di astice da servire nella mensa scolastica o in un panino all'astice da asporto.

Perché doveva morire per un qualche panino molliccio e troppo condito?

Tutto ciò che voleva era vivere la sua vita da astice al meglio. E allora, se non aveva ancora capito quale potesse essere? Meritava un'altra possibilità per dare un senso alla sua vita.

Aspetta. Stavo parlando di Larry o di me?

«Signorina Jones. Posso ricordarle che ci restano solo trenta minuti di lezione?»

Trenta minuti. Lo Chef Guillaume non accettava lavori consegnati in ritardo. Avrei dovuto assassinare il povero Larry subito, se volevo avere qualche speranza di smembrare la sua carcassa in tempo. Lo stecchino d'argento da astice brillò sotto le luci al neon. Quello che lo Chef si aspettava che usassi per estrarre la polpa di Larry dal suo guscio.

Larry sollevò la chela in segno di addio, mostrandomi la fascetta blu. Blu come l'oceano. Blu come i delicati bordi del guscio che ricopriva le sue esili articolazioni, che mi sarei dovuta aspettare di estrarre con la forchetta.

Deglutii. *Non oggi, Larry.*

«Mi scusi, Chef.»

Lasciando cadere il coltello, gettai di nuovo lo strofinaccio su Larry e lo sollevai. Non era pesante, solo un paio di chili, ma le sue chele sproporzionate penzolavano.

«Cosa sta facendo, signorina Jones?»

Tenni la testa bassa. «Me ne vado, Chef.»

In aula era calato un silenzio di tomba.

«Se esce da quella porta, sarà bocciata al mio corso. Sarà difficile diplomarsi senza di esso.»

Sarebbe stato difficile diplomarsi anche con un voto sufficiente nel suo corso. Infilandomi Larry sotto il braccio, tirai fuori la mia borsa Louboutin dallo scomparto sotto la postazione e me la misi in spalla. «Capisco, Chef.»

«È sicura di capire, signorina Jones?» Il suo sopracciglio grigio si sollevò. Doveva aver percepito la pressione che mi spingeva a tornare giorno dopo giorno a un corso in cui stavo fallendo.

Lanciai un'occhiata alla mia custodia dei coltelli. Mi piaceva il peso del grande coltello da chef e il modo in cui il manico si adattava alla mia mano. Era un peccato lasciarlo lì. Ma avrei dovuto mettere giù Larry, e se lo avessi fatto, il mio irascibile istruttore avrebbe potuto gettarlo nella mia pentola e bollirlo vivo.

Meglio lasciarlo. Feci un cenno a Gregory. Lui aveva talento. Li meritava più di me. La scuola di cucina era sprecata per me, proprio come l'università, la scuola di moda, il tirocinio come organizzatrice di eventi e persino il negozio di fiori che il mio patrigno mi aveva comprato.

«Mi scusi, Chef» ripetei, e con una presa salda su Larry, mi girai sui miei zoccoli.

Vorrei poter dire di essere uscita a testa alta, ma il mio maledetto zoccolo si impigliò sul pavimento e mi si sfilò dal piede. Li avevo sempre odiati, comunque. Sfilai anche l'altro e, in calzini, uscii strascicando i piedi fuori dall'aula.

L'AUTISTA dell'Uber partì sgommando dal marciapiede di Rincon Park. Mi ero abituata all'odore di pesce nelle due ore che avevamo passato in aula, ma avere Larry nella piccola Mazda era un po' troppo, specialmente dopo che aveva sofferto un po' il mal d'auto.

Nonostante le nuvole basse, l'aria al parco era più fresca, e mi diressi dritta verso il molo.

«Non preoccuparti, Larry. Ci penso io. Le aragoste spinose forse avranno un aspetto diverso, ma sono sicura che sono simpatiche. Ti farai un sacco di nuovi amici.»

Roteò i peduncoli oculari verso di me.

«Sul serio, amico. Non credo che ce la faresti se ti rispedissi nel Maine o da qualsiasi altra parte tu venga. Questo è molto meglio che essere servito in mensa. Se la baia non ti piace, puoi nuotare intorno alla penisola fino all'oceano.»

A pensarci bene, probabilmente avrei dovuto portarlo sulla costa oceanica della città, ma ormai era troppo tardi. L'acqua qui era profonda e non c'era pesca commerciale nella baia.

Quando raggiunsi la ringhiera, ci appoggiai sopra Larry, ancora avvolto nel mio strofinaccio da cucina. I suoi peduncoli oculari si muovevano tra me e l'acqua sottostante.

«Guarda, Larry. So che questo è un posto nuovo e che hai paura. Ho iniziato un sacco di cose nuove, e ti dico cosa ha sempre funzionato per me: trova un modo per aiutare gli altri. In questo modo avranno bisogno di te, che tu gli piaccia o no.»

Larry non se la bevve. Bussò sulla ringhiera con la chela.

«Non devi seguire il mio consiglio. Che ne so io, dopotutto? Nessuna delle mie scuole o dei miei lavori è durata, e farò una fatica del diavolo a spiegare a mia madre e a Charles cosa è successo oggi. Ma la cosa giusta per me è là fuori, e la cosa giusta per te è laggiù.»

Scrutammo entrambi l'acqua. Era profonda e blu.

«Trova una bella roccia e stai tranquillo finché non riprendi le forze. Sgranocchia... Cosa mangiate voi, comunque? Plancton? Alghe? Pesciolini? Sono sicura che laggiù ci sia. Magari incontrerai una simpatica signora astice — o un tipo, quello che ti rende felice — e vi sistemerete in una bella parte profonda dell'oceano, a crescere dei cuccioli insieme. Okay?» Mi asciugai uno spruzzo d'acqua di mare dalla guancia.

Agitò debolmente le chele.

«Giusto. Devo togliere queste.» Frugai nella borsa e trovai il coltellino svizzero rosa che mio fratello Jackson mi aveva regalato quando avevo dodici anni. Aprii la lama lunga e tagliai l'elastico sulla sua chela destra, poi su quella sinistra. Titubante, aprì e chiuse le chele.

«Meglio? Okay, ti butto dentro.»

Ma non lo feci. Lo fissai nei suoi occhi torbidi.

«Questa è la tua seconda possibilità, amico. Non sprecarla.» Chi ero io per dargli consigli? Quante seconde, terze o quarte possibilità avevo sprecato io? Quante volte mia madre mi aveva rivolto quello sguardo severo con gli occhi socchiusi e le labbra serrate che mi diceva quanto l'avessi delusa? Quante volte aveva effettivamente pronunciato le parole: *Natalie, quando ti deciderai a mettere la testa a posto? Perché non puoi essere più simile ai tuoi fratelli o a tua sorella?*

Non avrei mai avuto il successo dei miei fratelli. Avrei dovuto fare quello che aveva fatto mia madre e sposare un uomo con del potenziale. Mi aveva presentato abbastanza figli dei suoi amici ricchi che a quest'ora avrei dovuto trovarne uno che mi piacesse.

Larry mi picchiettò la mano con la chela.

«Giusto, scusa. Qui non si tratta di me. Si tratta di te. Okay, uno... due... tre.» Lo capovolsi e lo lasciai cadere di testa nell'acqua, tre metri più in basso. Fendette l'acqua, senza schizzi, come un tuffatore olimpico. Rimase sospeso per un secondo sotto la superficie, dondolando con le onde che si infrangevano contro il molo. Sembrò quasi che mi salutasse. Poi, con un colpo di coda, si immerse, e il suo guscio marrone scomparve nell'acqua scura. Aspettai un minuto, stringendo lo strofinaccio puzzolente. Poi lasciai passare un altro minuto. Ma Larry non riapparve.

Sperai che se la cavasse meglio con la sua seconda possibilità di quanto non avessi fatto io con le mie.

Mi voltai di nuovo verso la città. Potevo prendere un altro Uber per tornare a casa, darmi una ripulita e capire come spiegare ai miei genitori che avevo abbandonato la scuola di cucina due settimane prima della fine del trimestre. Oppure...

Scorsi l'edificio alto che faceva ombra a quello più basso di mio fratello.

Anche lui aveva avuto la sua dose di seconde possibilità. Forse poteva offrirmi qualche consiglio. O almeno più comprensione di quella che avrei ricevuto da nostra madre.

Tentami è disponibile in edizione tascabile presso il tuo rivenditore preferito.

L'AUTRICE

A Michelle McCraw piace leggere romanzi d'amore e lavorare nel settore tecnologico. Un giorno, ha deciso di combinare i suoi due interessi, e ora scrive romance contemporaneo piccante e nerd che potrebbe farti ridere. I suoi libri presentano personaggi che amano senza vergogna la scienza, l'ingegneria e la tecnologia.

Autrice americana e texana di nascita, Michelle ha spalato neve durante le tempeste in New England ed è passata a uno spazzaneve nel Midwest. Ora vive in Georgia, dove NON le manca affatto la neve. Ama leggere, viaggiare, bere bourbon e viziare il suo cane straordinariamente maleducato ma adorabile. È stata finalista nel RWA Vivian Contest, nel Contemporary Romance Writers' Stiletto Contest e nel Windy City Romance Writers' Four Seasons Contest.

facebook.com/MichelleMcCrawAuthor

instagram.com/MMOWriter

amazon.com/author/michellemccraw

goodreads.com/MichelleMcCraw

bookbub.com/authors/michelle-mccraw